2017 中国小小说年选

江 冰 编选

南方出版传媒
花城出版社
中国·广州

图书在版编目（CIP）数据

2017中国小小说年选 / 江冰编选. -- 广州 ： 花城
出版社，2018.1
　（花城年选系列）
　ISBN 978-7-5360-8589-3

Ⅰ．①2⋯ Ⅱ．①江⋯ Ⅲ．①小小说－小说集－中国
－当代 Ⅳ．①I247.82

中国版本图书馆CIP数据核字(2017)第327520号

出 版 人：詹秀敏
责任编辑：欧阳蓊　蔡　安　李珊珊
技术编辑：薛伟民　凌春梅
封面设计：庄海萌

丛书篆刻：朱　涛
书名题字：陈以泰
封 面 图：南宋 佚名 胡笳十八拍图

————————————————————————————

书　　名　2017 中国小小说年选
　　　　　2017 ZHONGGUO XIAOXIAOSHUO NIANXUAN
出版发行　花城出版社
　　　　　（广州市环市东路水荫路 11 号）
经　　销　全国新华书店
印　　刷　广东新华印刷有限公司
　　　　　（广东省佛山市南海区盐步河东中心路 23 号）
开　　本　787 毫米×1092 毫米　16 开
印　　张　18　1 插页
字　　数　332,000 字
版　　次　2018 年 1 月第 1 版　2018 年 1 月第 1 次印刷
定　　价　52.00 元

————————————————————————————

如发现印装质量问题，请直接与印刷厂联系调换。
购书热线：020 - 37604658　37602954
花城出版社网站：http://www.fcph.com.cn

目录 contents

序

小小说的民间性与丰富性

江 冰

　　将近一千年前的一个夜晚，大诗人辛弃疾面对宋朝都城的欢乐热闹元宵节，信笔写下流传千古的诗篇——《青玉案·元夕》：东风夜放花千树。更吹落、星如雨。宝马雕车香满路。凤箫声动，玉壶光转，一夜鱼龙舞。蛾儿雪柳黄金缕。笑语盈盈暗香去。众里寻他千百度。蓦然回首，那人却在，灯火阑珊处。——此名篇给我两个深刻印象："玉壶光转、星如雨"和"众里寻他千百度"。前者是灯火璀璨，后者是急切寻找；前者是景象，后者是心情。此时此刻，我面对 2017 中国小小说百多篇优秀作品，忽然联想到辛弃疾的名作，自觉十分切合当下心境：为小小说创作繁荣欣喜，为寻找取舍佳作而纠结。面对一个广阔的花的原野，我急切地想与读者分享，但深知所读所见实在有限，担心一个角落的呈现会失去一个草原。亦是无奈，虽然挂一漏万，依旧共同分享吧——

　　津子围的小小说似乎倾向在情节奇妙构思上下功夫，他的《蓝莓谷》生动地描写了一个果园里，乡村少年与老人之间的冲突，山野风味十足，少年情趣盎然。不过，蓝莓谷老人去世，将果园遗嘱赠送小鸥的结局稍显意外。而《写作课》钻进各种人物身体的情节设计就相对合理，颇具神妙。李伶伶的《小偷之死》将批判社会的矛头指向法律与人情之间的"度"的把握，执法不当使得好人堕落为罪犯，法律之绳是否公正？涉及公民的命运——主题相当严肃。女真的《遗落》则写了东北人到三亚过冬的"候鸟族"生活，四季如春的海南三亚成了候鸟南飞的栖息地，一种当下生活的空间的转移，也受到小说家的重视。把老人问题，放进了这样一个空间转换，写得生动而温暖。孙春平的《维权》也是反映东北人到三亚过冬的生活，空间转换中的吴老太仍然保持着东北人的耿直，穷有穷的活法，但在这种活法中间，人的自尊和伦理没有变化。田双伶的《壁虎》别出一格地表达了年轻女性逃离家庭、离开婚姻的矛盾心理。在作品情境中，一只壁虎起了决定性的作用：这只壁虎到底为什么使得女主人公下定了决心？为什么悲哀绝望一起涌上心头？没有明确答案，却留下一个想象的空间。

海飞的《棺材铺》写战争年代的一个大义灭亲的故事，虽然情节设计比较奇巧，但能够在这样小的篇幅中写出人物，倒是见出作者的功力。周洁茹的《男闺密》虽然只写了两三个场面，却生动地传达了当下年轻人男女交往中的男朋友与男闺密角色的区分，他们之间既界限分明又角色暧昧，读来颇有情趣，另有一番意味。夏阳的《过滤》亦负有某种哲理性。日常生活中的一个男人对洗脚妹说了自己的心事，妙在这个心事中有"六扇"门的意象。这是作家对生活的可贵发现，具有独到之处。非鱼的《扶自行车的人》情节简单，一个男孩在他打工的小店面前，不断地扶起倒下的自行车，由此被顾客送了锦旗，上了媒体，成为了一个好人，同时还得到了他喜欢的姑娘的爱情——巧妙在作品中将作家的影子引进了作品：作家、男主人公、女孩构成三方角色，这就是一个情节一般的故事，借助艺术家巧妙构思产生了不寻常的魅力的例证。秦俑的《最会讲故事的人》类似当代童话——为国王寻找最会讲故事的人。不过，这个最会讲故事的人出现在现实生活：一位老人，一个女儿，他们用行善来完成寻找。一个行善好人的故事，在作家巧妙的叙事中被赋予了童话般的色彩——温暖且动人。吕啸天的《贡礼》在小小的篇幅中，塑造了一个古代清官的形象，发挥了传统讲故事跌宕起伏的优势，把一个书生张俭的所作所为叙述得有声有色，既传奇又现实，结尾一笔更加突出清官襟怀：不谋私情，没有私念。作品结构富有张力，颇具阅读诱惑力。

于德北的作品《恐龙消息》耐人寻味，结构上有一个现实空间与幻想空间的交替。现实空间中是夫妻即将离婚的状态，幻觉空间中则是类似于童话故事的叙述。讲述了三种状态：一是流氓成性的猴子；二是冷暴力；三是暴力——暗示人类婚姻的三种状态，与现实生活夫妻的离婚并行对话。

最后，传说中的恐龙现身，作品戛然而止。无论是情节的构思、空间的渲染，均耐人寻味，暗含哲理思考，属于小小说文体的深度写作。赵欣的作品《潜规则》，善于在人物心理上下功夫，把一个女生家长求老师考试过关的平常情节，转化成一种高尚行为。人物心理与情节发展的关系，处理得细致动人。马蹄的《犬三爷》把老人与狗的关系呈现得生动感人。其中三爷为什么如此爱狗的悬念，在最后揭晓——他为自己赎罪。三爷死了，却用一只狗眼看着人间——狗眼看人低，这个结尾颇具意味。付慧的作品《晓兰是保姆》直接面对当前老人再婚的问题，这是现实生活中常见的家庭问题，也是社会问题。晓兰是一个家在农村、生活困难的女孩，当儿女知道80多岁的父亲要娶晓兰的时候大发雷霆，认为保姆就是图谋房子和财产。结局如何？妙在作者引而不发。袁炳发的《堂号》叙述的是传统家族的诚信。闯关东的山东汉子，无比珍惜家族的堂号，找到偷鸡贼，挽回了名声，让家族在东北扎根。靠诚信立足，不惜以生命护卫。可以视作传统诚信的一首挽歌。安石榴的作品《宝子二舅》，塑造了东北平原上的一个讲义气的汉子，因为不配合计划生育，被罚得一穷二白，但是由于他好喝酒，好朋友，喜欢排场，大吃大喝，深得大家喜爱。作品洋溢着东北风情，具有地域文化色彩。

陈毓的《有兔子的田野》，把城乡差别的思考放在了一个乡村的麦收季节。乡村与城市的差别：乡村人要告别的东西，反而被城市人所依恋——中国转型社会的特殊现象，被置于不大的篇幅中去思考，无疑增加了作品的深度。但是，作家并没有因为思考的哲理色彩，影响到作品的感性氛围，而是通过像田野中突然蹿出一只兔子——如此跃动的画面来传达城市和乡村于转型社会中的犹豫和彷徨。毫无疑问，这也构成中国当前社会的一个特殊情景：发人深省，意味深长。王溱的《假面的告白》属于小小说的哲理式写法，将人类社会生活交际中的"面具意识"置于流动的思索中间，富于感性的场面和诱人的氛围使主题升华。比照她的另一部作品《穿睡衣的女人》则是对女性某种虚荣心理的细致传达，这种传达也带有思考色彩，但比《假面的告白》显得更加生动细腻，更加具有艺术感染力。由此也可以提问：哲理之沉重如何与小小说之轻灵完美结合？小小说文本的丰富性，体现在短小的篇幅之中，如何生动准确地表达某一种人类心理、历史情境？其手法千变万化，无法定于一尊。表层叙事与深层叙事的互动交流，无疑在陈毓和王溱的作品中有一个值得探讨的艺术实践空间。

崔立的《城市聆听》生动地表达了从乡村来到都市的"乡下人"心中

的彷徨、犹豫、孤独、痛苦，这种进城的陌生境遇，以及城市边缘人的典型心态，实在是当下中国的一种典型的历史情境。陈力娇的《姐姐的爱》则反映了日本帝国主义侵略中国的历史事实，属于一种历史记忆。范子平的《自尊者》描述在当下功利社会中，自我尊重已然成为一种稀有的品质。

多年来，我一直看好小小说的民间性。此民间性有两层意思：一是它始终处在生活的第一线，少有闲适，少有抽象，一直保留着一种民间的态度与立场，与所谓精英立场保持着一定距离。我集中阅读了2017年的作品后，再次证实了这一观点，即民间的身份、民间的叙述、民间的立场，依然如故。有关专家指出，通过对当下年轻人喜好的分析，发现真实地还原生活、还原情感，直接地表达成为主流——恰好这也吻合了小小说艺术表达的主流方式。不过，还原真实作为特点或优点，往前走一步也许就是弱点或缺点。比如，还原中间少了一分灵动：对具象超越的灵动。当然也有例外，比如田双伶的《壁虎》。小说的核心就是家里的一只壁虎，壁虎不但支撑了作品，而且成为女主人改变情绪与想法的缘由。至于如何解读这只壁虎，读者无意中获得一个相当自由的空间。这里就牵涉到小小说文本丰富性的问题。最近听了扎西平措与谭维维合唱的《窗》，这首歌从创作到演唱都可以拿来比喻小小说的写法。《窗》的歌词如下——

女：一个人的时候你总是看着窗/看见窗子里你自己的模样，一个人的时候你总是看着窗/看见窗子里你自己的模样/你的眼睛泪汪汪/想要穿上花衣裳/你的眼睛泪汪汪

男：多少年以来你一直看着窗/看见窗子里你变老的模样/多少年以来你一直看着窗/看见窗子里你变老的模样/你的眼睛泪汪汪/还要穿那件花衣裳/你的眼睛泪汪汪

合：多少年以前/多少年以来/还有多少年

女：多少年以来你总是看着窗/看见自己变老的模样/多少年以来你一直看着窗

合：看见窗子里你变老的模样

女：你的眼睛泪汪汪/想要穿上花衣裳/你的眼睛泪汪汪

男：你的眼睛泪汪汪/想要穿上花衣裳/你的眼睛泪汪汪

在我看来，这首歌存在两个层面：一是叙述层面，对日常生活的叙事；二是对日常生活有所感悟，有所超越，有所提升，或者说是一种哲理化的

过程。在这个层面中，我们可以觉悟一些道理，或者说，小说家给读者提供了一个进一步想象的空间，这个想象的空间，也许没有明晰的答案，只是推开了一扇窗户，让你把眼光投放到窗外的风景中去延伸，促使你向远方展开遐想。也许，一百个读者会遐想出一百个结论。可惜这个层面的境界，在大部分的小小说的作品中，还是属于较高难度的艺术要求，属于更高一层的境界。再说《窗》这首歌，启示只有两个具象：你总是看着窗/看见窗子里你自己的模样你的眼睛泪汪汪，想要穿花衣裳；你一直看着窗/看见窗子里你变老的模样——两个镜头般的场景属于生活的叙述，而从"看到老的模样"到仿佛咏唱，以及唱腔的提升，直冲云霄，响彻行云。这种对旋律的一种自由发挥，尤其是歌手类似拖腔的空灵缥缈感，平添一种超越空间与时间的力量。我们聆听这首歌的时候，似乎可以感受人生画卷徐徐铺开，一扇明亮的窗子，蕴含不尽的人生哲理。一如高原的恢宏视野，囊括了人类与大自然的奥妙。

我们还可以借《红高粱》电视剧的插曲《九儿》做进一步阐释。歌词只有四句：身边的那片田野啊/手边的枣花香/高粱熟来红满天/九儿我送你去远方。这首歌通过反复咏唱，创造一种与电视剧情相吻合的氛围，以此来烘托作品中男主角和女主角的爱情。但是，拿这首歌词与扎西平措的《窗》进行比较的话，仅歌词而言境界不一。《窗》更具有抽象性，以及可阐释空间的丰富性，属于一种开放的文本。而《九儿》相对封闭——前三句歌词的铺垫下，最后道出"九儿我送你去远方"，句子固然优美，也道出一种忧伤痛苦，但是，把话说尽了。没有《窗》所表达的那么开阔，那么具有弹性，为读者提供更多想象空间的可能。换言之，于歌词文本的丰富性上比出高下。歌词创作与小小说艺术相通，结构上都有一个表层叙事与深层叙事。所谓表层，在我看来就是日常生活的叙述，可能一故事一场面一人物。日常生活的表层叙事，大部分作家可以做到，甚至可以达到活灵活现的传神境地。比较具有难度的是深层叙述，所谓深层，就是这个作品给我们带来情绪的感染、人生的启迪、灵魂的冲撞——属于人物、情节、环境后面的东西，或隐或显，或明或暗。

当然，对小小说这种篇幅极其短小的文体提出如此要求，似乎苛刻。但假如与中国先秦时代文本进行比较的话，我们不难感受中国文学自古以来就有短小精粹、言简意赅的优良传统。《论语》《道德经》不可谓不短，但意义深远，内涵无限。可见于精短的句子里，亦可传达无限的内容。何况就小小说而言，如何在坚持"民间性"的同时，开掘文本的丰富性，本身就是针对文体扬长避短的重中之重。开始编辑年选之时，恰逢 2017 年诺贝尔文学奖揭晓，英国籍日本裔作家石黑一雄获奖。此人在中国文学人视野之外，不免意外与好奇。了解之后，获奖者的三个标签引我关注：移民作家、社会工作、女性主义。为开拓创作眼界，分享思考成果，请允许我简要阐述并由此引入序言——

移民作家身份。移民作家大多借助自己母语国文化起步，石黑一雄亦不例外，尽管他幼年离开祖国日本，依旧无法摆脱移民身份。他 28 岁第一部小说《远山淡影》，描述的是从日本长崎（石黑一雄的家乡）移居到英国（石黑一雄 5 岁以后生活的地方）的一个日本寡妇的回忆。可见，故土难离。本土文化记忆如影随形，魔法一般挥之不去。

社会工作视角。石黑一雄大学毕业后的第一份工作是社会工作者，这个很多新闻里并没有刻意强调。英国是社会工作的发源地，距今已有百年的历史。社会工作是面对底层、弱势群体的工作，需要较高的同理心和人性的洞察。做社工让他接触到许多底层生活的人，了解丰富的人性，培养同情心。

女性主义影响。石黑一雄结识了英国最具独创性的女性主义小说家安吉拉·卡特（Angela Carter）。维基词典上对安吉拉·卡特的介绍有如下元素：女性主义作家，书写风格以融合魔幻写实、歌德式与女性主义著称。20 世纪 60 年代初她在布里斯托大学修习英国文学并开始创作小说，1969年以文学奖奖金（毛姆文学奖）旅居日本东京。从介绍里我们可以看到石黑一雄与卡特的几点链接：日本、魔幻写作史、女性主义。虽然石黑一雄的写作并没有女性主义这个标签，但是他放弃宏大叙事，从普通人的记忆与情感出发，反思军国主义、后殖民时代的帝国命运、全球化进程中的区域隔阂以及文化冲突等重大主题，这也是女性主义的脉络。

由此启发，中国内地小小说创作也具有本土性、民间性与平民性。它们似乎可以对应石黑一雄以上三个标签。本文为序，无法展开大篇幅论述，但结合年选作品，对照所谈民间性与文本丰富性这两个问题，我可以肯定石黑一雄的启示意义。我坚持一个多年看法：在全球化的今天，地域与世界、传统与现代、故乡与全球之间——需要双向交流互动。各国文化传统肯定存在差异，但我们之间可以分享同样的经验，无论是哪一国家的作家，既立足本土又面向世界的创作将是并行不悖、相互促进的。就小小说创作界而言，"立足本土又面向世界"既是心态视野，也是观念与立场——到了应该认真讨论的时刻了。最后，我欣喜地看到一个事实：手机阅读碎片化的时代，小小说的生存不但没有问题，反而获得一个难逢的时代机遇。我衷心期望小小说应运而生而旺，在保持民间性的前提下，着力提升文本的丰富性，开阔视野，兼收并蓄，使得文体有一个飞跃发展，为当代读者提供源源不断的精品佳作。

2017. 10. 13

姐 姐 的 爱

陈力娇

雪块落在头上，脖颈一阵沁凉，抬头看，他的眼睛瞬间一亮。

自从开拓团来，他一直都在山上砍柴，穿着单薄的衣服，冬夏都这一件。太冷时他就披着被子，但干活时，身上裹被子不方便，他就把被子放在他的柴担上。

而现在头顶树杈上的这件黄大衣，简直就是他的救星，他以后再也不会冻得发抖了。

刘番薯用扁担挑下这件大衣，上面的雪扑簌簌全下来了，企图把他埋起来。但刘番薯还是很高兴，他抖了抖，穿着它，挑起柴，去了姐姐家。

刘番薯三岁就没了母亲，是姐姐把他带大，他视姐姐为母亲，什么都听她的。现在他担着的枯柴，本应该给开拓团送去，但他还是想给姐姐留一点，以免她挺着怀孕的肚子，自己上山。

姐姐家和他家一样，土地和房屋都被开拓团占了，只好住地窖子。日本人说，他们是高等民族，所以得住房子。他们来时正赶上秋天，盖房子怕干不透，就强占了他们的住房。

刘番薯到屋时，姐姐正刷碗，看他来，给他做了一碗稀面汤。这是最后一点玉米面，以后就得吃橡子面了。橡子面苦涩不说，吃了它还便不出便来，肛门没有不带血的时候。

刘番薯喝面汤时，脸上洋溢着喜色，他克制不住，就对姐姐说，我有衣服穿了。姐姐看他眉飞色舞，又看到放在凳子上的半旧的黄大衣，立即警惕起来，那黄大衣毛领，两排铜扣，和小鬼子身上穿的一模一样。姐姐想到这儿，脸色瞬间大变了，她问，你在哪儿弄的？刘番薯说，山上捡的。姐姐说，怎么会有这等好事，准是日本兵丢在那儿的，你赶快把它送回去，不然会惹祸上身的。

刘番薯舍不得，喝完面汤，他拿起衣服，准备按姐姐说的做。走到门口，他对姐姐说，你把它改成被子不行吗，我们的被子都给开拓团了。

姐姐异常坚决，不语。

刘番薯从姐姐家走出来，还是不死心，路过市场时，他忽生一个主意，把它卖掉，换点钱，不是两全其美吗？

霍起在菜市场卖冻白菜，他蹲在路边，冻得发抖，头发和胡子都挂满了霜。刘番薯来到他面前，说，兄弟，我想买你这些冻白菜，可是我没有钱，我用这件大衣换怎么样？

冻白菜是永远卖不出去的，是从地里捡回来的，日本人不稀罕买，中国人买不起，能换得这么好的大衣御寒，是天大的便宜。霍起想都没想就成交了。

这一天是霍起和刘番薯最高兴的日子。

霍起穿着大衣，炫耀地在大罗密市场走了两个来回，他的兴奋劲儿还是有增无减。霍起高个子，仪表堂堂，但苦难的生活早把这些埋没了。他一生都没有穿过这么好的大衣。

霍起正走着，一只手从后面拽住了他的脖领，霍起回头一看，是日开拓团红部里的采购员，仗着自己是日本人，平时他买中国人的菜从来不给钱，他一住进大罗密，屯里再没人敢养鸡鸭鹅了。

小林上二扯住霍起，二话没说，掀开霍起的大衣领子，他在领子里面找到了他的名字。小林上二说，死了死了的有，敢偷我的大衣？霍起申辩，这是我买的。小林上二的小胡子都扎煞起来了，买的？你买谁的？统统地说出来。

霍起明白，事关重大，不说也得说，他现在只寄希望，刘番薯也是买的。

刘番薯被带到红部时，人已经被狼狗收拾了一通。狼狗是在山上找到他的，刘番薯正砍柴，站在山腰上看一行人由狼狗带着，急急地寻来，就明白是怎么回事了。他企图逃跑，狼狗紧追不舍，还没跑上山顶，狼狗就掏透了他的腿肚子。

刘番薯被吊在开拓团的梁柁上，大汗淋淋，腿上的血，一滴滴往下流，狼狗张大嘴，不住地接着，忙得像个陀螺。皮鞭早已把刘番薯的衣服打烂了，皮肉青一块紫一块，小林上二骂道，你个马胡子，非送你到守备队不可。

一听到守备队，刘番薯知道自己人生的路走完了，去了那里的人，没有一个活着出来的，后悔当初没听姐姐的，而现在姐姐却一点都不知他要死了。

事情没像刘番薯想的那么糟糕，刘番薯被带到开拓团红部，姐姐已经知道了，孩子们是报信的鸿雁。

刘番薯正爹一声妈一声地号叫着，姐姐破门而入，她没像别的女人一样见面就哭，就求情，而是镇定地走到小林上二面前说，您歇歇，这点小事我来办，别累坏了身子。什么，小事？小林上二怒不可遏。刘番薯的姐姐又说，日满亲情嘛，要了他的命，凉了百姓的心。小林上二觉出这个女人不简单，就放下鞭子，喘着粗气，对刘番薯的姐姐说，好，给你面子，守备队的可以不去，但你得给我个满意的结果。刘番薯的姐姐问，你当真不反悔？小林上二点点头。

刘番薯的姐姐得到答复，对一旁站着的厨师说，剁掉他的一只手吧，是这只手犯了罪。

刘番薯是被姐姐背回家的，他昏迷在姐姐的背上，没有手的左臂上，捆扎着姐姐的头巾。那头巾被血浸透了，冷空气一冻，如一块紫色的石头。

（原载《天池小小说》2017 年 2 期）

城 市 聆 听

崔 立

晚上。一个陌生来电，一个年轻男人的声音："哥——"

我愣了下，说："你哪位？"

"哥，你不认得我，我也不认得你。"

"你……"

"哥，你能听我说说话吗？"

"好。"

"哥，我很孤单，也寂寞，在这个城市，我没有朋友，也交不到朋友。你不知道，我是多么地无助。以前在老家，我总是在想，将来一定要来大城市赚大钱，闯出一番大天地来。真正来到这里，才感觉到万分的不易……"

我静静地听他说，他连绵不绝的话语，似乎也不想让我插嘴发表什么意见。

"……哥，你知道吗？我刚来第一个月的时候，找不到工作，从家里带来的钱也都花完了，没东西吃，也没地方睡。你一定去过南京路步行街吧？有一晚，我还睡在了那里，那儿长长的屋檐下，睡了许多流浪的人，他们还带着脏兮兮的被褥。我没有睡那里，我也没有被褥。我睡在了步行街的石椅子上，有点冷，但睡着就不觉得冷了。但我刚睡着，就被几个巡逻的警察给吵醒了，叫我别睡那里……"

"一切，都会好的。"

"对。谢谢你，哥。"

又一个晚上。一个陌生来电："哥——"

我笑了，说："你好啊。"

陌生男人料不到我那么客气，似乎也不好意思起来，说："哥，没打扰你休息吧？"

"没事，你说吧。"

"哥，知道吗？在这个城市，我是迷路的人。找不到目标，也找不到方向。我是一个工头老乡介绍来的，老乡说，大上海，遍地都是钱，弯下腰，你就能把钱给捡起来。可是，并不是这样的……"

我认真地听他诉说，屏住呼吸没有说话，我怕我的呼吸声、我的话语影响了他讲话的气氛。

"……哥，我干了一个月，问老乡要钱，老乡说投资方还没给钱。干了三个月，问老乡要钱，老乡说投资方那里资金周转不过来。干满半年，老乡竟然不见了。我们没办法，一大帮子干活的人问投资方要钱。投资方拿出签收单给我们看。他狗日的老乡怪不得人不见了，是携款跑路了啊！老乡跑了，投资方不是还在吗？我们一大帮子人就去投资方那里去吵、去闹，还扬言要跳楼，去找政府。闹到后来，投资方只好再结工钱给我们。我们是不是有点不地道？"

"一切，都会好的。"

"对。谢谢你，哥。"

多年之前，一个人站在街角的封闭式的电话亭前，落日的余晖照在他脏兮兮的疲惫的身上，不时有路人不无鄙夷地从他身边走过。

他给家里打了个长途。

"你都习惯吗？工作累吗？想家了吗？……"妈的问题像连珠炮一般。

"我很好，您放心吧，一切都很好……"他是想笑的，但笑不出来，寻了个理由，匆忙挂了电话。他怕控制不了自己的情绪。

电话挂了，他没有离开。他有倾诉的想法，许多无法和熟人去说的苦闷与难过。

他拨了一个陌生号码。一个女人的声音，说："你找谁？"他说："我是来这个城市打工的，我能和你说说话吗？"电话挂了。

他拨了第七个陌生电话，是一个男人的声音。

他说："我是来这个城市打工的，我能和你说说话吗？"

男人说："可以呀。"

他说："我来这个城市一个月了，太苦了，你知道吗？蚊子特别多，第一晚我都没睡着。还有，这里养了一条大狗。那狗白天是拴着的，黑乎乎的毛，红红的眼，很吓人。见人吼两声，能把人给吓尿了。到了晚上，这狗就被放了出来，说是为了看家护院。我就不敢开门，天一黑关在屋里。和我一起上班的几个年轻人，他们住得近，晚上可以回家，我不可以。我只能待在这里。白天我们几个人去干活儿，去挖那大大的树穴。挖树穴我挖不动，一天勉强挖了一个。老板用眼睛瞪我，很不满意。老板让我给树浇水，那长长的管子，那重重的机器，都是我从没干过的。浇过水的我，身上脏兮兮的，像是从河里捞出来的……"

他还说："我想家了，我想过放弃，想过回家，但我又不能回家……"

"一切，都会好的。"

"对。谢谢你。"

电话挂了。

他的心头却暖暖的，是倾诉过后的放松，还有别的什么。

那个人，是我。

这个城市，需要倾诉，也需要聆听。我一直记得那个陌生的愿意听我倾诉的人，从那天起，我也愿意做那个听别人倾诉的陌生人。

（原载《长沙晚报》2017 年 3 月 7 日）

抬头看看天

崔　立

曾经在想，这片天真的可以是属于我的吗？

我是一个生性纠结的人。

往往，我站在一个分岔路口，犹豫着，往左还是往右。往左吗？不对不对，还是往右吧。往右吗？不对不对，还是往左吧。

我的工作也是如此。

毕业后，父亲说，你去镇上的企业，好好上一个班吧。我犹豫。

父亲说的意思，很顺理成章。镇上他能搞定。父亲在镇上有职务。父亲的这个职务，可以帮我搞定一个轻松快乐的工作。不能说是一辈子，至少十年八年的安逸生活是没问题的。然后结婚生子，在这里安安稳稳地过上一辈子。

我还是拒绝了父亲的好意。

我说，爸，我想出去走走，看看外面的天空。

父亲凝神看了我好一会儿，嘴角动了动，说，好。

我来到了上海。这个传说中很有底蕴、极有震撼力的城市。我们好多同学，好多朋友向往来到的地方。

我来到了一家化妆品公司。

公司的所在地，是浦东金桥开发区。这是一个对我完全陌生的所在。

当我第一次游走在南京路步行街流连忘返，看着来来往往的行人从我身边穿梭而过，而我也从他们身边穿梭而过时，我还以为，我会留在这个黄金地带。

我去的地方，离南京路有点远。我按着公司的地址，去往那里。

3月的天，不是很热，但我还是走出了一身汗。站在化妆品公司长长的廊道里，我有些恍惚，未来，看来我是要在这里奋斗下去了。

我们的主管，一个微微有些谢顶的中年男人，脸有些严肃。

高主管看着我们这群刚入职的年轻人，语气是无比响亮和严厉的。高主管说，你们来了这里，就要好好做，做得好，升职加薪；做得不好，随时走人！

这让我吓了一跳。

我看到了对面一个陌生的女孩，眨巴眨巴眼，吐了吐舌头，挺调皮。我不由得朝她笑了笑。我也想吐舌头，这个陌生女孩先我一步吐了。这个陌生女孩看到了我的笑，也友好地朝我笑了笑。

后来，我们成为了好朋友，也知道了陌生女孩叫李妍。

熟了之后，李妍说，你猜这老高，为什么头顶会谢呀？我说，为什么？李妍说，因为他太高了，高处不胜寒。

笑话有点冷。

我微微一笑，拍了拍李妍的肩。

李妍也笑了，捧着肚子。

李妍和我一样，也是从外地来上海寻找工作与梦想的。

李妍说，我们一定要留下来，在这个城市扎根。

我说，对，留下来！

我没问李妍为什么一定要留下来，我倒还没想到留不留下来。来这里，我只是简单地想来看看这片天的。我倒还没想那么远。

公司的活儿累，还不是一般的累。

经常要加班，加班的时间也很突兀。

5点下班，4点半来通知，今天晚上赶个工，把活儿抓紧做出来。

本来，我们就像是憋着股气，把所有的气力憋足了，想憋到5点正好可以放掉，可4点半这么一来通知，好了，大家的这股气全都散了。

不是有句话说：一鼓作气，再而衰，三而竭吗？

不过，李妍的气力，像是用不完的。

李妍还在卖力地干着。额头上微微沁出了汗，她依然毫不惜力地在努力着。

我低下头，小声说，李妍，你悠着点吧。

李妍笑了笑，说，没事没事。

不仅是那些特定的加班，有时候李妍还主动要求加班。

我说，李妍，你疯啦！你不累吗？

李妍说，没事没事。

李妍说得最多的字，就是"没事没事"。

李妍的加班时间，是整个部门最多的。

我在心疼李妍的同时，突然想起了什么。

我说，李妍，你很缺钱吗？

李妍的脸，稍稍黯然了一下。很快，李妍一脸放松的神情，说，没有没有。

李妍这是在骗我吧？之前，我就有感觉。李妍吃得很差，穿得也很平常。

我说，李妍李妍，你有什么困难一定和我说啊，我可以帮助你。李妍说，好啊，谢谢你。我是真诚的，李妍的表情也是真诚的。

在李妍还没说出她的困难的时候，就出事了。

那天，我按时下班。李妍没有下班。李妍到很晚的时候才下了班。

是那个开卡车的肇事司机说的。光着头的司机满头大汗地说，路灯其实是很亮的，我的车速也并不快，不知道怎么了，好端端地在路边走着的一个人，突然像是软了一下，就朝路中央倒下来了……

说到最后，司机说得也是眼睛红红的。

李妍的弟弟来了。

我也是第一次看到李妍的弟弟，面黄肌瘦的脸，很像他的姐姐，一个模子刻出来的。李妍的弟弟在读大学，李妍的母亲瘫在床上，已经有几年了……

公司发起了一轮捐助活动，那个谢了顶的高主管捐了一千块钱。

我第一次发现，高主管那个谢了顶的头其实也蛮顺眼的。

我加了好多班，那些必须加的，还有些是主动要求加的。我要赚好多钱，帮助李妍家。

父亲母亲从遥远的家乡来看我，被我的瘦相吓了一大跳，我反而笑了，说，你们没看到我精神很多吗？

父亲母亲着急地说，你很缺钱吗？

我说，没有没有。我像是学着李妍的口吻。

我也看到了上海的这片天，很大很大。

（原载《小说月刊》2017 年第 7 期专栏）

自 尊 者

范子平

他来找我时，我一时愣住，好一会儿才想起他名叫吴勇，是高中时的同学。我们都参加过"青叶"文学社，曾一齐听讲座。别的想不起有过什么交往。后来我考上一个重点大学，他没考上学，毕业后各奔东西。

他说他们夫妻都在市里打工，收入尚可。我跟他聊同学们的消息，他没兴趣，有一句没一句的。后来掏出一沓子打印稿，要我看看"指正"。我十分不情愿，说都这把年纪你还搞写作啊？我早就不写了。他说你在文化部门干，比我懂行吧？又说，听说你在这里，我是专门来请教的。毕竟同学过，我也不好意思不看，就把几篇认真看完，觉得距发表还很远。

他很真诚地问，你给我说说怎样修改。我说，就这几篇来说，没有修改的价值。

过些天他又来了，又掏出一沓子打印稿让我看。我都觉得是负担了，但还是给他看看，特意挑出几条优点说，语言流利，有生活气息，就是立意陈旧，情节也乱。

他苦恼地说，那我下功夫修改修改不中？我觉得不能虚与委蛇，那样不但害了他，还会给我背上包袱，就实话实说，真的没有修改的价值了。

过些天他又来了，是一个星期五的下午，我们刚散会，我正跟两个同事闲聊。他又掏出稿子，这次没几页纸，但我内心早已烦了，说这写作是悟性的事，不是我改改就能怎么样的。他说，这次跟以前不一样，是自己的亲身经历。我瞥一眼标题，让同事先看，说给我老同学指导指导。都说，谢娜副局长的老同学，我们哪敢说指导，欣赏欣赏吧。说是欣赏，谁也没认真看，都是拿着稿子有一眼没一眼胡乱瞟着继续说闲话。

老同学可能觉得不对劲，又说，这篇散文跟以前不一样，是下了大功夫的。凭我了解的他的创作实力，再下"大功夫"又会如何？我只好说，你丢下我再看看吧。

　　他又来过两次电话，我都是应付应付说点虚话，实在没兴致再看一眼。后来我被调到宣传部报刊管理处当副处长，要跟一些报刊社长总编打交道，忽然就想起这个从未发表过一个字的迂执板吴勇，就将他的稿给了南江报总编。特意打了电话告诉吴勇。他惊喜地提高声调说《南江报》看好我的散文？我对这个老迂执哭笑不得，说啥看好？就是让他们发一篇呗。他很纳闷地说，这，这是什么意思？我只好说，我现在在报刊管理处工作，管着他们！他那边沉默了，好一会儿才说，那，那不好吧？我有点生气，说，要不是我干这个，没准你一辈子难发一篇呢！

　　几天后我又想到吴勇，甚至想象他抚着发有他散文的报纸喜极而泣的情景。那天南江报总编来，却将吴勇的散文稿又拿来了。我十分吃惊，说，这稿有问题？总编苦笑着连连摇头，说，你这位老同学！名叫吴勇吧？真是的！我已给副刊了，定下周发表。这位吴勇打电话到报社总编室，又从哪里打听到我的电话，打给我说，一定要将他这个稿子撤下来，说质量不够格，他不能光靠关系发！谢处你说，这算关系稿吗？我听了怒道，以后不管他的事！但静下来想想，在这个纷纷攘攘的社会里，这位老同学自尊得也真不简单。

　　以后吴勇再没跟我联系。那次同学王宏来，他说跟吴勇一直有来往，吴勇还是一得空就写作，不过至今仍没发出一篇。吴勇给他说了我给他发稿的事，说老同学的情意心领了，但自己没有写好，单靠老同学开后门，发出来也高兴不起来。王宏说一直发不出咋办。吴勇说，他订了好几份文学杂志不断苦读思索，不定什么时候会突然悟出道道来。如果还是都发不出来，交代孩子到自己死的时候，把那些打印稿都烧了当纸钱就成，也算圆了文学梦。

　　　　　　　　　　　　　　（原载《平原晚报》2017 年 7 月 29 日）

蓝莓谷

津子围

那年夏天小鸥15岁，打猪草去了后山谷。从小鸥家到后山谷隔了一条小河，河水瘦的季节，踩着石头就可以过去。奶奶摔骨折后小鸥不得不辍学了，打理家事，侍候奶奶。

小鸥有好几年没去后山谷了，走到谷口，他发现以往入山的小径拦了一道篱笆，门口一块立石上雕刻三个字：蓝莓谷。小鸥想，后山谷大概被包出去，成果园了，不过，以前他从没听说后山谷长蓝莓。小鸥十分好奇地趴在篱笆墙上向里面张望。

"嗨！嗨！"声音从小鸥背后传过来，毫无防备的小鸥吓得几乎坐到地上。小鸥抬起头来，发现一个头发灰白、身材魁梧的老头正目光炯炯地盯着他。小鸥告诉老头儿，他住在河对岸的村子里，进山打猪草。老头儿打量小鸥一番，板着脸严肃地说："我警告你，不要打里面的主意！"看来小鸥猜对了，老头儿是看果园的。

进山之后小鸥的心情并不愉快，自己长得像偷蓝莓的人吗？他甚至都不知道这个季节里蓝莓是否成熟，那个老头真是令人讨厌！不想，接下来的事情加重了小鸥和老头的对立情绪，再进山时，小鸥发现篱笆墙上加了块醒目的木牌，牌子上写着歪歪扭扭的大字：严禁偷蓝莓。小鸥四下望了望，村子里萧条寂静，山上更是人迹罕见，这块牌子显然是给他立的。小鸥心想，哼，既然你公然挑衅，那咱就斗一斗吧，我不信你能看得了这么大的园子。

小鸥安置好打满猪草的篮子，从一处树林茂密的地方摸进果园，其实那个园子并不大，山脚有一处民房，沟塘两侧种植蓝莓，蓝莓树不高，一垄垄如茶树一般。小鸥蹲下来，他发现那些蓝莓叶子下还真的结了果实，靛蓝的浆果上浮着白色干粉。"站住！"随着一声大吼，看园老头从一棵树后现出了身影。小鸥撒腿就跑，老头在后面追着："哪里逃！你给我站住！"他们两人在园子里追逐着，小鸥跑不动了，手扶大腿呼哧呼哧大口喘气，老头和他相隔十余米，也弯着腰喘粗气。

起初，小鸥并没想摘一粒草莓，他只想作弄作弄那个老头，奇怪的是，去蓝莓园和老头"斗法"成了打猪草之余的趣事，因为无论小鸥从什么地方进果园都能撞上老头儿，好像老头预先设了埋伏一般，这样反而激发了小鸥的斗志。他动了不少脑筋，比如把衣服挂在甲地，从乙地进入，比如头上身上用树枝伪装起来，可是，刚刚进入果园，老头就在不远处现身了，大喊：站住，这回看你还能不能跑掉。小鸥还是跑了，他终于发现：老头儿根本追不上他。

小鸥开始轻松地作弄起老头了，他大摇大摆地进出，反正老头追不上他，不想，老头制作了一个带绳索的竹竿，有点类似套马杆那种，大意的小鸥还真被套住一次，可惜那个绳索不结实，一拉就崩断了。

这期间，小鸥还是尝到了蓝莓的滋味儿，他捡的是落在地上的蓝莓，捡蓝莓时他想，这老头真不善良，宁肯烂在地上也不给别人吃。小鸥拿落地蓝莓给奶奶，奶奶刨根问底，小鸥撒了谎，说蓝莓谷的老头给的，"你看都是熟透的，不吃也烂了"。奶奶相信了，说蓝莓真好吃！

后来老头儿又发明了大弹弓，那个弹弓有点像古代的弩，追逐过程中，小鸥左躲右闪蛇形跑动，老头的弹弓总也射不到他。下大雾了，小鸥要上山打猪草，奶奶劝说也不行，其实小鸥心里惦记着蓝莓谷的老头儿，他想，这样的天气总不会再撞见了吧。这次进园小鸥没捡落地果，他开始摘树上的蓝莓。"好小子，你又来了，这回看你能跑哪儿去？"突然，传来老头的声音。大雾三米内见不到人，小鸥一边躲闪一边咯咯笑，影影绰绰地和老头儿捉起了迷藏。

阴雨天里小鸥也忍不住要去蓝莓谷，这次他被大弹弓击中了，先是惊了一下，后来发现那个弹丸是胶皮的，就肆无忌惮地和老头在园子里绕开了圈子。老头跑不动了，远远地落在了后面。小鸥路过农舍，透过窗户发现屋里有三台电脑，小鸥拉开窗户，看到电脑连接着果园四周的监视器，电脑旁边还有一张手绘图，上面标着红色指示箭头和密密麻麻的黑色小字。小鸥狡黠地笑了。

那天晚上天晴了，小鸥突然想到，蓝莓树可践踏得不轻，第二天早晨，他就摸进园子里扶那些倒掉的蓝莓树，这次老头没有出现，小鸥已经知道监视器的盲点在哪里了。

小鸥和看园子老头斗法、追逐了整个夏天，山里树叶泛黄飘零时，父亲把他接到遥远的省城插班就读。一天，工装上沾着水泥灰的父亲急匆匆来到学校，严肃地问小鸥蓝莓谷的事，他紧张得要命，不知从何说起，后来他知道，蓝莓谷的老头去世了。老头不是看园子的，而是蓝莓谷的主人，早在七年前就患了癌症。老头去世前留下遗嘱并做了公证，他将蓝莓谷送给了小鸥。

（原载《百花园》2017 年 9 月）

写　作　课

津子围

　　教室还算宽敞明亮，只是显得旧一些，如同掉了漆的木盒子，还有就是隔音不好，隔壁教室脚踏琴的踏板声和琴音断断续续钻了过来。

　　顾老师用手指梳了梳搭在头顶稀疏的长发，挺胸走上讲台，信心十足地微笑着。这是一个阴雨天，学员竟比平日还齐整，环顾一双双期待的眼神，他清了清嗓子，大声说，今天是个特别的日子，我们的写作课增添了新鲜血液，她就是——顾老师五指并拢指向了后排的角落。学员们转身、转头，齐刷刷地看过来——"小迪！"

　　顾老师咳了一口痰，包在手纸里，继续充满热情地说："小迪今年才27岁，是我们写作课开课以来年龄最小的一位，大家要呵护好这颗天才的幼苗。今天，小迪将给我们分享她的小说构思。下面，让我们用最热烈的掌声欢迎小迪！"

　　小迪有些忸怩地走到台前，先是谦虚客气了几句，接着就讲她虚构的小说，她想写的小说叫《阴魂不散》。故事的大意是这样的：一个女孩得了一种怪病住进医院，各种检查都很正常，可她还是头痛欲裂，医生找不到病因，也无法为这个病命名。奇怪的是，一周之后女孩逐渐自愈，同时她突然有了特异功能，可以支配自己的意识钻到任何一个人的身体里。于是，女孩开始随心所欲地周游世界了。她游荡的灵魂先是钻入她崇拜的男明星妻子身体，尽情地享受偶像的爱抚和激情。曾经在幼儿园工作的王老师说，哎哟，太浪漫、太刺激了。顾老师说："学员谈构思时最好不要打断。"小迪接着说，女孩享受了性爱之后，她又想到了金钱，她选择一位财富排行榜上的民营企业家，开始随心所欲地大把大把花钱，花到企业家身边的人都目瞪口呆。"花了多少钱呢？"银行保安岗位上退休的李大爷问。顾老师说："具体数目不重要……我不是说过了吗，谈构思时最好不要打断。"小迪接着说，女孩的胃口越来越大，她突然想过一下权力瘾，于是进入一个高官的身体里，主持会议，教训下属，批土地、批项目……当过出租车司机的张师傅大声喊："好，这个过瘾！"顾老师正要阻止，发现下面议论纷纷，学员们三三两两地讨论起来——小迪没想到自己的构思竟能引起这么强烈的反响，她胸部起伏，脸有些涨红。

参加写作课之前，小迪一直在医科大学附属医院药局工作，她从未想过自己得病的问题，一次单位例行体检，发现她身体隐秘的器官不太正常，深入检查之后，确诊是卵巢出了问题，就是人们常说的，得了不好的病，医生的判断是，小迪活不过六个月。小迪在短时间里走过了意外、惊恐和绝望的心路历程。病休期间，她脸色苍白，神情恍惚，漫无目的地游走，鬼使神差地走进一个童年熟悉的大院，看到了宣传栏里关于写作课的通告。

小迪继续讲她的构思，她说女孩经历了人间的高峰体验之后，她开始觉得美色、金钱和权力都不过尔尔，她的境界慢慢升华，于是，她再次进入富翁的身体里不再是挥霍而是做慈善，将大笔钱用在该帮助的人身上。再成为高官时，她维护正义、主持公道、遵守法纪。最后女孩钻到父亲的身体里，从母亲的角度理解母亲；钻到母亲的身体里，从父亲的角度理解父亲。原本误解、隔阂的老两口儿开始相互检讨，表达爱意……小迪讲到这儿，教室里传来了哭声，张师傅一边哭还一边用多年握方向盘的有力大手拍打桌子。悲痛瘟疫一般在房间里交叉感染，哭声连成了一片。

顾老师也哭了，他大声问，大家说小迪是不是天才？是天才！大家喊着，绝对的天才！顾老师过来紧紧地握着小迪的手说："谢谢你小迪，你是写作班的骄傲，是我们大家的骄傲，希望你多给我们写好作品，用你创造的精神财富去激励人、鼓舞人、教育人。拜托了，小迪！"小迪十分感动，也泪流满面。

散场了，保安经验丰富的李大爷和洋溢着幼儿般天真的王老师最后一个离开教室。李大爷说，小迪讲的故事你都听懂了吗？王老师说当然了，你听不懂说明你笨。李大爷说别吹了，我不信你全能听懂。王老师说听懂多少不重要，要我说啊，今天非常有意义，大家都理解顾老师好心肠，都配合得挺好。李大爷说，其实大家也都挺善良的。王老师说就是就是。李大爷突然嘘了一声，跷脚向走廊里瞄了瞄。王老师说，干吗呢，神经兮兮的。李大爷说，小声点，隔墙有耳，尤其不能让小迪听见。

小迪真的相信自己具有写作的天赋，每天都在不停地写啊写啊……半年后，医院催促小迪去复查，结果出人意料，"不好的病"居然不见了，不知道是传说中的人体自愈，还是本来就是诊断有误。小迪虽然在医院工作，但也不敢保证医院就没有误诊的时候。

七年过去了，小迪还在不停地写啊写啊，她并没有写出成就，也没有产生过重大的影响，不过，她没有放弃。

（原载《天池小小说》2017 年第 9 期）

小 偷 之 死

李伶伶

陈武下班回到小区，看到小区的人正在追一个小偷。陈武最痛恨小偷，要不是小偷把他母亲刚从银行取出的工资偷走，他母亲也不会急得心脏病发作去世。所以不用人招呼，他就加入了抓小偷的行列。陈武学过武术，抓小偷对他来说太简单了，他追上小偷，几下把他撂倒了。

小区的人很快围了上来，有人说报警，有人说把他送到公安局。小偷戴着头套，看不到他的脸，大家让他把头套摘下来，他不摘，陈武一下把他的头套扯了下来。大家看到小偷的脸后，都很气愤，他居然是打更老头那个败家儿子。挺大个人，啥也不干，整天游手好闲的，不但偷他爸的钱，还偷小区住户的钱，大家几次把他送到派出所都屡教不改，他爸被他气得哮喘病都犯了。今天得替他爸教训教训他了。这话得到了大家的响应，大家你一脚我一脚都来踢小偷。小偷挣扎着想跑，被陈武一脚踢趴下了。

这时警察来了，大家七嘴八舌地跟警察说小偷的行径。警察让小偷起来，小偷趴着不动；警察去拽他，他还是不动。警察一探他的鼻息，没气了。警察说，他死了。大家都很吃惊，没想到小偷会死。警察说，谁把他打死的？大家你看看我，我看看你，都把目光投到了陈武身上。陈武很惊讶，说，不是我一个人，他们都踢了。大家说，之前他还好好的，你踢完之后他就不动了。陈武说，不对，不是这样。警察说，你踢没踢吧？陈武说，踢了。警察没再多问，直接把陈武带走了。

案发现场没有监控录像，关键时刻，小区的人又都不承认自己踢了小偷，所以陈武要对小偷的死负责。因为小偷有错在先，陈武属过失致人死亡，法院判他十五年刑。陈武不服，要求上诉。上诉的结果是维持原判，因为证据不足。

陈武不理解，不是法不责众吗？明明大家都参与了，为什么让我一个人负责？这个问题，他想了十五年也没想明白。出狱后，陈武发现自己一无所有了，工作丢了，媳妇早跟他离婚了，连房子都被她偷偷卖了。陈武出去找工作，因为他有坐牢的经历，屡遭拒绝。

一天，他去一个汽车维修店应聘，看到一个男人在修车，修了半天也没修好。他走过去，几下就修好了。男人意外地看了他一眼，说，手艺不错。陈武说，小意思。这时走过来一个女人，看样子像是老板娘。女人说，以前在哪儿干过？陈武说，监狱。女人说，监狱也开修车铺啊？陈武说，在监狱学的修车。女人没说话。陈武说，我看到招聘信息，说你们这儿招聘维修工，我是来应聘的。女人听后马上歉意地笑了一下，说，真对不起，我昨天刚招了一个。说着掏出五十块钱递给陈武说，刚才让你辛苦了，你再去别处试试吧。陈武犹豫了一下，拿着钱走了。

没走多远，听见女人说，今天真晦气，碰见个倒霉鬼，害我损失五十块钱。陈武听了，转身又回去了。陈武走到女人面前说，你说谁晦气呢？女人吓了一跳，尖叫着说，你想干什么？陈武说，把钱都拿出来，你不是说你倒霉吗，我就让你倒霉到底。女人乖乖地把兜里的钱都掏出来了。一边的男人刚想做点什么，陈武顺手抄起店里的一把修车扳手，说，别动，敢报警你们都没命。两个人都没敢动，陈武拿着钱走了。其实他心里很紧张，怕他们报警，也怕警察再把他抓起来。陈武在出租屋待了好几天没敢出门，后来见没什么动静了才出去。

找工作依旧不顺利，抢来的钱又很快花光了，没有经济来源的陈武想到了偷窃。几次得手后，他的胆子渐渐大了起来，后来干脆以偷盗为生。

有一次入室盗窃，被人堵在屋里。陈武从窗户往外跳。二楼的窗户离地面不高，他以为自己能逃脱，没想到落地时崴了脚。户主大喊抓贼，小区的人很快围了过来，对他一顿拳打脚踢。他挣扎着想跑开，被人一脚踢到心窝。一阵钻心的疼痛之后，他感觉自己要死了。这时，他猛然想起当年他踢小偷的那一脚，他的命运就是从那一脚开始转变的。想到这儿，他意味深长地看了最后踢他的那个人一眼，微笑着闭上了眼睛。

（原载《啄木鸟》2017 年第 1 期）

遗　落

女　真

　　我是个丢三落四的人，出差、出门，经常丢东落西，小至头绳、发卡，大至化妆包、项链。我这个性格像极了我妈。我妈说她年轻时甚至丢过要命的粮票、布票，为此得过一场大病。最近几年，她记性更不好了。年纪大了，自然规律谁也奈何不得，更何况她本来也不是心细之人。

　　这次他们回沈阳之前，我打电话再三叮嘱她，出门之前，煤、水、电的开关一定要检查好。要关上！关上！！关上！！！重要的事情说三遍。作为沈阳三亚候鸟族，我爸我妈，他们离开三亚时是春天，再回去，要到十月以后了，大半年时间房子空着，不检查好怎么得了？

　　我妈有自知之明，回我："怕啥，有你爸呢！"

　　是的，我爸比她心细一百倍，但其实也不是完全可以信赖。譬如去年，算好了航班到达时间，我们到桃仙机场接他们。飞机降落了，却怎么也打不通他的手机。人家同一个航班的乘客都取完行李出来了，他的手机却一直关机，把我们急的！等他们终于推了行李出来，我马上就发现我妈妈一脸的不高兴。原来我爸的手机根本就没带上飞机，出家门之前，他把茶几上的电视遥控器当他的老年手机放包里了，直到飞机上空姐叮嘱要关掉手机，他才发现自己犯了错误，想回去取当然是来不及了。可怜我爸一世心细英名，就被这一件事情毁了。我妈当然有不高兴的理由，退休以后，平时他俩基本都是在一起，可以说是形影不离，我妈又有丢东西的习惯，所以平时他们两个人就用一部手机，我爸实际上充当着她秘书的角色。手机落在三亚的家中，东西是还在，但好多电话号码找不到了，耽误事呀！

　　手机事件之后，再遇到大事情，我们除了要叮嘱我爸，也要叮嘱我妈一遍，第一显示我们对她同样重视、有信心，第二也是想构筑一道保险防线。毕竟我爸年纪也大了，快八十的人了，忘点啥正常。

他们现在每个人手中都有了一部手机。我妈妈甚至学会了微信，把他们在三亚拍的一些照片发到我们家的亲属群里。蓝天、白云、椰子树、细沙滩，他们眼里常见的风景，对我们身处寒冷和雾霾中天天要上班的人，是一种安慰啊。

他们上飞机之前，我特意在微信里发了一条信息，看似问候，其实是在检查他们带没带上手机。我妈回复很快：你爸手机已经关机，在我包里呢，有事情打我电话。

好，但愿这回他们什么都别落下。至少今年不用给他们再另买手机了。

他们的航班，是下午三点半到的。我妈我爸推着行李出来时，他们先是冲着我们招手，脸上是见到了亲人的笑容，但很快，我在我妈妈的脸上发现了不愉快。知母莫如女。趁着我先生往车上搬运行李，我拉着我妈先坐进了车里，小声问她："妈，你挺好吧？没啥事吧？"

我妈看我一眼，挺委屈地说："有事。"

"啥事？又落东西了？"

"落了。"

"睡衣吧？落就落了，咱家里还有。"

"不是。"我妈看一眼车里暂时只有我们娘儿俩，小声嘟囔一句："牙。"

我刚想问一句她的还是我爸的，马上把嘴闭上了。我爸的假牙是满口的，如果不戴上，马上能看出来腮帮子是塌下去的。我妈牙一直不错，四年前两边的大牙出了毛病，拔掉以后镶了假牙，中间带桥的那种，戴不戴只有她自己知道，别人其实是看不出来的。所以，我马上明白，是她自己把假牙落下了。

这事有点麻烦。手机可以再买，假牙只能重新咬牙印、再镶。另花钱是一层，新配的牙未必合适，需要适应。还有个时间问题。做假牙需要时间，要等待。

我问她："牙不是一直戴着吗？怎么摘下去了？"

"晚上睡觉不得劲，我睡觉前摘下去放杯子里，早晨起来再戴上。今早走时，有点慌乱了。"

"我爸没提醒你？"

"他一直不知道我摘牙睡觉。让他看见不好。"

我爸和我先生搬完行李进车了，我不好再跟我妈继续这个话题。我妈年轻时是大美人，我能理解一点她的心情，她是不想破坏自己在任何人心目中的美丽形象，包括我爸呀。

所以，这事怨不得我妈，也怨不得我爸。我唯一能做的事情，就是明天带上我妈去口腔医院，这是我应该做的。为了安慰我妈，我趴她耳朵上小声讲话："妈，落下点东西是好事，说明明年还得回去，对不？"

我妈看我一眼，笑了。

（原载《辽宁日报》2017 年 3 月 15 日）

维　权

孙春平

　　吴老太到三亚有好几年了。每年十一月初南下，待来年春暖花开的时候再回东北去，被人称作候鸟一族。吴老太患有肺气肿，以前每到冬天，就觉气短，听人说海南冬天暖和，还没有雾霾，便坐火车跑来一试。这一试就上瘾了，那口气一下就吸到了肺窝最深处，甜甜的，润润的，连吐出去都觉不舍。

　　当然，当候鸟也需有本钱。要住房，还要坐飞机，都是不小的费用。人家腰包厚实的，在海南买了房，飞到落脚处便有了巢，好比去年来过的老燕。没老巢的也好办，让儿女们在网上搜一搜，或给中介打个电话，一切便 OK 了。可吴老太没这个方便，穷候鸟必须精打细算。吴老太退休前在一个国营煤矿管矿灯，一管三十多年，后来据说是资源危困，退休金两千元不到。一儿一女也都不容易，不再啃老已是烧高香了。老伴过世得早，活着时是矿工，矿难后只见了骨灰盒，还有一笔抚恤金。那笔钱后来给儿子买了一室一厅的房子，不然，只怕儿子连媳妇都娶不上。

　　穷有穷的活法。吴老太买不起房，那就租，租也不敢去正规小区，太贵。她是去城中村。当地村民等着拆迁，早把房子盖得密密匝匝，休想见光了，但便宜啊，一月几百元钱就说下来了。飞机票贵，咱坐火车，睡不起卧铺咱坐硬座行不？刚来三亚时，吴老太还曾去住宅小区翻过垃圾箱，她在心里算计过，没多有少，把租房钱翻拣出来就行。但那活计只干了三天，房东不干了，说院子本来就小，不可再堆放纸壳易拉罐。吴老太想想也是，从此歇了手。

　　但处处节俭的吴老太对生活也不是一无挑剔。比如谈租金时，她对房东说，这个屋能挡风遮雨就行，空调冰箱啥的我也不要，但没电视却万万不可。我岁数大了，觉轻，夜里睡不着就得看看电视。这一点你要是办不到，那就再少要点租金，我自己想办法。房东在地心转了两圈，总算点了头。

但是，新年后的一天夜里，吴老太正在看韩剧，突听电视机呗儿地一响，便黑了屏幕，起身摸电视上的键子，挨个按，又按遥控器，都是毫无反应，便确信是电视机坏了。第二天一早，吴老太对驾电动三轮车要去码头上倒卖海鲜的房东说，我屋里的电视坏了，你给看看吧。房东指指已见白的天空说，眼看就亮了，我去晚了，就什么货也抓不到手了。晚上再说，行吧？

入夜时分，房东回来了，手掐遥控器摆弄一阵，又打电话找来了电视修理师傅，师傅把电视卸下来，开了膛破了肚，说什么什么配件坏了，换件不比换电视省多少钱。房东说，大姨看到了吧，我可不是不给你修。吴老太气哼哼地反驳道，电视是你家的，你怎么是给我修？我只要求你放在我家的电视能有影有声。房东没敢再说什么，却也再没给吴老太什么承诺。

那一夜，吴老太越发无眠，烦躁地在床上烙了半夜饼。听隔壁的动静，极安静，前几天女主人带孩子去了乐东县乡下，老妈病了，去侍候，只留了男主人一人在家。男人兴许真是忙乏了，回家后便睡。天快亮时，听房门响，估计房东又要出发了，便急跟出去，说我不管你今天忙什么，晚饭前必须给我弄回一台电视来。房东赔笑说，大姨饶了我好不好，一家人还等我挣俩钱过日子呢。吴老太还想说什么，房东已驾起三轮车，风一般远去了。

那天，吴老太在街区上遛弯，捡回一根粗铁丝，又用石块在两头砸出两个圈。吴老太的打算是，今夜房东要是再要赖，夜里就用这铁丝和房门锁头将他的三轮车扣在小院里的芭蕉树上，明早我看你再怎么跑。没想，当夜，房东似乎未卜先知，人是回来了，小院里却根本没见三轮车的影子。吴老太好不容易又熬到黎明，隐约听到房东蹑手蹑脚的动静，急又起身。房东见状，撒丫子便跑，气得吴老太喊，你是兔子呀？站住！

房东仍是跑，穿过幽幽暗暗的胡同，到了车水马龙的迎宾路上。回头看，吴老太竟远远追上来。房东怕吴老太使出人盯人的战术，哪还顾得看路灯，横穿街道直奔隐在对面树丛中的三轮车。没想一辆红色摩托闪电一般冲过来，房东躲闪不及，扑通一声摔倒在路心。

那天，真是幸亏吴老太紧跟在身后。吴老太眼见房东遭了车祸，急冲到路上，站在路心对着来往的车辆拼了命地摇动双臂，拦住了过往的疾驰车辆，又呼停了一辆出租车。

房东醒来时已在医院病床上。正等在床前准备核实情况的交警对他说，听医生说，你身体的问题不大，皮肉伤，只是头部摔地，受了脑震荡，休养几天也就恢复过来了。我们已追查到企图逃逸者。要说责任，我看主要还是你，你怎么能横穿街道呢。今儿多亏了这位大姨，不然，你要是遭遇到二次伤害，那可就惨了。你要知道，当时的情况，那是极有可能的，我想想都替你后怕。房东忙对仍守在床前的吴大姨说，大姨，从今往后，只要你来三亚，都住我家，连吃带住，我分文不收。你是我的亲姨呀！吴大姨嘴一撇，回道，少扯用不着的，住房交租，天经地义。我只盼你养好伤，回家后快点让我看上电视就行啦！

（原载《微型小说选刊》2017 年第 19 期）

糖　　纸

孙春平

又到教师节了，时有学生到杨老师家来，手上带着这样那样的礼品。杨老师年近古稀了，退休前曾在教师进修学校执鞭，还当过多年的校长，所以来拜访她的多是现职的教师，当然，也有后来改行另谋高就的，比如各路官员，或大大小小的经理。杨老师迎客人落座，指着茶几上的一个小镜框，说这片糖纸的故事还记得吧？能给我复述个大概，你带来的礼品我就留下。不然，千万别让我老太太受之有愧呀。客人们或者真忘在脑后讲不出来，或者此情此景不便再讲，只好赧颜而去。

镜框相当于大 32 开本的书籍大小，仿红木框，玻璃下衬着杏黄的绸布，那片暗红色的糖纸片铺展在正中。精美而认真的装潢，说明了主人绝非玩笑的态度。

不久后，有人在微信里发表了一篇文章，题目叫《杨老师的糖纸》，还配发了装贴在镜框里的糖纸照片。杨老师年事已高，不敢再在手机上耗费日渐不济的视力了，女儿便将那篇博文读给她听。

杨老师九岁那年，留给她的记忆只有饥饿。一次，学校组织学生去郊区劳动，妈妈带给她的午饭是灌在玻璃瓶中的玉米糊糊，家里穷，孩子又多，买不起饭盒，也只能这般将就。中午，小杨拼力吮吸糊糊，见瓶内仍有黏存，不舍，便用石块将瓶子击破，小心翼翼地捧起碎片去舔，竟被万恶的玻璃碴割破了舌头。小杨的班主任老师姓姜，已是年过半百的虚胖老太太，见学生嘴里出了血，大惊失色，颠颠地跑出一身汗，才在附近村里找来止血的药面面，又亲自给小杨敷撒。校长也赶来了，瞪着眼睛责怪："这孩子，怎么这么不懂事！"还一脚将破瓶片踢出老远。姜老师突然跳起身，凶凶地对着校长吼："孩子有什么错？孩子！"吼过之后已是泪流满面。姜老师一向温和慈祥，平时连批评学生都不用高声，那个样子惊得围观的师生们谁也说不出话来，校长则哼了一声，悻悻地转身而去。

正是因为饥饿，九岁的小杨无师自通地学会了倒买倒卖，背着所有人，也背着爸爸妈妈，用手里极有限的压岁钱，趁着午后不上课的时间，独自跑去郊区，买玉米，买地瓜，买鸡蛋，背回家，煮熟，再偷偷地带到火车站候车室卖给同样饥饿的旅客。她的利润便是每次可吃下一两块地瓜、一两棒玉米或一两个鸡蛋。冬天的时候，她还卖过炒黄豆。她的衣袋里除了炒熟的豆粒，还有一只半大的粗瓷酒盅，那便是她的量具，相当于乡下人爱用的升。有时，豆粒没卖光，小杨便揣到学校，给相好的同学分上十粒八粒，也算是个零食。同学们香香地嚼在嘴里，自是感激与羡慕，说你家还有这个呀？小杨不回答也不解释，分享的是同学们的快乐。

小杨的快乐戛然而止于第二年的夏天。那天，课间操的时候，校长突然宣布不做操了，领操台上却出现了蒿头耷脑抹着眼泪的小杨同学，台下还站着两名警察和戴着红胳膊箍的市场管理人员。校长拿话筒说，作为一名少先队员，我们学校有的同学却不好好学习，而去投机倒把，破坏社会主义经济。现在请全校师生一起接受教育。接着便是市场管理人员和警察轮番的喋喋不休的训斥，句句都上着纲连着线，听着叫人胆战。

正是酷热时节，大太阳当空临照，毒毒辣辣，威力四射。学生中有体力弱的，软软地瘫在地上，引起师生的惊呼。教导主任一个手势，老师们便迅速将学生们按班级带到操场四周的树荫下。只有小杨同学还孤零零地站在领操台上，不时用小手擦抹一下脸庞。就在那时，师生们眼见姜老师从校门外冲进来，一路笨拙而急切地往领操台前跑，有两回，还差点摔倒。有的同学知道，那天，姜老师请了两节课的假，去了医院。姜老师早就得了很严重的肝病。

姜老师冲上了领操台，先是掏出手帕给小杨擦脸上的泪水和汗水，然后就站在了小杨同学的身旁，用她那颇显臃肿的身躯替瘦小的学生遮挡住了火毒的阳光。

校长夺下了批判人的话筒，厉声喝道，姜老师，你要干什么？

姜老师气喘吁吁朗声作答，如果非说学生有错，那也是老师的错，我跟学生一起接受教育，不可以吗？

也许，就是因为那次举动，暑假后姜老师被派去乡下接受锻炼。临行那天，姜老师到教室跟学生告别。她什么都没说，只是在每张课桌上放上一块水果糖，再挨个摸摸学生的脸蛋。姜老师因肝病每月可得一斤糖的辅助治疗，那须医生的诊断证明。

每年秋季开学，都是九月初。那时，还没有老师节，但推算起来，应该就是后来一年一度的教师节前后吧。

从此以后，小杨同学再没见到姜老师。但她一直珍藏着那片糖纸，并在师范大学毕业后，不时将糖纸拿出来，给她的学生们讲一讲关于这片糖纸的故事。

杨老师听毕，从女儿手中接过手机，长久地轻抚之后，只是长长地叹息了一声，神情中竟是深深的忧伤。

壁　虎

田双伶

　　女友在电话里一遍遍地说她，最后近乎乞求了，出来吧，心情不好就出来逛逛吧。

　　她换了衣服出门，有气无力地跟着女友逛，一瓶又一瓶的冰饮，把心底汩汩上涌的闷气一口口压下去。逛累了，两人坐在一家茶餐厅，她的眼泪终于忍不住流下来，压抑了两个多月的委屈，倾泻而出。

　　女友听了，眉毛霎时挑起来，问：真的？

　　真的。她泪眼模糊，连连点头。真的，那头发比我的长，鬈发，板栗色。还有，那支口红你知道是什么颜色吗？猩红色，得是多妖媚的人才用啊……说到这儿，她又难受地哽咽起来。

　　女友沉默着，一勺勺搅拌杯里的咖啡，忽然说，你真笨，那是你的家，你为什么要搬出来呢？你走他就没留你吗？你就不会赶他走吗？

　　那天夜晚，他好话说尽百般阻拦，可她把衣服装进行李箱的时候是毅然决然的。一个女人，深夜拖着行李箱走在大街上，那凄凉何处说去？

　　听我说，女友把银匙"叮"一声丢进盘子里，压低了声音，你一定要搬回去住，坚守你的领地，坚守你的婚姻，懂吗？

　　她听话地点点头。这两个月，每个夜晚她都在纠结、愤怒、恼恨、委屈、不甘，让她的智商几乎为零。

　　打电话给他，很平静地说，我要回去了。

　　那边的声音一如往常的淡然，无风无浪的，仿佛什么都没发生过。他说，好啊。末了，又说，等会儿我还订那家日式餐厅吧，你不是喜欢吃那里的料理吗？

　　她心里仍是乱麻一团。多少次了，争吵后一顿浪漫晚餐，什么都不了了之。搬回去，依然是那样的日子，那样的日子呀。

那晚被她重重摔过的门，无声地迎她踏进去。还是这个家，她曾经花了许多心血布置的家，总是打理得一尘不染的家，如今仿佛多年未住人的旧宅，静寂苍凉：木地板上蒙着一层灰尘，茶几上烟灰缸里满满的烟蒂，被她泼了茶水的沙发上洇出一大片茶渍，厨房水池里泡了一个水杯和两只碗，只有花瓶里的水竹似乎比以前多了几片新绿的叶子。她无奈地叹了口气，掂起拖把清扫房间。

她把零乱的卧室细心整理好，换上一套撒满玫瑰花朵的新床品。她坐下来，望着眼前的一切。床头的婚纱照上，两人笑容甜蜜，她被他轻拥在怀，这情景让她恍惚。蓦地，相框旁边，一个奇丑无比的家伙几乎把她吓得半死——一只壁虎斜趴着，眼睛鼓鼓地亮亮地看着她。她惊叫一声跳起来，跑出卧室。客厅一片静寂。她才想起，家里只有她一个人。不过，若他在家，她即使大呼小叫的，他也总是神情淡淡、无所谓地说，怎么啦？就像那天，她愤怒得几乎歇斯底里了，他不也是淡定地睃她一眼，又怎么啦？

她拍拍胸口让自己定下神来，随后掂了扫把去驱赶壁虎。那壁虎从墙上爬下来，爬上她的床，望望她，又昂起头挑衅似的不紧不慢地爬上她的枕头。她终于爆发了，举起扫把朝那壁虎拍过去。壁虎灵巧地避过袭击它的扫把，爬上墙壁。她发疯似的再次用扫把击中了它，用尽平生力气死死摁住，她想它一定被拍死了。等她松开僵硬的胳膊移开扫把，一截断了的壁虎尾巴落了下来，在地板上摆动着。

她甩掉拖鞋跳到床上，搬开相框，壁虎不见了。床头柜，床底，衣柜……她的目光一点点扫视过去，觉得那个丑东西随时会从哪里钻出来，再爬上床，爬上枕头，眼睛鼓鼓地亮亮地望得她心里发毛。

她紧紧闭上眼，可是一双双壁虎的眼睛，魔幻似的出现在天花板上、柜子上、墙角、窗帘……挥之不散。

恶心、屈辱、悲哀、绝望，一起涌上心头，她几乎浑身瘫软了。

过了好久，她长长地呼了口气，扔掉扫把，抹干眼泪，换鞋，掂包，离开。

她语气平静地打电话给他：晚餐不一起吃了。还有，我不会再回来住了。

走到街上，她想给女友打电话，纠结了两个多月，心里突然轻松了。可该怎么说？让她心里放下的，是那一只壁虎吗？

（原载《新青年》2016 年第 6 期）

梁 山 好 女

安 宁

　　李美生在梁山，却未曾遗传一点梁山好汉的运气，总是频频倒霉。

　　第一次在外地与人纷争，是她和老公在省城开的饭馆里，来了两个吃白食的小痞子，明明饭菜没有问题，非得说吃出一股子怪味，怀疑是馊了。其中一个，还捂着肚子，装出一副马上要倒霉进棺材铺的模样。其实所有人都明白，他们不过是想逃避饭钱，有些常客便眼神暗示，就当施舍乞丐算了，别跟这些厚脸皮的人一般见识。但李美偏不信制伏不了这些小痞子，于是心里嗖的一声蹿出一股子火焰，拿了菜刀就冲过来。两个小痞子完全没将她的菜刀当回事，以为不过是吓唬一下罢了。其中一个还主动迎上前去，斜睨着眼睛，挑衅李美的气势。李美也就在这样的挑衅中，将菜刀一下子砍下去，竟是砍断了那痞子抬起试图阻挡的一根手指！周围食客都吓得四处逃窜，而两个痞子也惊得手足无措，想要逃跑，却发现拔不动腿。李美又是一刀，砍在痞子的右腿上！

　　等到老公从楼上冲下来阻止时，李美已经砍下了三刀。很快有人报了警，李美这辈子都没想到，会跟警察打上交道，她原本是想像未被逼上梁山的好汉们一样，安安心心地过普通日子的，可是偏偏天不由人，她想做老百姓的梦想，在刚刚有了一点生活起色时，被她的梁山气概，给毁坏掉了。

　　好在那痞子伤得并不严重，远房亲戚给找人通融了一下，双方达成了赔款协议，协议里面规定的赔偿数额，恰好是这两年李美开小饭馆的所有收入。

　　李美决定东山再起。只是这样辛苦地经营饭馆，却疏忽了对孩子的照顾。常常是她和丈夫在饭馆里忙碌，孩子们连饭也没有人做，都是七八岁的女儿一个人坐公交来到饭馆，用饭盒将饭菜捎回家去，喂两个双胞胎弟弟一起吃。李美从小也是这样被大人们忽略着长大的，所以她并没有觉得女儿和儿子会有怎样的孤独。

有一天下着大雨，李美的小饭馆里因为这场雨，生意却是出奇地好，她忙得正不可开交的时候，女儿忽然浑身湿漉漉地出现在她的面前，她脸上还挂着眼泪，很委屈的样子。李美一下子着了急，大声呵斥她：怎么这么晚了还过来?! 而且连弟弟们也不管！女儿哭得更厉害了，是做父亲的过来，温柔地问她有什么事情，她才哭着说出来，是在家里一个人看鬼片看得吓住了，连睡着的弟弟们也不管了，穿上拖鞋就飞跑出来，打了辆车就到了饭馆，试图在妈妈的怀抱里，寻找点安慰。只是，没有想到，做妈妈的却劈头盖脸地给了她一通训斥。

训斥完了女儿，李美继续忙着为客人端茶倒水、点菜结账，完全将受了惊吓的女儿给忘记了。等她端着一盘吃剩的菜，不小心撞到女儿身上时，她才再一次想起了这个孤独的孩子。只是这一次，她被催促饭菜的客人弄得心烦，哗啦一声将手里的盘子，全扔在了地上。一时间顾客们全朝她和女儿看了过来，可怜的女儿被看得没了颜面，再一次哭起来。李美在那一刻，大约想起了小时候的自己，也是这样的孤独无援，常常在人前被父母呵斥怒骂，一点颜面也没有。她正是因为有了如此焦躁的父母，才从小缺乏安全感，容易绝望，对人生充满了希望又满是失望。这样的不安全感，又遗传到了女儿的身上，并因为自己对琐碎生活的难以容忍，而宿命地让女儿此后的人生，同样曲折与不定。

尚未哭完的女儿，就这样在人群注视之下，用笤帚打扫干净地上的碗盘，又悄无声息地像往常那样，走到水池边，清洗满盆的碗筷。她的身影是瘦削的，像极了年少时的李美。她原本是找妈妈寻求温暖的，最终得到的却只是冰冷、破碎的盘子和永远也洗不完似的碗筷。

李美什么也没有说，只是拿过一块毛巾来，递给女儿，示意她不用洗了，而后她自己卷起袖子，迅速地清洗着高高的餐具。她想，等洗完了这些，她就将餐馆打烊，和丈夫一起带女儿回家。

（原载《新华书目报》2017 年 4 月 6 日）

请你喝咖啡

飞　鸟

今晚有空吗？黄泽银微笑着说，请你喝咖啡。

黄泽银梳着整齐的背头，白白净净，高大挺拔，一点儿也看不出六十多岁。他是退休干部，老伴一年前去世了。

这是黄泽银第六次约李翠莲。第一次约，是李翠莲进城的第十五天。那天马振喝醉了。

李翠莲安静地站在离瘦小、红干巴脸的男人三米的距离。男人嘟囔着什么，这嘟囔，李翠莲三十多年来从没听清过。男人弯腰脱鞋，他穿了双运动鞋，鞋带子长，解起来费事。李翠莲望着他枯枝般的手抖抖索索解鞋带，想上前帮一把，脚却定在地板上，不能动身。

马振终于解开鞋带，呼呼喘粗气，举鞋砸向李翠莲。

第一只鞋砸在她左胳膊上，第二只鞋砸在她右腿上，两只袜子砸过来，像两只深秋蝴蝶，扑嗒几下翅膀，软软坠落。李翠莲望着马振，轻轻叹口气，人就像风箱，总有鼓不出风的时候。男人老了。当年，三米距离，马振能把鞋准确击中她的额头，袜子准确命中她的嘴鼻。

李翠莲早上照镜子，发现很多白发，那白，刺疼了眼睛。以前怎么没发现自己那么多白发呢？五十的人了，在村里算是老人了，衣服不再鲜艳，容貌不再注意。除非去参加吊庆活动，李翠莲很少认真地照镜子，镜子前一晃，还没看清楚自己，镜子就丢在桌上，急慌慌忙别的事情去。

谢安路拐角有家理发店，门脸装饰精美，李翠莲经常打门前过。她一年难得理次发，一般是进了腊月，过年嘛，图个吉利，才去逊母口镇背街找家不显眼的理发店，把头发剪剪。她不全是图背街小理发店便宜，还有内心的舒适。那些理发店门脸小，座椅简陋，地面散落着碎发楂，空气里弥漫着淡淡的脑油味。店主笑着，用旧毛巾打座椅，说，恁请啊。恁，家常，土却熨帖。

她第一次走进谢安路那家理发店。女士，您好，请问有什么可以帮您？一个染红头发的女孩礼貌地问。李翠莲想笑，进理发店当然是理发了。她说，理发，再染染。

她想喝咖啡。咖啡馆环境幽静，飘荡着好听的音乐，人们文气地坐着，面前杯子里冒着白白的热雾，一把小勺子，轻轻搅着杯子里的咖啡，这一切透出股说不上来的劲。这劲，很诱人。

李翠莲慢慢往家走，走到门口，一个念头跳出来：马振再拿臭鞋臭袜子砸我，我就答应老黄。这个念头敲得心怦怦乱跳。进家，她闻见一股酒气，心里升腾一阵欢喜。马振不喝醉酒说不上知冷知热倒也相安无事，只要喝醉，就用鞋袜砸李翠莲。李翠莲还不能逃躲，否则，马振会发酒疯，把家什砸个稀巴烂。家什可都是血汗点点滴滴积累出来的，李翠莲心疼，不再逃躲，顺顺帖帖让男人砸。男人砸完，蒙头睡觉，万事吉祥。

李翠莲迎着酒气大咧咧进门，马振斜着眼坐床沿。他红眼睛发出亮光，嘴里嘟囔着弯腰脱鞋。等他举起鞋，手却僵在空中。李翠莲紧紧挨着他站，脸上洋溢着欢喜的笑。马振斜头拿眼睛在手臂上用力擦擦，这次更加清晰。李翠莲满面笑容，呼吸的热气喷到他额头。

马振愣。

李翠莲伸手抓住马振的手臂，用力拉，她要帮他一把，好狠狠地挨一顿砸。马振惊恐了，拼命后扯。多年的酒精掏空了马振身子的壮硕，力气还是大于李翠莲。他把手扯后，把鞋扔地上，直着眼睛发呆，然后歪倒，蒙头睡觉。这大大出乎李翠莲的预料。

晚上，李翠莲去超市买了袋装咖啡，倒进杯子，用滚水沏开。她对着镜子优雅地坐下，举起咖啡，与镜里人轻碰杯，说，请你喝咖啡。她笑着喝了一口，泪水落下来，不知道因为咖啡苦还是因为烫。

（原载《金山》2017 年第 7 期）

魔 术 师

高沧海

魔术师做梦都想穿着金色衣裳，脚蹬金色靴子，在灯光璀璨的舞台上，在潮水一般的掌声里，一遍遍地谢幕。然后乘坐满是鲜花的火车，从一座城市来到另一座城市，携一名红粉佳人，温柔富贵乡里，繁花似锦。

可魔术师只是一个名不见经传的小人物。他的弟兄们在打麦场或是坍塌了半截柱子的土台子上表演完胸口碎大石或口吞钢刀后，他戴着夸张的尖帽子，顶着红鼻子，穿着奇奇怪怪的衣裳，拿着几个小绒球儿，上场。他让绒球儿在众人的眼皮底下消失，又神秘出现在周边某一位张着大嘴的看客的衣袋里，在笑声里博取微酬，然后乘坐带篷的卡车离开，辗转到另一个乡村。

大篷车停在大理菊边一个晚上后，竟然再也不愿上路。它在清晨里像个年老的人才起床那样咳嗽叹气，走一走停一停，然后不管再怎么催促它，甚至跳脚咒骂它，它也一动不动了。村庄里修自行车的师傅围着它转了几圈后，表示对这个大家伙他实在无能为力，但是他可以帮忙请来镇上修汽车的师傅。

行程就这样耽搁下来。

魔术师坐在大理菊的花盘下乘凉。

身边的木门吱呀开了，魔术师看到了一张女子的脸探出来，女子的眉眼，恰似三月风暖，八月桂香，更似一朵盛开的大理菊。

女子笑嘻嘻地说，我认得你，你就是那个魔术师，昨晚就是你把球变到了牛二媳妇怀里。

女子说，牛二媳妇让全村女人眼热哩。

魔术师说，我没看到你，不然我会变到你那里。

女子吃吃笑了，女子说，你眼里只有牛二媳妇，怎么会看到别人呢。

魔术师笑了，魔术师说，那胖媳妇像堵墙，一个劲儿向灯亮里钻，有她挡着，我哪里还能看到别个。

今儿就在你眼前哩，你变一回咱看看。

女子这样说来，女子更像是带着一丝央求语气，女子的眼睛亮晶晶。风从南面吹来，吹到魔术师的脸上，暖洋洋的想让人打一个喷嚏，魔术师甚至嗅到了自己身上的一股果子酒的味道，魔术师掏出绒球，他看着女子的脸，他看着女子洁白细腻的脖颈，他知道，他只消轻轻一弹，绒球便会像一只手，滑滑溜溜顺着衣领钻进女子的怀里。

绒球果然就像一只手，滑滑溜溜顺着衣领钻进了女子的怀里。

那夜，月华如水，魔术师站在大理菊的暗影里。

从木门的缝隙里，他可以看到女子屋内的灯光，如豆，如星，他甚至听到她轻轻的叹息，如兰，似桂。魔术师抬眼看看不远处的卡车，月光给它披了一身笨重的铠甲，威严而冷峻，明天，或者后天，它又将载着他们到哪里漂泊？

魔术师在大理菊的暗影里徘徊，门里的灯亮陪伴他直到天光四开。

魔术师把半生的积蓄坚决要女子收着，你男人没了，留着给自己添置身衣裳也好，这样瘦，你该吃胖一些，魔术师握着女子细长的手指。女子低下头，女子说，她该给他备一双棉鞋，寒冬腊月里穿。

镇上来的修车师傅，又请人从镇上送来车上的配件，几番调试后，卡车喷出一股黑烟，欢快地上路了。

魔术师坐在车厢里，他头顶上的篷布颠簸着像暗夜笼罩。大篷车越走越远，越过山冈，穿过一望无际的麦田，夏季的花朵在魔术师掌中才刚刚开放，冬天的雪花已落上肩头。

魔术师总是想起女子临别时的眼睛。

魔术师从箱子里找出了女子送给他的新鞋。

当他开始穿这双鞋时，他从鞋窠里摸出一个小布包，令人难以置信的是，里面正是他给女子的钱。

他翻来覆去想从布包上找出一言半语，或是一朵小小的绣花。夏天的大理菊在开放，宜人的南风里，还有那扇为他半掩伸手即开的木门，即便大篷车车厢里一片灰暗，那曾经的一切却那么鲜亮，如在眼前。魔术师感到一阵阵心痛。

魔术师小心翼翼穿上新鞋。

魔术师最终也没能成为伟大的魔术师，多年后，他在某一个乡村泥泞的道路边，看一名农妇牵牛而过，想那遥远的地方，大理菊下的女子也该是到了这般年纪。

含着一窝热泪，他用熟练的让人不曾察觉的手法，轻轻在农妇如雪的鬓发间，为她斜插了一朵从路边伸出来的蓝色牵牛花。

（原载《天池小小说》2017 年第 8 期）

飘　落

高淑霞

他来到这座城市才三天，还没看清这座城市的模样。

三天前的中午他跟着二顺子下了火车倒地铁，下了地铁坐公交，日头落山才来到这个工地。

他想先干活，等站稳脚跟，再各处溜达，看看这座他一直向往的京城。

他站在十八层的平台上，脑袋懵懵的，像箍着一层生铁。他放眼望去，到处灰蒙蒙的，灰色中隐现着一座座红黄颜色的塔吊和盖了半截的套着墨绿色网状衣服的怪物。

周围没有一丝风，混沌的天空像一个用了多年的铝锅盖，扣下来，把他和周围的一切都扣进了一个大蒸锅里，湿闷憋气得难受。他挺了挺胸，挺直了脖颈扭了两下，感觉好受多了，便开始干活。

干活的地方太憋屈，土炕大的一块地方，昏暗得要命，胳膊腿都甩腾不开。

他想起了乡下，如水的天空下，一大片葱绿的玉米地，散发着嫩绿的清香躺卧在南湾河的臂弯里。

他一直认为气味也是有颜色的。肉香是黄色的，黄得让你咂巴嘴，让你满嘴流油；辣味是红色的，红得像火，烧得你吐舌头，咧嘴，眼冒火星儿；这里的味道是灰色的，灰得让人想哭。他感觉很闷，汗水越过睫毛钻进眼里，眼睛变得模糊。他眨眨黏腻的眼皮，用手抹了抹脸，转身把防护栏拔掉，继续干活。

在家乡干活是畅快的，畅快得大汗淋漓。干完活，甩掉身上的衣裤，一猛子扎到河里。精光的身子像鱼一样在水里划过，真舒服啊！舒服得他在水里打滚。

南湾河的水清澈，清得能看见水底的石头。他把脸埋在河水里，"咕嘟咕嘟"灌进几口水，那味道是甜的，甜得他心里舒坦。

老婆常说他投错了胎，不该生在乡下。乡下的汉子都闷着头，刨吃食。粗巴拉叽的，出臭汗，养娃盖房，没他那些酸文假醋的傻气。

那天老婆瞪着牛似的眼睛喊：你看看人家二顺子，那小楼盖得像电视里的皇宫！我也不指望你有什么出息，好赖你也出去转转，倒腾点钱，帮儿子盖间房，娶个媳妇。

他还真让老婆说得有些愧疚。儿子、女儿都进城打工去了，他做父亲的，不能总躺在这些山水之间，做他的文学梦啊！于是他就跟着二顺子来到了工地。

他落地的那一刻没有痛苦。随着一腔热血喷溅在地上，印出一只鲜红的展翅飞翔的鹰，他吐出了一口浊气，飘飘然飞了起来，飞到了清澈的南湾河上空。

对于他的死有很多种说法。

工友们说：是那个防护栏不牢固，他往后退时摔下楼的。

安全员说：他违反操作规程，随意拆除防护栏，造成事故。

安监局的人说：施工方没进行岗前培训，他不懂安全操作规程，是造成事故的根本原因。

包工头二顺子说：他性格抑郁，可能有些想不开的问题，跳楼自杀了。

二顺子劝他儿子：人死了不能复生，弄点钱算了。八十六万啊，你爹做梦也梦不到这么多钱啊！

半年后，在他的老宅旁边立起了一幢漂亮的三层小楼。

又过了三个月，小楼前面搭起了喜棚，鞭炮礼花，乐队花车。儿子的婚礼像电视剧里面演的一样。

喜棚下，喜气萦绕，歌声甜美。

推杯换盏间，人们的表情各异。有喜悦，有羡慕，有嫉妒，有……唯独没有悲哀。

（原载《小小说大世界》2016 年第 10 期）

舍 我 其 谁

韩 光

　　3月中旬的辽西，春天还没真正地到来，可坐在野战指挥部中军帐里的师长顾长城却心潮澎湃。几天几夜连轴转的实兵实弹演习，虽然让这个50多岁的标准军人，脸上堆满了倦意，眼里布满了血丝，但他还意犹未尽，还铁了心要让疲劳已极的官兵跟着他再发动一次进攻。命令下达，旋即炮声隆隆，大地跟着摇晃了起来。

　　坐在时时监控战场态势的可视大屏幕前，看着摧枯拉朽的官兵在玩命地冲锋陷阵，以冷酷著称的顾师长破天荒地露出了自豪的笑容，然而他仍不善罢甘休，一道道命令仍像雨点般地下着。头号主力师可以用这个漂亮的胜仗，为自己的师史画上圆满的句号了。

　　不错，这个师就要撤编了，这次演习是告别"演出"！演习结束，将以这个师的骨干力量为主，成立一个特战旅，顾长城将是特战旅的首任旅长。顾长城这么狠命地折腾他的部队，还有一个重要的原因：想进一步验证经师党委反复酝酿的特战旅主要成员人选，是否经得起实战考验。这个演习让他和师政委的心里更有底数了……

　　组建任务如期完成了，可顾旅长来不及喘口气就马不停蹄地投入到训练中。没有现成的训练教材，他根据任务需要火速编了一套活页教材。一身迷彩服、一双高筒战靴，顾旅长发疯般地"焊"在了训练场。新训的课目他先演示，险难课目他先完成。兵熊熊一个，将熊熊一窝，强将手下无弱兵。他手下的兵，个个都拼了命地训，官兵的本事像雨后春笋般疯长。

　　像打仗那样训练，像训练那样打仗。特战旅成了天不怕地不怕的虎狼之师。年底考核，以全优的成绩结束了全年训练。官兵都以为可以松口气了，可从不按套路出牌的"顾疯子"，却还在无休止地折腾着，不是在子夜时分拉紧急集合，就是突然间进行战备拉动，不是进行仓促进攻战斗，就是进行仓促防御……好在官兵渐渐地适应了他，睁着眼睛能睡觉，一声令下便能按要求精准地投入战斗中。

剑磨得锋利无比，哪个优秀的剑客不想亮剑！官兵个个都跃跃欲试盼着这一天。顾长城每当看到官兵那种求战若渴的表情，仿佛又看到了自己当年的影子。是的，当年他也是这个样子。官兵们越来越像关在笼子里的猛虎了！直到这时，他才将受领的新任务公之于众。

20天后，陆军新组建的几个特战旅将进行一次互为对手的真刀真枪演习。消息像干柴遇到了烈火，以不可阻挡的气势在官兵心头爆燃着。有第一就争，有红旗就扛，个个都玩命地固长补短。

在陌生地域，在随机导调的情况下与对手交锋。顾旅长当然把演习看得比天大！只有在这次对抗演习中，取得酣畅淋漓的胜利，才算为特战旅成立举行奠基礼，才是今后全旅不断迈上新台阶的铺路石。

除了带领官兵们不断地加钢淬火外，一有空他就木雕泥塑般地坐在沙盘前，目光一遍遍地抚摸着浓缩的地形，不等比例的地形虽小，他却好似已身临其境，仿佛已无数遍地走过了现地里的群山万壑。打胜了怎么巩固成果，打败了怎么最大限度地减少损失，打成胶着战如何相互照应……凡是战斗中可能出现的情况顾旅长都想到了。包括顾旅长在内的官兵都摩拳擦掌地等着战斗来临的那一天，更确切地说都盼着能与最强的对手过招。

天遂人愿。抽签时，顾旅长抽到的对手是闻名全军的老牌劲旅。这个旅在百团大战时曾令日军闻风丧胆，在解放战争时战绩骄人。官兵的脸上流淌着自信自豪，因为他们不仅有亮剑的勇气，更有亮剑的底气！可就在这个节骨眼上，传来了一个令官兵泄气的消息："顾旅长在对抗演习结束后，军旅生涯也将画上句号。"

其实，这个消息顾旅长知道得更早些。在集团军召开旅以上干部大会后，军长和政委把他留下来。"演习结束，你也到点了。"军长对他这个爱将说话向来是单刀直入，但这次却显得有些啰唆："这个决定是集团军党委做出的最痛苦的决定！"仿佛一声炸雷在顾旅长的头顶爆响，这个消息来得太突然了。但军人以服从命令为天职。顾旅长只说了一句话："坚决服从命令！"

回到旅里，顾旅长像拧紧发条的时钟一刻不停地运转起来，他要用尽全部力量，为自己的军旅生涯不留遗憾地画上句号！然而，当他得知集团军党委决定，让刚从国防大学毕业的战扬接替他时，突然变卦了。战扬是原九团团长，是他最看好的得力爱将。

"什么？现在就让战扬走马上任？你不想以一场漂亮的战斗结束自己的军旅生涯？"军长在电话里吼道。

"军长，我经历过几次裁军了，又是跟随你多年的老部下，我的脾气你是了解的。个人的进退与使命相比，何足挂齿！我这样做，是想让战扬早日进入情况，为在战场上取胜积累经验。"顿了顿，顾长城声调变了："军长，功成不必在我，我却在乎成功。为了特战旅的明天，这时让他接班最合适！这是我告别军旅生涯时，向组织提出的最后一个也是唯一一个要求，请你代我向组织反映，并很快做出决定。"

　　离对抗演习还有一周的时间，顾旅长参加了他军旅生涯的最后一次全旅军人大会。他隆重地向官兵介绍了战扬，最后说道："一支所向披靡的先锋劲旅，绝不会因临战换将而丧失战斗力，相反会更紧密地团结在一起，力量变得更强大，我深信你们会在战旅长的指挥下，在对抗演习中为旅史留下浓重的一笔，特战旅由此将掀开新的一页！"

　　只当了一年多特战旅旅长的顾长城退休了。天刚亮时，就下起了雨。前些日子下过一场，但下得吝啬，地面刚湿就草草收兵了。此时天空却积满了厚厚的浓云，瞅架势这场雨不会小。没有风，在唰唰的春雨声中，生长的声音此起彼伏。没人通知，全旅官兵早就静静地在旅大门口两旁排起了两条绿色的长龙。

　　顾长城所到之处都能听到唰唰的敬礼声音，可他目不斜视，仅凭余光，他就能知道敬礼人是谁。当顾长城经过每个官兵面前时，官兵都下意识地挺了挺腰身，站得更直了，像一棵棵青松那样挺拔。

　　顾长城的眼睛不知不觉湿润了，心想，虽然自己的军旅生涯结束了，但战友们都会以舍我其谁的勇气担负起保卫祖国的神圣使命，每名战友都是顾长城……

　　　　　　　　　　　　　　（原载《解放军报》2017 年 5 月 24 日第十二版）

夜　莲

纪富强

家禾发现小落情绪不对。

一连几天，小落回来得很早，把晚饭做好，坐在餐桌边等他。当家禾又惊又疑看她忙完，洗了手落座时，却发现小落眼神没有焦点。

家禾不多问，暗地浏览了小落近日的微信圈和 QQ 空间，担心才开始升级。

小落竟然一周没去上班。

这一周里，他在烈日下的工地上挥汗如雨时，她在和朋友逛街，破天荒又穿起了吊带和凉拖；他在午间或夜晚招呼客户喝得天旋地转时，她在和一帮人 K 歌，不知何时还做了头发，乌黑的发丝散落，一如从前般柔美光滑；甚至，他出差外地的那天，她还约伴去爬张家界悬崖，两男两女，烤串咸鱼，啤酒喝了不少，返程是让人背下来的……

家禾心里不爽，又暗暗愧疚，自己近来又何曾关心过小落。就是偶尔闲下来时，逗逗孩子、玩玩手游，夫妻已鲜有交流。

家禾开始一杯杯灌酒，玻璃杯磕在桌面上却悄无声息。终于，小落似回过神来，挑眉压声问道："为什么不吃菜，很难吃吗？"

家禾听了大口吃菜，眼前一盘白灼秋葵，转眼灭掉，嘴边还带着粘连的菜液，又端起一盘鸡汤豆腐，等把汤都喝得不剩，打出一个响嗝，说声"饱了"，然后直刺刺地盯着小落。

小落忽然两手捂了脸面，再无声息。

"有事你就开口。"家禾脸色通红，满目凝重，"我们之间，还有什么事情不能说呢？"

"跟你没什么好说！"

"可我愿意听……"

"凭什么我非告诉你？你去跟你的公司和游戏过！"

"小落，说话别太过分了！"

"我就愿意过分！怎么了？"

"日子是我们俩的，不是你自己的，你爱过不过！"

"谁和你咱们俩，我还有女儿，你自己过去！"

"女儿也是我的！你不过拉倒，别以为我不知道你这些天挺忙活……"

丢下这句，家禾甩门而去。结婚五年，他还是第一次感觉如此憋屈。

当年，他一眼喜欢上小落，努力追她。直到今天，一直把她当宝供着，凭什么自己就不能任性一把？两个人相差九岁，难道他注定要做一个爱情的傀儡？

家禾站在螳螂河大桥上，凝望了半天灯火，还是默默走回家去。门没反锁，主卧床是空的，女儿独自酣睡。

家禾禁不住心惊肉跳，光着脚踱到阳台，发现有火光明明灭灭，小落正散着头发坐在隅角的瑜伽垫上抽烟。

家禾只好陪坐下来。良久，才开口："小落，我们说好一辈子好好的。"

小落幽幽回答："谁说跟你好两辈子了？"

"那你……"家禾噎住，听小落继续说："你连我换工作都不知道，算是对我好吗？"家禾疑惑："我是真不知道，你让我怎么关心？再说，你们酒店无论待遇环境，不都是全县城最好的嘛，为什么好好的要换……"

"为什么？你每天早出晚归，在乎过我的作息吗？酒店是待遇好、环境好、前景好，可也正因为生意火爆，我每天早九点上班，夜里近零点才下班，一天十几个小时下来，我的累你知道吗？更主要是孩子今后谁管？而现在邀我去的地方，是中心镇政府食堂，时间宽松，还有休假，工作量减了一大半，待遇还能基本持平，那么多人只选中了我一个，叫你你换吗？"

"这样确实很划算，你怎么不早跟我……"

小落却不等家禾说完，站起来径直走进女儿卧房，将家禾生冷地关在了门外。

翌日周五傍晚，家禾收到微信："孩子让爸接去了，我们出去吃顿饭？"家禾正郁闷得不行："什么时间？我们是该好好谈谈了。"

"今晚这里没桌，我可以提前走。"

"那么大的镇政府食堂，没桌？怎么会呢？"

"那快，告诉我你想吃什么，去哪儿？"

"什么都不想吃，要不，去我以前上班的酒店吧？"

"不会吧？你刚跳槽，人家老总以前对你那么好，见了面多尴尬！"

"谁说离开了就不能回去？假如，有一天我们俩……"

家禾赶紧打断说："停，亲爱的，咱就去那，现在就订房间！"

小落却道："不用，大厅就行，桌位我已经订了。"

在酒店门前碰面时，家禾眼睛一亮：高跟鞋、长丝袜、白裙子、披肩发，让小落久违地清新秀美，她似乎还描了眉和眼线、抹了口红，这可是她以前在这里从没有过的装扮。

餐桌就在大厅里第一张，声称没胃口的小落，点起餐来却不含糊："鲜椒龙利鱼""私房白菜""红油牛肚""长豆角烧紫茄"张口即来。

菜一个个上，家禾正在心里谋篇造句，却见小落频繁冲着服务生们寒暄，有时菜还在半道儿，小落已急忙起身过去迎接，不时冲这个摆手，擂那个一拳，眼睛眯成一条直线。

很快，以前共事的兄弟姊妹都围拢过来，大家叽喳玩闹，喊着彼此的绰号开怀大笑，完全无视家禾的存在。

家禾这才恍然，小落来这里有原因。五年前，他正是来此就餐时，一眼从人群里捉住了她，为她高挑的身材和明眸善睐倾倒。他是她的初恋。

而那个政府食堂，必定生疏沉闷、孤单无趣。所以，她心情灰败、郁郁寡欢，像失了魂魄，离开这里，俨然失恋。

小落吃得不少，神采焕发，却与家禾没聊几句，嘴里一直哼着小曲。埋单时，她还在跟前台姊妹聊着酒店文化部演出的事，直到对方告诉她现在还未有跳印度舞超过她的人选时，小落笑成了一朵莲。

夜色阑珊，酒店门外，家禾沉静等候，望着小落终于挑帘雀跃而出。

"小落，要不，你回来吧？"家禾试探着问。

小落笑着摇头，一脸坚定。

"小落，那你就忘了这里，我们重新开始！"

小落仍然笑着，拼命摇头，泪水飞溅。

（原载于《小说月刊》2017 年第 6 期）

梦

蓝　月

这阵子女人经常会做一个相同的可怕的梦，这梦让女人很不安。

女人抱着孩子坐在男人对面，出神地看着男人。

男人扒完最后一口饭，用舌尖飞快地把空碗舔了一圈。

外面，天色擦黑。一会他还要去工地加班，每小时可以多挣两块钱，其实白天和黑夜对他来说没有什么区别——他工作在城市的地底下，在窨井道里烧电焊。

男人站起身对女人说，我要出工了，秀，娃他娘过来，俺抱一下。女人脸上飞起了红晕说俺抱着娃呢。

那就一起抱，抱着你们俺就不会感觉累了。男人坏坏地笑。

女人怀里的小婴儿，嘴里"咿咿呀呀"，小手一下一下抓着父亲杂乱的头发。男人抓住儿子的小手在嘴上拱，胡子茬刺激小孩子娇嫩的手心，小孩子受痒不过发出"咯咯"的笑声。男人红光满面，仿佛在老婆孩子那里真的获得了无穷能量。

娃，爹今晚不陪你喽，你乖乖地陪着你娘。

男人在儿子的小胖脸蛋上亲了一口，又在女人额头亲了一下，走了，一边走还一边哼着一支歌，是家乡的民谣。女人抱着孩子在门口傻傻地望，一直到那个略显羸弱的背影在眼中消失还是没有收回，心里蓦然空落落的没着没落起来。

女人回身进屋，桌上的碗里有一些蔬菜和一个荷包蛋。那个蛋是她煮给男人吃的，可是男人说啥也要留给她吃，男人说要把她养得白白胖胖的。男人还说年前就回家，然后就起房子，让他们娘儿俩住得舒舒服服的。女人笑了，其实住哪儿都一样，有男人的地方就是家。

女人安顿好孩子才坐下来安静地吃饭，把那个荷包蛋认认真真吃完。她从不违逆男人，她不愿意男人有一丝丝的不悦。女人当然想等男人回来再睡，可是男人不答应，男人说你犯傻呀不睡觉！等我干吗？我是小孩子吗？你不睡觉是故意让俺干活不安心！女人当然不能让男人干活不安心，虽然男人老说自己的活不累，可是女人不是傻子，光看男人假装轻松而分明透着疲惫的眼神，就知道这活不轻松。女人心疼男人，她觉得最好的方法就是睡觉，让男人安心。

女人躺下了却睡不着。这阵子女人经常会做到一个可怕的梦，总是梦见自己在一个伸手不见五指的地方，远远的男人在叫，秀，秀……她使劲答应，却发不出一点声音，每次从梦里惊醒都是满头大汗。四周真的黑漆漆的，耳边响着男人熟悉的鼾声，可女人还是不放心，直到摸到了男人热乎乎的身子紧紧搂到怀里，她的心才挪回了窝。

女人不敢把梦告诉男人，老一辈人说不好的梦不能说出来，说出来会不吉利。她只好自己安慰自己：不会有事的，梦都是反的，只不过是因为她太在乎男人罢了。于是心里盼望日子快点过去，好早点回家。

男人照常上工下工，一点事情也没有发生，只是加班多了，人有点消瘦，眼睛经常红红的。男人说没事，烧电焊烧的，等回家了养几天就好。这时候离过年还有一个月，也就是说离回家只有半个月了，因为男人说过提前半个月回家的。女人想象着回到老家的情形，想象着她抚摸家里每一件熟悉的物品，当然还有那张熟悉的床。想到床，女人脸红了，自己骂自己一句没羞。

女人轻轻地吻一下孩子，孩子吧唧一下小嘴打着轻轻的鼾。

这一夜女人睡得很踏实，竟然没有做那个噩梦，相反倒做了一个美梦。女人梦见，男人牵着她的手在村子里一起看月亮，男人还吟起诗来："床前明月光，疑是地上霜。"月光照在男人清秀的脸上，女人觉着男人前世一定是一个书生。女人看着男人痴痴地笑，男人一把把女人揽进怀里……

"呜——呜——呜——"女人被刺耳的警笛声惊醒了，她习惯性地伸手摸摸身边，孩子睡得很安详，男人那边却是空的，她的心顿时一阵慌乱，胡乱穿上衣服就往工地跑。

工地上灯火通明，人声嘈杂，几辆警车顶上的警灯忽闪忽闪地转着圈，滚滚浓烟从下水道的窨井口汹涌地蹿出来。

我又做梦了……我又做梦了……

女人的身体无力地向下滑去……

女人是被熟悉的呼唤唤醒的，女人醒来时的第一反应就是伸手抓摸，她的手被温暖的手握住了，睁开眼，男人抱着儿子，正爱怜地看着她。她旋即竖起身子紧紧抱住了男人，呜呜地大哭起来。

我们回家，马上回家，我不要再做噩梦了！女人大叫着。

好，我们回家。男人说。

玉　白　菜

李世营

　　杨石头南山采石，采了半辈子，偶得一彩石，青白相间，纯净天然，状若白菜，稍经打磨便光泽鲜亮。杨石头携带回家，视若珍宝，闲暇时常拿出把玩，取名"玉白菜"。

　　有一日，杨石头老伴身体不舒服，到县城医院检查，医生说心脏异常，必须做一个大手术。手术费和医药费算下来要好几万，这可愁坏了杨石头。儿女们都在外地打拼，杨石头不想给他们添麻烦，就惦记起自己的"玉白菜"来。

　　杨石头带上"玉白菜"，找到县城石头坊的大老板赵德茂，请他估个价。赵德茂和杨石头并不陌生。两人早年曾一起在南山采石场当石匠。后来，赵德茂承包南山采石场发了财，成了县城首富。

　　赵德茂托起"玉白菜"，先是一惊，后来微微一笑，看了两眼就随手撂在桌子上，轻蔑地说："老杨，亏你干了半辈子采石匠，这能算上品奇石？看在我们往日的情分上，你在难处急用钱，我给你顶码价，五千。"

　　杨石头的脸，立马羞成柿子红。他带着"玉白菜"悻悻返回医院，主治大夫却给他一个好消息。杨石头老伴的病情，经省城来的专家复诊，已确认并不需要做手术，采用普通治疗手段就能痊愈。经过这场风波，老伴虽然没事，杨石头却有了心结。此后，那个"玉白菜"，他再没侍弄过。

　　没想到两个月后，赵德茂竟主动上门，还带来两瓶三十年的陈酿，一句一个"杨哥"，直喊得杨石头脑袋发蒙。

　　赵德茂问起"玉白菜"，说上次没看仔细，还想再过过眼。拿到"玉白菜"，赵德茂掏出放大镜，从色泽到纹理仔细端详了好久。"杨哥，这石头虽不是绝佳上品，但也是个好看的玩意儿，成色不错。而且'玉白菜'，就是'遇百财'，招财纳宝寓意好啊！我想买来送给一位新交的朋友，他名字里正好有个玉字。五万，怎么样？"

杨石头拿过"玉白菜"，沉吟不语。赵德茂有点急了："价格你还可以抬，但看在往日的情分上，可一定得卖我！"

突然，杨石头手机响了。接通电话，他先是三个"哦"，接着是三个"好"，脸现喜悦。

挂了电话，杨石头拿出旱烟袋，燃上一袋，吧嗒吧嗒抽了几分钟。"怎么样啊，兄弟？"迎着赵德茂乞求的眼神，杨石头像是下定了决心。他磕磕烟灰，把旱烟往腰间一别说："上品也好，普通石头也罢，我决定不卖了，我也要送人。"

赵德茂失望而去。

三天后，杨石头独自一人带着"玉白菜"去了县城，直接走进县政府大院，来到县长的办公室。县长开了门，一见杨石头，又惊又喜地说："是您？您咋来了？"

杨石头不言语，大步进屋，取出"玉白菜"，双手捧着放到办公桌上。桌边沙发上正坐着赵德茂，他惊跳起来，脸色霎时变成了猪肝红。

原来三天前杨石头接的那通电话，就是新任县长杨玉洁打来的，被组织上安排回家乡任职后，他，杨石头的小儿子，特地打电话向父亲报告喜讯。

窗外一抹阳光洒进屋子，照得"玉白菜"熠熠生辉。如今的"玉白菜"上，比三天前多了两行醒目小字：清白坚贞，两袖清风。那字迹，熟悉的人一看就知道，是杨石头刻碑常用的魏碑体。

（原载 2017 年 2 月 16 日《检察日报》市井栏目）

一 声 叹 息

刘会然

多年过去了，胡老头连连的叹息声还压在我心头，特别是属于我的那一声。

那年，是2012年吧，六床的汪小亮买了一台电脑，有事没事，他就玩"星际争霸"。室友簇拥在寝室唯一的电脑前。通常，汪小亮坐在中间，操纵鼠标或键盘，我们四围，充当军师。

玩得精彩时，大家血脉贲张，手舞足蹈。玩得惨败时，大家屏气敛息，咬牙切齿，恨不得把汪小亮从座位上拖出去，斩了。然后，我们替他复仇。

那天，隔壁寝室的周卫兵跑了进来，说你们寝室还如此原始，玩单机版？人家都是在网吧联网，真人与真人互相厮杀。

我们慌乱起来，纷纷带好钱包，匆匆赶往校门口的网吧。一走进网吧，就像刘姥姥进大观园，人家果真是手指翻飞，玩得不亦乐乎。

我们摩拳擦掌，跃跃欲试。在服务台交上押金，领了上机牌，我们各就各位，纷纷投入"星际争霸"的战场。十位室友分成两组：上铺的兄与下铺的弟。兄弟们运筹帷幄，斗智斗勇。为争夺一片森林，我们争得你死我活。为抢挖一块金矿，我们杀得片甲不留。

时间像流水，两元钱一个小时的上机费，也像流水一样潺潺流走。像所有战争一样，总有胜负之分。胜的一方趾高气扬，目空一切。败的一方，不甘受辱，重下战书。

我们空前团结，全力以赴，从日场到夜场，从夜场到日场，把所有的休息时间和金钱花在游戏上。我们把生活费统一上交，合理规划。我们节衣缩食，东借西凑，沉醉在游戏中不知归路。

寒假前最后一个月，我们更加疯狂，声称，除了坐车回家的钱，我们一分不留。好在，学校是一所地区专科学校，我们都是来自本地区，车费不贵，最近的 3 元，最远的 15 元。

按照惯例，寒假前，每个寝室都聚餐。其他寝室纷纷行动了，我们要不要聚餐？

一个个愁眉苦脸。八床的刘勤奋说，我们也该聚餐吧，这可是大学最后的一个寒假聚餐。寝室长眉头紧锁，说，聚餐至少需要花 200 元，可现在，我们只剩下回家的车费了，总不能走路回家吧？

刘勤奋说，我们不是还可以卖废纸弄点钱么。听刘勤奋一说，大伙脸上活泛起来了，说怎么我们就没有想到，废纸还能够卖钱！

寝室长说，我们全寝室的车费，我统计过，10 人，总共要 150 元。

寝室长说，现在我们手头还有 202 元，如果加上废纸的钱，大约每人 10 元，也就是说，我们总共约 300 元，如果要聚餐，餐费不能超过 150 元。

放假前夜，我们来到了校门外那个最小的餐馆。我们小心翼翼地点菜，小心翼翼地喝酒。虽然吃得很克制，但还是满意，毕竟我们吃上了团圆饭。

我们正准备结账时，几个人摇摇晃晃过来敬酒，是隔壁寝友。他们鱼贯而入，一一敬酒。我们谨小慎微，按兵不动。他们好像看出了我们的破绽，乘机挑衅，说，你们寝室是孬种，一个团圆饭，我们敬你们酒，你们竟然不用酒回敬。

我们酒气冲头，血气方刚，结果，我们花费了近 300 元。

第二天，从睡梦中醒来，才开始为昨晚的傲气自责。我们把眼睛盯在一袋袋废纸上。可盯着也是白盯，十个人的废纸压根就凑不足十人回家的车费。

别的寝室都呼朋引伴的，笑嘻嘻地赶往车站去搭车了。我们都懒散地躺在被窝里，谁也不肯第一个起床。

不久，刘勤奋穿衣出去了。很快，刘勤奋回来了。我们看到他手里多了一块砖头。

刘勤奋对大家吼道，真不想回家过年了吗？我们看到刘勤奋把砖块塞进他的废纸袋里。我们没有理由再赖床了。

收废纸的胡老头最后来到我们寝室。称起第一袋废纸时，他的臂膀就颤动了一下。十袋，他竟然颤动了十次，真是少见。

十个废纸袋很快就被胡老头扛上了他的三轮车。我们把所有的钱凑到一起，比大家回家的车费 150 元还多了 15 元。刘勤奋跑到小卖部，给我们每人买了一份 1.5 元的面包。

大伙吹着口哨，背起旅行袋高高兴兴地回家。

我最后才走。路过操场的垃圾堆时，我看到胡老头的三轮车正停在一旁。

胡老头从一个个袋子中摸出砖头，把它们一一丢进垃圾堆里。

胡老头额头冒着白汽，每丢一块砖头，都伴随一声叹息。

我莫名地数了一下，不多不少，一共十声。

（原载《梅州日报》2017 年 1 月 4 日）

法 医 李 炎

刘立勤

　　李炎是医科大学的高才生，不知是怎么的，却当了公安局的法医。

　　法医的收入怎么能和医生比呢，待遇也是不能比的——人们见了医生都是热情握手。见了法医呢，大多数人都会把手插在裤兜里或者背在身后避免握手，实在是挨不过情面和法医握一次手了，他们也会立马赶回家中，一遍一遍地洗手。李炎不在乎这个，你伸手了我握，你不伸手了我也懒得搭理你。但李炎的妻子在乎，一遍遍让李炎改行当医生，还串通几家医院上门要求李炎加盟。李炎犟，他决定的事情十头牛都拽不回来。妻子也不是善茬，一天天闹。闹得李炎急了，说，再闹我们就离婚。妻子知道李炎的脾性，翻翻白眼终于歇了口。

　　李炎做事精心细致，一是一，二是二，很少有人对他的鉴定结果表示怀疑。当然，不是所有人都信服他，也曾经有人对他表示怀疑，还请来北京医科大学的几个博导复查他的勘验结果——结果证明李炎是正确的，博导对他精湛的手艺和高度的敬业精神赞不绝口。李炎笑笑，说，我不敬业都不行呀，我的鉴定结果真的是太重要了。

　　他的鉴定结果真的很重要。因此，找李炎的人很多，他们拿了很重的礼品，希望李炎笔下留情，要么多写两个字，要么少写两个字，希望法律的天平能够多多地关爱自己或者自己的亲友。

　　李炎是一根筋，一是一二是二，多一个小点他也不愿意写。

　　妻子朋友的孩子和人打架，把朋友家的孩子打得遍体鳞伤。派出所验伤结果没有构成伤害，妻子找到他，意欲让他重新鉴定，弄个轻伤害，教训教训对方的孩子，或者让对方赔付一笔钱。妻子还说那孩子前不久鼻梁骨折过，定他个鼻梁轻度骨折，神不知鬼不觉。他硬是不干，弄得妻子半年都不理他。

　　还有一次，外地一个大老板来考察投资，醉酒后和一个本地小混混发生冲突，小混混打了那老板两拳头。这还了得，老板计划投资五个亿不说，还是领导的哥们，领导一个电话让公安局抓人。凭什么？得李炎的鉴定结果。而李炎的鉴定结果证明，那两拳头没有构成伤害。局长不高兴了，让李炎写成伤害。任局长怎么说，李炎也不答应。局长说，这是组织的决定。李炎说组织的决定也不能违犯法律！

局长知道李炎的脾气，软下身段说，你就办了吧。你不为我想，也为县上想想吧，五个亿能安排多少人就业，能增加多少税收。况且要抓的人是一个小混混呢。

李炎说，他再是小混混，可他没有犯罪呀。法律没有说不保护小混混呀！局长气得干瞪眼。最后，县里的领导都出面说话了，李炎还是不答应。弄得局长愣是没有抓人的证据。

为这事，大老板放弃了投资，县里的领导气得吐血，好多人都大骂他是死脑筋。骂归骂，谁也奈何不了他，还暗暗地敬佩他。自然地，再有什么不合法的事，也就不找他了。倒是有一些无权无势的人会给他送个锦旗或者礼品去感谢他，感谢他为他们伸张了正义。他呢，他说法律不分贵贱贫富强势弱势，法律只讲公正。那些锦旗、礼品他一概不收。

当然，他也不是一次人情没做，他还真是违心地做了一次。

那是一个土豪的儿子，他打伤了一个清洁工。验伤的结果构成了轻伤害，土豪的儿子要负刑责。问题是土豪的儿子面临高考，进了监牢可能一辈子就完了。土豪就出了一大笔钱给清洁工，不仅可以彻底改变清洁工一家的生活，还可以供应他两个儿子上完大学。方方面面都说这是一个完美的结局，希望他改变鉴定结果。

他思考了很久很久，妥协了。他也希望这回是一个完美的结局。

谁想到这事平息了，可这事却壮大了土豪儿子的胆子，认为一切都是钱可以买通的，经常打架斗殴祸害乡里。最后呢，土豪的儿子终于触犯刑律被判了死刑。

土豪的儿子死了，李炎陷入永远的后悔中。他想，有些事真的不能妥协，如果不妥协，那孩子也许还好好地生活在这个世界上。

（原载《百花园》2017 年第 6 期）

白 衬 衣

刘永飞

老王所在的合唱队下星期有演出，队里每人发了 200 块钱，要求自己去买件白衬衣。

这一天，老王和老伴来到超市，他看到一件衬衣标价四十九块九，这衣服从质地到款式都令他满意，但最满意的还是价格，于是他买了两件。

老王有个习惯，那就是买完东西喜欢对对收银条，今天也是这样，正当他正核对着，眉头皱起来了，老伴见此情景，伸头来看，老王却忽地收了单子拖起老伴就走。

"错啦，错啦！"等来到一个偏僻的地方，他低声道。

"错啦，找他们去。"老伴说。

老王仿佛受到惊吓，他左右张望一番，看看无人，才埋怨似的说道："你嚷什么，不能小点声？你看，你看看。"

老伴仔细一看，原来两件衬衣的价格不一样：一件显示 49.9 元，另一件显示 19.9 元。老伴自言自语说："该不会两件都是十九块九吧？"

老王就有点生气，他说："你这脑袋是榆木做的吗？你也不想想，这么好的衬衣能卖十九块九？"老伴说："也是哈，那就是他们把四十九块九错打成十九块九了。"

老王这时候没说话，表情若有所思，像在做一个决定。

老伴说："要不咱们去问问，问问不就清楚啦？"

老王说："你傻呀，万一让咱们补差价怎么办？"

老伴还想说什么，被老王用手势制止了，他说："走，赶紧走，反正不是咱们弄错的。"

回家的路上，老王歌声满天。

下午是合唱队的彩排，没有要求统一服装，可老王还是特意冲了个澡，换上新衬衣，他觉得镜子中的自己年轻了不少。

当他兴冲冲地来到合唱队，他看到老李正和队友们兴致勃勃地聊着什么，他一边聊，还一边扯扯自己的衣服，老王一看，原来老李穿的也是新衬衣，款式和自己的一模一样。这时，老李显然看到了身边的老王，他侧过身来先是打量了老王一下，然后绕到老王身后，翻开老王的衣领，看着、看着，他就笑起来了，他说："你也是'优惠多'买的吧，我问过了，是搞促销活动，这个价格就是实惠！"此刻，老王的情绪低落了不少。

这时，围观的人有些怀疑，他们问老王是不是真的，老王的言语虽有些支吾，但最终还是暗示了老李话语的真实性。

这下大家信了，面露羡慕之色，还有几个人当场掏出手机给家里打电话。其中老吴的嗓门最大，他像给老婆下工作指示似的说："你马上去'优惠多'给我买衬衣，对，两件白的。记住哈，价格是十九块九，千万别搞错！"

"啥，十九块九？"老王忍不住地脱口而出。

老李和众人并没有觉得老王哪里不对劲儿，只听老李回答说："是啊，我拿到收银条一看，两件价格竟然不一样，一件显示十九块九，另一件却显示四十九块九，明明是一模一样的衣服嘛。我一问，他们才说价格搞错了，不过他们说这件衣服的原价确实是四十九块九。"

"真是无商不奸，无商不奸！"大家给老李的话定了个性。

这时，他们的指挥来了，让大家先按原队形排好，然后把老王调到队伍中间，他说老王的音准最好。

合唱开始了，老王老是跑调，更离谱的是，有一段别人都停了下来，他却画蛇添足似的"噢——"了一嗓子，弄得大家哄堂大笑。还没等老师问他怎么了，只见老王红着脸指着自己的肚子说："疼，疼，这里。"还没得到老师的允许，他已经匆匆忙忙跑向卫生间了。

卫生间里，他压低着嗓门说："你现在赶紧去超市，带上收银条。"电话那头声音很响亮地说："我不去，反正是他们搞错的。"老王又说："你能不能小声一点，听我说，是他们搞错了，可你还是得去一趟……"他似乎想把事情说得更清楚些，又不想让别人听见，于是他把听筒换到另一只耳朵，这一换手不当紧，只听得"扑通"一声，手机掉厕所里了。

"噢——"

突然，在厕所的老王一声号叫，像是被蝎子蜇住了屁股。

（原载《东方剑》第 7 期）

月 亮 河

梅凤艳

　　这座超市的装修有些复古，像是 20 世纪 50 年代的建筑风格。咖啡色的外墙颜色，透明的落地门窗，配上门口红色的遮阳伞和红色冰柜，给人很温馨的感觉。

　　米奇大叔快活地走进超市，买了瓶牛奶，一袋全麦面包。穿超市工作服的大块头女人摇摆着奶牛般的屁股迎面走来跟他打招呼，早上好！他回了句，心里嘀咕着，这女人叫什么名字来着？玛莎？还是兰妮？唉，年纪大了，忘性就是大！她那肥胖的屁股活像他小时候农场里养的奶牛，他就偷偷叫她奶牛大嫂。要是她知道别人叫她奶牛，一定会暴跳如雷吧？这样想着，米奇大叔不由得扑哧笑出了声。见奶牛大嫂向他看来，他有些尴尬，挠了挠头上的白发。

　　米奇大叔把牛奶面包放在收银台，掏出钱来。收银的瘦小伙笑嘻嘻地跟他打招呼，米奇大叔又很尴尬。这瘦小伙好像是叫约翰。是不是约翰呢？他又有些吃不准了。那小伙子瘦高瘦高，长得像豆芽，就叫他豆芽小伙儿吧。可打招呼时又不能叫人家豆芽，多不礼貌啊！米奇大叔笑着打了个招呼。豆芽小伙笑容可掬地把东西放入包装袋，再把包装袋递给米奇大叔，说欢迎再来。米奇大叔拎着袋子满心欢喜地离开了超市。

　　米奇大叔拐杖一点一点地走在街上，在电影院门前，他遇见了一个正在散步的驼背老奶奶。那老奶奶怎么那么眼熟？他绞尽脑汁想了半天，也想不起她的名字。唉，就叫她驼背奶奶吧，她好像小时候村里的邻居奶奶。那个奶奶也是这样的驼背。驼背奶奶左手托腰，用拐杖点地，慢悠悠地走着，右手还牵着只小花狗。米奇大叔看见小狗，喜欢极了，笑着跟驼背奶奶打招呼，然后问，小狗叫什么名字？驼背奶奶见有人问起小狗，眼睛立马亮了起来，脸上的皱纹也花朵般舒展开来，说，叫米奇。

米奇大叔扶了扶鼻梁上的眼镜，跷着大拇指说，好名字！好名字！他看着撒欢儿的小花狗，像中了邪魔一样，右手拄拐，左手托腰，跟着驼背老奶奶走了一段路，来到了咖啡馆。

驼背老奶奶牵着狗走进咖啡馆，米奇大叔亦步亦趋地跟着。咖啡馆门口，两个年轻女服务员笑着打招呼，似乎跟他俩很熟悉的样子。驼背奶奶径直走到钢琴前，坐在琴凳上，放下拐杖，捶了捶腰。米奇大叔也神差鬼使般坐在了她身边，放下拐杖，捶了捶腰。小狗乖乖地趴在钢琴附近的椅子下，像一条花地毯铺在地上。

驼背奶奶手指波浪般飞舞，弹奏起来。悠扬的琴声响起。米奇大叔脸上的表情丰富起来。他仿佛看到了一条宽阔的河流，一轮皎洁的月亮倒映在水里。他和恋人依偎着在河上泛舟。河水泛起粼粼金光，微风吹来阵阵花香，恋人的脸像花儿般美丽，他情不自禁地搂住了恋人。听着听着，米奇大叔闭上眼，脸上现出陶醉的神情，手不知不觉地搂住了驼背老奶奶的肩膀。老奶奶肩膀微微一颤，眼中似乎有了莹莹泪光。

小狗好像也听得懂音乐，眯缝着眼听得入神，叫都不叫一声。

两位女服务员远远地看着，一脸羡慕地悄悄耳语，这一对可真浪漫！米奇先生完全记不得自己的名字，也记不得驼背奶奶就是他妻子，可米奇夫人还是锲而不舍地每天在电影院门口出现，假装路遇米奇先生，然后带他来到咖啡馆，给他弹琴。

听说，这首《月亮河》，是他俩恋爱时听的第一首曲子。米奇先生失忆前最爱听这首曲子了。

听说，米奇夫人给米奇先生弹琴的视频播出后，感动了全世界。很多国家都想学我们，说在我们这里，得痴呆症的老人晚年生活简直太幸福了，他们完全没有感觉到自己是病人，以为就是在过日常生活，不知道那些路人，超市服务员，电影院卖票员，还有我们，其实都是护理人员，连整个小镇，都是假的！

两个女服务员相互做了个鬼脸，捧着嘴吃吃笑了。白发苍苍的米奇先生搂着正在弹琴的米奇夫人的肩，正陶醉在美妙的音乐声中，对她俩的议论浑然不觉。

（原载 2017 年 6 月 11 日《吴江日报》）

门 当 户 对

宁 柏

　　爱情是两个人的事，婚姻是两个家庭的事。马云，你确定了吗？

　　在通往百合镇的路口，小姨有意停下，用目光征求马云的意见。

　　马云今年二十八，在农村，大姑娘这把年纪不结婚，会让整个家族都为她灯火难眠。

　　特别是我小姨。

　　小姨是媒太，专做"好"事。十里八乡的后生闺女，小姨都看着他们长大成人，密切关注他们的所思所想，并打着自己心里的小九九，一旦时机成熟，就使出三寸不烂之舌撮合他们。当然，也不会撇下离异的不管。小庄有个胖男人，人很好，就是打呼噜太响，老婆为此休息不好，只得跑了。别人给他介绍了好几个，都是住一晚就无法忍受。眼看五十了，小姨给他找了个不怕打呼噜的女人，虽是离异，但能抱窝生子，延续香火，这让那男的一家感恩戴德，逢年过节都提五花肉登门拜谢。无他，那女的是聋子呗！凭这取长补短的典型，小姨一下奠定了金龙镇媒体界"一姐"的地位。因此，马云的事，小姨总觉得对自己是个嘲讽。

　　舅妈就私下跟大姨说，自己侄女都嫁不出去，还说有多大本事。

　　就冲这句话，小姨前赴后继为马云介绍了不少，到头来，大多因舅妈嫌这嫌那耽搁了下来。舅妈说，在金龙镇，老马家算得上富贵人家，男方不说要在县城有房子，至少也得在镇上有几层楼，六位数存款也总得有吧。就这么挑三挑四下来，马云转眼就到了二十八。

　　这回，男方家境也很一般。可交往一段时间后，马云愿意去见男方父母，并且只要小姨陪着，不愿再听舅妈的"经验之谈"。

　　秋阳，很安静，给了站在路口的姑姑侄女两人足够的思想空间。

　　走吧。马云先向前迈步。

刚到百合镇上，舅舅骑着摩托车载着舅妈跟上来了。

妈……马云不满，嘟起了嘴巴。

我还是不放心，一定要去他家看看。

各怀心事，一路无语，到了人家楼下。

男方一家上下很是欢喜，好酒好菜相待。看到好酒，舅舅马上变了个人似的，跟准亲家推杯换盏。不小心，喝酒时响声大了点。

一旁的舅妈立马给他使眼色。

男方父母见状，满脸堆笑说，呵呵，这叫美声喝法，可流行了。

一句话让屋子里顿时充满了笑声。马云的脸上也有了笑意。

还是在路口。马云说，就这家吧。

舅舅打着酒嗝说，嗯，这家酿的酒不错。

你就知道酒，有酒喝就满意了。舅妈数落说。

嫂子，您的意见？小姨问。

舅妈说，他家才三层楼，可旁边的都是五六层。我闺女嫁过去会不会让人看不起。

人都在忙着赚钱，哪有你那么多闲心。舅舅借着酒劲，反驳一句。

这家里还没轮到你说话！舅妈的声调明显有提升。

妈，你们俩就不能消停一下吗？老说要门当户对，门当户对！我倒觉得，我们是高攀人家了。

这话咋说？

刚才吃饭间，他妈无意间碰到他爸的汤碗，然后把凉了的汤水倒掉，又去厨房里换了一碗给他爸。

就这个？

就这个！马云抬起头，两颗泪水从脸上滑下。可这小小的事，你为爹做过吗？

（原载《小小说选刊》2017年第8期）

摸　灯

宋以柱

　　宋学利，淄博人士，沂河岸边长大。外地人都管淄博人叫"淄博鬼子"，这个称呼的意思里，至少有鬼点子多这一点。宋学利就属于鬼点子多的人，而且是从小就鬼点子多。

　　宋学利上面有三个姐姐，下面还有一个妹妹，一个弟弟。人多地少，地少人就穷，吃不饱饭的家庭也比比皆是。宋学利家里就经常断顿（吃了上顿，没了下顿），往上看，宋学利抢不过姐姐；往下看，有弟弟妹妹，照顾不到自己。宋学利就只有自己想办法，把自己的肚子喂饱。用他自己的话说，每天只考虑一件事，怎么弄到吃的？生的，熟的，活的，死的，都往嘴里摁。

　　宋学利上到小学三年级，就坚决回家了。至今，宋学利对自己幼年失学还耿耿于怀，不去学校半年了，爹娘还不知道。用他自己的话说，肚子饿得咕噜咕噜响，根本就坐不住，怎么学字？不去读书，时间多了，就有的是机会把自己的肚子填满，田野里的瓜果梨枣，山上的蚂蚱蝎子蛇兔子老鼠，河里的鱼鳖虾蟹，统统往肚子里塞。别人说不能吃的，他也给自己找一个能吃的理由，想尽办法把它吃进肚子里。

　　"老鼠肉酸唧唧的，不好吃。"宋学利说的时候，还龇牙咧嘴的，好像那年的老鼠肉还没有咽下去。

　　每年过年之前的那一两个月，还有过了年清明节前后，是最挨饿的时候。因为人口多，家里的粮食得算计着吃。加之隆冬时节，白茫茫或者黑乎乎，大地那么干净，肚子里就越发空得慌。这时候，就显出宋学利鬼点子多了。年前那一段时间，宋学利基本不在家。一大早，吃上一碗黑乎乎的地瓜干子饭，挎着提篮，扛着镢头，专去田间地头，干吗？地里可没有丁点儿粮食，比和尚头还干净，哪里有？老鼠窝里。宋学利聪明不？找到一个老鼠洞，只管往下挖，时间不长，就有老鼠吱吱叫着，从不远处的另一个洞里窜出来。

高粱、地瓜干、地瓜、玉米、豆子、豆角，是一个小粮囤。宋学利一点也不客气，扒拉扒拉，全装篮子里。家里人没有一个嫌脏的，几个姐姐也悄悄地跑野地里挖老鼠洞。一家人都小心翼翼的，生怕被别人知道，能不知道吗？村里人也开始去野地里挖老鼠洞。

宋学利带头挖老鼠洞那一年，沂河两岸的老鼠几乎绝了种。

有时候，能挖到冬眠的蛇，一家人都不敢吃，嗷嗷叫着跑开。只有宋学利两手逮着蛇头，一撕到底，退了蛇皮，整条整条地摁到锅里煮，快到熟的时候，撒上一把盐粒，白花花的大半锅，冒着香气。宋学利一个人把头埋进锅里，一个劲地吃。直到最后，只剩下几条蛇骨，在锅里唰啦唰啦响。日子慢慢地往前挨。崴过年去，宋学利又瞄准了清明节。

每年的清明节，是必须去给祖上上坟的。清明节这一天，一个家族的后辈，总要在家族的祖坟那儿集合，一块给先人们上酒上菜压坟头纸添新土，如果有谁家的后辈不到，总会被别人指责一年。没有儿子的家庭，闺女也要从婆家赶来，代尽男孩的义务，上香磕头压纸添土。最重要的一点，是要给先人们上灯。

黎明即起，去地窖里取胡萝卜、青萝卜，洗净，男主人用一把小刀，又割又雕，做出一个个精致的胡萝卜灯、青萝卜灯，中间插一根缠满棉花的灯芯，倒满豆油，备用。讲究的人家，还要割花边，从有花边的灯沿往下，还要割出类似女人腰的弧度，极漂亮。不管家里有多困难，女主人总要想办法弄一点儿白面，做面灯，和做馒头一样和好面，用手制成有腰有底座有花边的面灯，上锅蒸熟。等晚上上灯的时候，顺灯芯倒油。油燃尽后的面灯，是美味。尤其是在几乎见不到白面的年代。

家里每个门口上灯，可以用胡萝卜灯、青萝卜灯。到天黑下来的时候，家家户户都要派出一个成年人去祖坟上上灯，就必须是面灯。沂河西岸有一片坟地，是村里大户人家的祖坟。宋学利瞄准了这片坟地里的灯。黑天半夜，宋学利不敢去。第二天早起，还黑着天，宋学利就提了一个破竹篮，深一脚，浅一脚，往坟地那儿跑。

到坟地那儿，天还没露亮，对面三米看不清人脸。宋学利连摸了几个坟前的供桌，都是空的。他就感到纳闷，老规矩定好的，给先人上的灯，是不准往回拿的，怎么会没有呢？宋学利脑子快，他立刻就知道，早有人来了，或许还没有走呢？他悄悄蹲下来，等着看个究竟。

天渐渐变成灰白，他才看清，在坟地深处，有一个一袭白衣的人，正在挨个坟前寻找。那是一个不久前死了丈夫的女人，身前大大小小三个孩子。宋学利叹了口气，悄悄地离开了。

"再怎么着，我也不能欺负女人，和寡妇抢吃的。"他和我说这些话的时候，手里把玩着一个灯，青铜的，有很好看的花边，花边以下有女人腰身一样的曲线，灯碗中央是一根灯芯，也是铜的。

（原载《小小说选刊》2016 年第 24 期）

一束康乃馨

田玉莲

央视春晚的序幕刚刚拉开，三班的班长阚文，又一次触摸了一下口袋中的那张电话卡，来到了电话亭。灯光制约了夜色的幽暗和静谧。此时，他的心已悄然搭乘了思念故乡和亲人的列车，嗅到了家中阳台上那盆康乃馨的香味，感受到了母亲的温暖。

电话亭很温馨，他轻轻地启开了门，把那张电话卡插进去，娴熟地揿动着嫣红的按键。片刻之后，他发现有一名小战士已悄然站在了亭外。他们并不是一个班的，但阚文知道，他姓俞。

"是文文吗？"亲切的话语像涓涓溪流，润泽着他的心田。母亲似乎已经等待他的电话多时了。

虽说亭内有一丝凉意，但此时，阚文浑然不觉，躯体被母亲的阵阵暖意充斥着……给妈妈拜完年，他的心情愉悦了不少。踱出亭外，对那小战士启唇一笑："对不起，让你久等了！"

小战士亦回馈了他一个微笑，并不急着走入亭内，而是侧身让身后刚刚赶来的另一位战士走了进去。阚文忽然觉得这是一位颇有涵养的战士，心中顿时对他有了好感。眼睛像摄像机一样打量着小战士那帅气稚嫩的脸膛。阚文发现，不知是灯光的照射呢还是原本气色就不好，反正小战士的脸膛蕴含着几许苍白。阚文再次向他报以友好的微笑，欲再次搭讪，可小战士似乎有几许羞怯。此时，一阵风儿恰好扬过来，小战士被呛了一下，便下意识又非下意识地，把那瑟瑟发抖的身体巧妙地扭向一侧，咳了几下。

阚文回到了宿舍，发觉电话卡还捏在手中。"小战士是丢了电话卡？"他确定自己的猜想是正确的。"太粗心大意！"他知道，大过年的，不能与家人讲几句话，听听亲人的声音，心中是何等滋味。于是，攥紧电话卡，大步流星地重返了回去……

那里已经没有人打电话了，有的只是小战士在踱着脚步，绕着话亭转着圈儿，还有的就是那飕飕的冷风……这回，他又有了新的发现，见小战士手中还拿着一大束康乃馨。那花在除夕之夜散发着馥郁的芬芳……

　　"我猜你一准是电话卡出了问题。"阚文由于走得匆忙，气喘得不均匀。

　　小战士显然有几许惊讶，但对他的问话既不否认亦不确认。

　　"我是三班班长阚文，你是小俞吧？"

　　小战士故意把头颅耷拉下一码："是的。"话中显然有几许凄凉和忧郁。

　　"喏！"阚文把那张捏得有些热乎乎的卡，双手托给了他。

　　让阚文没有想到的是，小战士竟然没有去接过他的善意和友好，只是愣怔怔地杵在那里，茫然中充斥着不知所措。

　　"你不想给家人拜年吗？"

　　"怎么不想？连做梦都想呢……"小战士终于流利地回答了他的问话。

　　"那就打呗，客气什么？"

　　他不急于回答阚文的话，只是突然掩面而泣……阚文把他拥进怀中："好兄弟，怎么啦？有话就跟哥说，或许有帮你解决的办法。"

　　"我……我的父母，在大地震中逝去了……"小战士已经不能控制自己的情绪，泪，像洒豆子，噗噜噗噜，一泻千里……

　　"啊！"这回轮到阚文惊讶啦，"那你站在这里干什么？天这么冷？"他心里很难受，愈发地同情起小战士来。

　　"我……我……"小战士更加不能自抑，"是，是想分享一下你们打电话的喜悦，找一找给家人打电话的感觉……"他的双手遮上了双眸。

　　小战士的话，把阚文的心灼痛得更加厉害。

　　"妈妈，我想你！"小战士在阚文的胸前泣不成声。

　　那泪，滴洒在阚文的手上，有几丝热，亦有几丝凉……真让阚文始料不及，在这隆冬塞外的军营，还有一位小战士在思念故乡和亲人……他一时变得有些手足无措，不知该怎样来融化小战士那颗冷酷的心……便再一次轻轻地推开了话亭的门，拽小战士走了进去，极敏捷地重拨了刚才的那个号码。

　　小战士对阚文的举措有些诧异。

　　电话很快就通了。阚文兴奋不已："妈妈，我是文文，我有位战友，十分思念他的亲人，可他的父母已经……您跟他说说话吧……"他把话筒触到小战士的手上。

　　小战士有些激动。

　　那边早已漾过了母亲亲切的问候声："孩子，你好吗？"

　　小战士愈发激动，嘴嗫嚅半天，终于喊了声："妈妈……"声泪俱下，双膝不由自主地跪了下去……

阚文怕小战士扯断了那根朱红色的电话线，想顺手搀扶起他，可也竟然情不自禁地，几乎与小战士同时跪了下去。接着，他俩便不约而同地哽咽着喊道："妈妈……"

须臾，只听话筒里传来了母亲熟悉而亲切的话音："哎！哎！孩子们……"接下来，就没了母亲的下文。母亲竭力控制着自己的情绪，尽量不让她那抽泣之声溢过来，但他们还是感觉到了……

"过年好！"他俩几乎又同时脱口而出……

接下来，电话那边和这边皆是一片哭泣之声……

亭内静悄悄的，端放在亭上的康乃馨散发着馥郁的芬芳，寄托着他们对故乡和亲人的思情……

（原载《山东文学》2016 年第 3 期）

纸 扎 匠

田玉莲

纸扎匠姓张，人称张扎彩。他的手艺精且棒，倘若阔人家死了人，只要肯出钱，他会扎起数样彩活：童男玉女不消说，连牛、马、幡、轿、房以及摇钱树、聚宝盆、金柜银箱都会一应俱全。他不但会扎，且画也极好。画山、水、花、木、鸟、虫、鱼，活灵活现，栩栩如生，可谓才艺俱佳。

庄稼人重死不重生。生前宁肯勒紧腰带灌西北风，也卖地或变卖家产，积攒下几个辛苦钱，待到死后让孝子贤孙请人做上几样纸活，而后，雇来鼓手班子，吹吹打打，披麻戴孝，热热闹闹，一火焚之。

说到他的扎彩营生，那是辈辈留传的。他是从爹娘手里接下来的，传到他手后已有三十多个春秋了。这一带，几百里地的人皆用他的纸活儿，生意自然红火。

他的收入甚丰，大洋白花花的，直往腰里淌。待腰里无处掖，便到凤凰山前的坡地上择了块宝地，掏钱，请人，建造了一座极精巧的四合院。

张扎彩取过一房媳妇，是个颇有几分颜色的人儿。起先，当地的孔财主跟他争，但没争去。最后还是他花一千块大洋把她抢到了手。

人儿虽到了手，然而却没有口福享受——他是个两性人。那婆娘当然熬不住饥荒，背地里与放牛汉狗嚼相好。张扎彩碰上过几回，尽管义愤填膺，但白瞪眼，无法子，只好吭吭几声，吱溜溜抽水烟。那狗嚼根本不曾生过怕他的意，更不避避藏藏，总是大大方方，爱来即来，愿去遂去，像同自己的婆娘相处。

狗嚼五大三粗，体上的腱子肉一嘟噜一嘟噜的，那劲能扳倒一头牛。瘦弱的张扎彩哪是他的对手？人家要是一拳下去，他会全身变酥。女人和狗嚼的丑事生腿传出，人们嘲讽张扎彩，说他无能，窝囊废，不如一摊鼻涕。他听后哀叹解嘲："谁让咱不争气，没有那鸡鸡哝？老婆那玩意让旁人侍弄着吧，省着荒了！"

人怕出名猪怕壮。张扎彩虽算不上腰缠万贯，但有几个钱却也是真的。不久，凤凰山山神庙前唱大戏，近处的百姓皆往观之。张扎彩是戏迷，当然不会落下他。

狗嚼不去，趁此空隙与张扎彩的女人调情。两人正在热头上，不料，闯进一野汉：貌若张飞，胡子遮脸，发丝罩额，右腮一贴膏药，人无人形，鬼无鬼模。他手交叉摞在膀上，朝两个躺在炕上的就是一阵狞笑。

狗嚼抬头一瞅，立时尿了裤子。可尽管尿了裤子，倒也还算精灵，嘭的一下踹开窗子，像惊了枪的兔子，没命地往外奔逃。张扎彩的女人哆嗦着躲在狗嚼身后，当狗嚼夺路而逃时，她伸手去拽他，可他人早蹿出了好远，于是她就竭力地喊："俺跟你一块走，不能撇下我！"这一叫不打紧，狗嚼逃得比兔子还快，她失望地嘘了一口气。

来人是这一带的土匪，他要把这女人绑走，索要两千块大洋。当狗嚼逃走没多时，张扎彩回来了，想是戏已散场，或是惦念着家。他揣着手，弓着腰，推开院门，见一莽汉扛一口袋，走得火急。他知道事情多有不妙，猜想是女人被绑，便丝毫未犹豫，以迅雷不及掩耳之势，从腰中拔出随身携带的、做扎制纸活用的剪刀，敏捷地冲过去，朝那长毛的胸膛猛力一戳。土匪太大意，未来得及防，便砰一下倒地，猪挨了刀般号叫不止。

张扎彩把手中沾血的剪刀往腰带上一插，打开袋口，把女人抻出来，解开手脚上的绳索，抽出嘴中棉絮……

女人双膝跪地，泪淋淋的："当家的，以往，我对不住你，我有眼无珠，该死，今天，你就放了我的血吧。我死了不会怨你，反倒会痛快。到今日我才看透，你是个好男人，是条有血性的汉子！"

女人的话使他一愣怔，然而，还是狠狠地踢了她一脚："臭婊子，喝了这么多年的迷魂汤，今日才醒？"

女人泪流满面的，挨了踢，反倒更痛快了，又爬到男人面前："当家的，你快躲躲吧，这一带的土匪都是互相通气的，他们不会饶你！"

"怕狼怕虎不在山里住，好汉做事好汉当，怕塌了天砸煞？"此时，他愈显一副大男子汉气概。

事出不久，有人在凤凰山坡上发觉了一具尸体，人们让张扎彩的女人去认……

张扎彩的女人倾其所有家产，把男人厚葬。

张扎彩的女人后一生未嫁。

（原载《日照日报》2017 年 3 月 22 日）

故纸堆里的大人物

吴万夫

几年前，我应聘到《代表之声》杂志社做编辑。我的社长许鞭是个马屁之徒，凡是机关大院里有需要杂志社"义务帮工"的，他都是来者不拒，有求必应，全然不顾我们的忙与闲。

一天早晨，我刚到杂志社，就接到许鞭打来的电话。在电话里，许鞭指派我马上联系办公厅的亓秘书，让我帮忙给相爱民副主任整理报纸资料。许鞭所说的相爱民，最早是我们 H 省常务副省长，后到 H 省人大常委会做副主任，两年前从副主任的位置上退了下来，是个"广播里有声、报纸上有名、电视里有影"的大人物。

按照许鞭提供的电话号码，我赶紧与亓秘书取得联系。亓秘书让我到楼下 203 房间门口等他，他随后即到。等了大约 5 分钟，亓秘书过来了。他朝我点点头，算是打过招呼，拿出钥匙打开了 203 房门。亓秘书推开房门，只见靠门的地方搁着一张圆形会议桌，桌子上散乱着几张过期报纸；靠里间的屋子，整齐地陈列了几组红木书柜，柜子里摆满了各种奖杯以及用玻璃镜框镶嵌的合影照等。在这两间屋子里，最惹眼的地方是沿着三面墙壁垛满了报纸，这些报纸都被尼龙绳捆扎成捆，几乎摞到了天花板。

亓秘书告诉我，这些报纸都是相主任在 H 省做省长及在 H 省人大常委会做副主任期间订阅的，时间跨度七八年。"你这几天的工作重点，就是从报纸中把有关相主任的新闻报道找出来，主要以中央媒体和 H 省日报、晚报为主，其他都市报也要找一找。"亓秘书强调道，"凡是出现有他名字的报纸，你都要把它挑出来。"

亓秘书说完，将房门钥匙交给我，然后离开了。

瞅着堆积如山的报纸，我的头都大了。此时，我心里虽然淤积着对许鞭的愤懑与不满，但我只能竭力隐忍着，尽量让自己保持平静的心情。我脱下棉外套，把成捆的报纸打开，开始一份一份地翻找。由于报纸存放时间过长，一股刺鼻的油墨味混合着报纸的霉变味扑面而来，呛得我连连咳嗽起来。

几天来，由于没有注意保暖，再加上工作强度过大，我的身体突然出现了不适：先是从头到脚一阵阵发冷，后来浑身就像被绑了火，连呼吸都变得有些困难了。我头痛欲裂，昏昏沉沉，似有千钧重，感觉脖颈已无法承受它的重量，随时都有被折断的危险。我意识到这次感冒比较严重，但我只能继续坚持工作。

到了第四天下午，我再也支撑不住了，迷迷糊糊中趴在桌子上睡着了。我做了一个荒诞的梦：梦中，我变成一只无法飞翔的小麻雀，有一只大黑狗不断向我扑来。这只大黑狗也有些荒诞不经，戴着如许鞭一样的近视眼镜，龇牙咧嘴，气势汹汹，屡次三番想撕咬我……

我正扑棱着翅膀四处窜逃时，被一阵手机铃声震醒了。我从兜里掏出手机，是许鞭打来的。我摁了接听键，许鞭在电话里询问我的工作进展情况。我如实汇报说，报纸还没有翻找完。许鞭冷冷地说："找个报纸就这么难？亓秘书可是办公厅的领导，希望你办事时不要磨磨蹭蹭的！"

许鞭说完，生硬地挂断了电话。我捧着手机，国骂了一句："他妈的……"

正当我抬头之际，发现亓秘书不知何时已进来了，这会儿正站在我跟前。我的手机不隔音，他显然已听到了我们的通话。

亓秘书没有理会我刚才的"国骂"，而是从书柜里抱出几本制作精美的《相爱民新闻剪报》，放到我桌前："你明天不用再过来了，其实这些报纸我早前都已翻找过很多遍了。"亓秘书指着几本新闻剪报说："这些剪报都是相主任多年来参加各种活动的新闻报道，只是他总是担心还有被我遗漏的地方。近来，相主任又催促我在废纸堆里再扒拉几遍，希望把出现他名字的新闻报道找出来……"

亓秘书说这话时，我并没有接腔。交给了他房门钥匙，我拖着疲软的身子来到了街上。此时，满街流淌着灯火的海洋。一股冷风从远处蹿来，我不禁打了一个寒噤。我知道，由感冒引起的发热还在持续。行走在回家的路上，我思考一个问题：我是不是该离开《代表之声》杂志社了？

（原载《北方文学》2016 年第 12 期）

独　舞

徐国平

有成失去一只胳膊后，又找了一份看公厕的工作。

工资虽不多，公厕却地处市中心广场。白天，偌大的广场，空阔寂静，到了晚上便热闹非凡。那些扭秧歌，跳拉丁舞、广场舞和健身舞的，以及练书法唱京剧的，将广场分割成一块一块的小圈子。

有成的工作很简单，每天清洁好卫生，大多的时间都闲坐在公厕旁的那间小屋里。

小屋不大，却比工地的窝棚舒坦多了，既通风又敞亮。吃住都在这里，水电还免费。这对他来说，很知足了。

屋子里憋闷了，就走出小屋，在广场那一块块圈子外转悠。听听歌，看看舞。还真大开了眼界。

偶尔，认出几个闲逛的老乡，他老远就亮着嗓门打招呼，并邀请到小屋里坐坐，喝喝茶，唠唠嗑。

老乡大都是一块进城的。见到他有了专属的住所，都嘻嘻哈哈地说他升官当所长了。他肚子一腆，早忘了自己的胳膊是咋没的，美滋滋地咧着大嘴说，谁到了俺的金銮殿，都得给俺脱裤子。

其实，最让他开心的是发现了一条赚钱的来路。

一开始，他在广场溜达，随处可见人们扔下的各种矿泉水和饮料瓶子。他顺手捡起，带回屋子堆到角落里。过了几天，收破烂的来了。他拎出来，竟然卖了十几块钱。

再转悠的时候，他两只眼睛，便盯紧那些被人扔掉的垃圾。第一天忙活下来，竟然收入了二十几块钱。怪不得人说城里遍地是钱。他掏出手机，跟老婆兴奋得像头撒欢的叫驴汇报完后，说这叫拉屎扒地瓜，一举两得。

此后，他天天闲不住，曾创造过一个晚上捡到一千多个瓶子的纪录。不过这样的纪录很少。

当时一个流行歌手来演出，广场都快要挤爆了。等了半天，那歌手才在一阵疯狂的口哨和掌声中缓缓现身，狼嚎般吼了两首歌。台下的人就兴奋地挥舞着手中的饮料瓶，抛向空中。他忙得不亦乐乎。听人讲，那歌手的出场费一百万。一首歌就五十万啊！他张大的嘴巴半天没合上。乖乖，自己被搅拌机绞去了一只胳膊，老板才赔了五万块。

想到这些，他心里就憋着一肚子气。自从进城，累死累活，还搭上了一条胳膊，他早想回家了。回去又能干啥？吃白饭看儿媳的脸色，还不如赖在城里，找点活干。只是，家里那一大摊子，苦了老婆。

不过，随着腰包一天天鼓起，他的心情也好了许多。他特别喜欢看秧歌，看到那几个企鹅似的老头丑态百出的样子，心里就偷笑，哧，瞎鸡巴扭。笑着笑着，他的胳膊腿竟然痒痒起来。他也喜欢扭秧歌，只是兴趣被别的事转移了。

想当年，正是他扭的大秧歌，把老婆迷进了家门。

失眠了，他就给老婆打电话。老婆抱怨他在城里一个人图清净，她在家可受气了，天天忙里忙外，儿媳妇也不给个好脸。

他便劝，别生闲气了，进城跟我一块来拾破烂吧。

老婆还真来了。有成提早把屋子收拾得干干净净，还从菜市场割了斤精肉买了把芹菜，包了一锅饺子。

老夫老妻，少了一些温存，多了一些唠叨。老婆刷过碗，他乐呵呵地说，走，带你到外边看景去。

没走多远，老婆就瞧见广场里那些大庭广众下拥着搂着的男男女女，羞得低下头，妈呀，城里人怎不穿衣服就跑出来。他说，没在电视上看啊，城里人都爱这样。老婆一翘嘴说，光腚劈叉的，咋走出门？

咋呼啥，住上几天，就习惯了。他拽了老婆一下。

怪不得你丢了根胳膊，都不舍得回去，八成是魂让这里的女人给勾走了。老婆甩开他的手，嘟囔着。

胡咧咧些啥。他瞪了一眼老婆，有些生气地翘着屁股，捡起垃圾。

转悠了一会儿，他让老婆放下编织袋看秧歌，指着一个老头说，你看他扭得好看吗？老婆扁着嘴，说难看死了，跟只大笨鹅似的，那些女的扭得好看。他说城里人不讲究这个，人人都扭。

老婆就撺弄他，你咋不跟那些女的一块扭啊？

他晃了晃那一只胳膊，白了眼老婆说，别耍贱人，就俺这一根胳膊，还不把人家吓死。

一条胳膊咋了，还不是他们城里给弄没的。老婆气得跺了一脚。

这天是周末，广场的人多。两口子捡了一堆矿泉水易拉罐，捎来的两条编织袋装得满满的还装不下。老婆说我看见人家都把罐踩扁了。有成说你懂啥，那样不好点数，眼神不好就混了。随后，一屁股坐在袋子上，说他守着，让老婆回去拿袋子来装。

老婆拿袋子回来，人都散尽，就见有成手舞足蹈地学城里人样蹦跳，她忍不住笑出声，喊道，你这是发啥疯啊？跟抽了筋一样。他摸了一把额头上的汗珠，气喘吁吁地说，城里跳的这玩意，太折腾人了，还是扭秧歌顺劲儿。说着，一把攥住老婆的手说，老婆，这里的人都走了，你看这广场比咱村的场院宽敞多了，你再看夜里灯多亮多美啊，整座城市都是咱的啦！来，咱老俩也来扭上一段大秧歌。

起初，老婆有些扭捏，说老胳膊老腿了。最终还是架不住有成的再三催促。

虽然，两人的动作有些生疏，也没有锣鼓，只有一堆垃圾。但路灯下，两人仿佛又回到了年轻的时候，全身投入地扭动起来。

（原载《华文小小说》2017 年第 4 期）

红　棉　袄

徐小红

出嫁的时候，你一定要穿着红棉袄。外婆摇着芭蕉扇在许多年前的夜里对她说。外婆那么爱她，有好吃的，总留给她；好玩的，总让她先玩个够。

她18岁那年离开家乡，到省城上大学，毕业后留在省城，此后，很少回去。她在爱情的边缘滑了很久很久，直到她的父母都不再对她的婚姻寄予希望的时候，才选了一个各方面都不错的男人，嫁了。

出嫁的那天，是西洋式的婚礼。她穿白色的婚礼服，他穿西装。很风光。然而她不快乐。他会做饭，会开车，会给她送鲜花，会好多好多事情，唯独不会爱。生活没有热度，缺少激情，没多久，她就离了婚。

后来，遇到了他。

决定不再办结婚手续，也不举行仪式，就这么同居着过。那天，他在床上躺着，看《足球报》。她躺在床的另一边，百无聊赖，悄悄看了他一眼，装作睡熟，伸一下胳膊，发出"呓语"：呀，我好喜欢好喜欢你呀，可惜他不让。

他立马拉着她的胳膊，说：宝贝儿，你喜欢谁？谁不让？她一定要将实验进行到底，于是她说：我们一个客户。你是说我不让？宝贝儿，只要你要，尽管去拿。只要你快乐。她翻一下身：是吗？假装沉沉睡去。

第二天，她开始观察，看他有什么异常。她发现他为她打理出一个行囊，放在客厅醒目的位置。她试图发现他脸上的不快，然而，似乎没有。他一切都按部就班地做着。他更珍惜他们在一起的时间了，仿佛每天都是告别，又仿佛天天身处热恋。

这里一切都很美好，然而，那个客户，仍然是一个诱惑。只要他出现。

他那天来的时候，她有一些犹豫。但她最终没能把握住自己。她对就要走出门去的他说：你……真的没什么别的事情了吗？有一场好电影，我有两张票，刚好没人一起去。他明白了。这次真明白了。以前对她的怨恨一下子烟消云散——她之所以让他三番五次地费尽周折来办理一项很简单的业务，只是为了，为了多几次与他的相见。矜持瞬间瓦解，爱旗很快招展：啊，求之不得。

很完美的一场爱情。从挽手开始。揽腰。接吻……一场热恋，一场沉醉。她忘记过去了。她不记得同居男友了。她真的拎着包裹，在外面租了一室一厅的小房子，开始与客户同居。

她曾经给过同居男友一个很漂亮的景德镇陶瓷花瓶，金黄金黄的底色，艳绿艳绿的花纹，插一束洁白洁白的满天星。现在，她觉得没什么东西比它更合适，送给小客户。但，世界上，精品，只有一件，也是绝品。她于是遍览工艺品店，找到了一个宝蓝底白条纹的玻璃花瓶，觉得品位不次于上次的那个，买下来，插了一束艳黄艳黄的蝴蝶花，送给他。这些，是爱情的刻痕，她绝不肯迁就的。

可是，她有一天到他的办公室去，却没见到她送给他的蓝花瓶。她不肯相信他会放在家里，但她坚持相信他放在了家里。

可是，没有。

那是一个很偶然的机会，他妻子出差了，她于是被邀请到他家。她左看右看，遍寻客厅居室，哪里都没有她送他的宝蓝色花瓶。

那天晚上，她装作睡熟的样子，抹着眼泪大声说着"梦话"：我的花瓶呢？良久，没有回音。她悄悄扭过头看见，他睡得很沉。爱情中重要的链条看来断裂了。她立马起身，冲到室外去。

她是在深夜两点回到同居男友的身边的。

她站在一尘不染的金黄底艳绿图案的花瓶前，双手掬着洁白如新的满天星花朵，眼角溢出泪滴。

还走吗？

不，永远也不走了。除非……

除非什么？

除非你烦我。

咱们要一个孩子吧。她紧接着说。

时值深秋，天有一些冷了，她找出外婆临终前交给她的红棉袄，试了试，很暖和。她对他说：以后，你叫我红棉袄吧。外婆说女人必须有一件漂亮的红棉袄，爱自己，被宠爱。她定定地看着镜子，镜子中的女人脸上升起一种庄严。

第二天，她起床的时候他已离开家。她坐在餐桌前吃他为她准备的早餐，哼着歌曲。穿上红棉袄，在镜子前左照右照，甜蜜地笑。走到鞋柜前，发现鞋柜上有一张纸，写满了字。她拿起展读：

亲爱的红棉袄，我不知道我是否真的适合你，我想我们还是平静一段时间吧。今天是我等了很久的一个日子，也是我重新认识爱情的开始。那么多孤独的日子里，我其实在享受回忆。回忆那么美好，没有一点瑕疵。但现在，我不知道我还能拥有什么。你的回还真实而让我心碎。过去你在我的记忆里是一块美丽玉石，过去爱情充满神奇；现在你是一个平常的妇人，爱情变得像一个真实的容器。我不知道谁会在那里等待，不知道谁会在等待里变化，不知道谁会等到谁会永远失去。还爱一个公道，让爱是爱，让容器是容器。我会永远保管好你送我的花瓶，不让它蒙尘破损。再见，你多保重！

她很快看过，又原样放在鞋柜上。穿上鞋子，她出门了。她的脸上那么平静，像一个经历丰富、内心充实的老太太。

穿着外婆亲手为她缝制的红棉袄，每天，在满是毛衫套裙的街上行走。不久，她发现，她成了一个容器——一个盛装生命的容器。她是在他离去的前夜怀孕的，她决定把孩子生下来。

她的眼睛经常望向书架——那里原本，放着她送给他的花瓶。现在，是一幅画着花瓶的画。

（原载《红豆》2017 年第 3 期）

掌　声

闫　岩

我是个报社记者，我写稿子没有华丽的语句，但总会被评价接地气。这就够了，我愿意做一个接地气的人。接地气的人不脱轨，起码不会脱了善良这个轨。

我有个小赵朋友工作在企业一线，自认为他也是个接地气的人，所以我们经常一起喝点，谈谈天说说地。

这天小赵说他的另一个小李朋友要请他喝酒，想叫我一起去。听小赵说过，他这个小李朋友非常怕老婆，没有不良嗜好，每个月工资全部上交，老婆每月给他一百元零花钱。但小赵说，小李绝对是个值得交往的人。

我对小赵说，今天我请吧，别让小李请了，他又没钱。小赵说，让他请吧，今天他去献血小板了，有了二百多块的交通费，够够的。

小赵说，小李听说献血小板既能救人，对身体也没伤害，还能拿到点小钱儿，就跑血站献去了。

小李看到我非常高兴，把菜单递给我。我把菜单递给了小赵。小赵说，赵那你就点吧，想吃什么点什么，以前都是你请我的，今天我请你好好吃一顿，别给我省，但是有一点，这事儿不能对我老婆说。

小赵笑着打了保证。

小李兴奋，喝酒也喝得猛，我们劝也劝不住。酒高话多，一直围绕他去献血这个话题说来说去，越说越得意，他还说以后每个月都去献一回，每个月都要请我们喝酒，让我一定给他面子。

小李正说得眉飞色舞，旁边饭桌上一个光头男突然站起来冲我们桌大喊了一声，小瘪三，你到底有完没完，都混成靠卖血来活了，你还活着有个啥意思。光头男脖子上套着串大佛珠，一看就不是善茬，别说是瘦瓜瓜的小李，就算皮厚肉肥的我看着都心颤。但男人是要面子的，小李站起身来便和他理论，我活不活碍你蛋事？光头男嚣张地接着骂，我就不爱听你个小瘪三说这个，我听着不舒服。说着还给了小李一脚。这样欺负小李，我和小赵都急眼，也跟光头男理论。可光头男兴许喝得太多了，根本不听我们说，觉得对付我们三个也不成问题，冲我们一起动开了手脚。一时，我们三个，他们三个，乱七八糟地就打起来了。

不知谁报了警，警察不一会儿就到了。打头的警察问清了缘由，然后问光头男，他惹你了吗？光头男不服气地说，我瞧他那小瘪三样就想揍他。警察问小李，你贵姓，是做什么的？小李说，我免贵姓李，是企业一线工人。警察转头对光头男说，他一个企业底层工人，去捐献血小板，挣了点零花钱请朋友喝酒，他何罪之有？光头男横邦邦地说，我就是看不惯他那小瘪三样。

光头男一句一个小瘪三，警察却不温不火地拍了拍光头男的肩膀说，尽管小李是个小人物，可在我看来他不是瘪三，他比起那些看起来高大上却成天坑蒙拐骗老百姓的血汗钱，在背后花天酒地的人要强无数倍。他不偷不抢不嫖不赌，他是去献血救人，这是满满的正能量啊，我们应该去发扬小李的这种风格。倘若社会上多一些像小李这样的人，不但家庭和谐，对社会对人类文明也是一种巨大的贡献啊，这样的人难道不更值得我们尊重。你说呢，痞子兄弟？

掌声雷鸣般响起，当然也混杂着我和小赵的。

（原载《邢台日报》2017 年 9 月 4 日）

爷爷的梧桐树

于心亮

家里的梧桐树，是爷爷栽下的。他说梧桐树长得快，好养活。

梧桐树的确长得快。噌噌地，一年就长过了屋檐。叶子很大，蒲扇一样。

爷爷坐在梧桐树下，看着头顶的树，咧着嘴笑。爷爷跟我说，等树长大了，你也长大了，将来给你做家具。我问做家具干啥？爷爷说给你娶媳妇啊。我问娶媳妇干啥？爷爷说你和媳妇过日子，生娃娃啊。我摇头说不行，生了娃娃会跟我抢玩具的，不行，不行。

爷爷就笑起来。我妈也笑，说：爹，你净逗弄孩子。

大妈家门口也有棵梧桐树，那也是爷爷栽的。有时候到了吃饭的点儿，爷爷就坐在大妈门口的梧桐树下，看看树，看看树叶，看看树叶缝隙的天空。有一回我大妈出门来，端一盆脏水泼向蹲在梧桐树下的一只老母鸡：见天儿也不下个蛋，待树下死浑球着干啥！

爷爷的脸就灰了。他颤抖着胡子说：那棵树是我栽的，是我栽的呀！

我妈也红了脸，她跟爷爷说：爹，以后你别轮着吃饭了，就在你三儿子家里吃，家里的树是你栽的，家也是你的！爷爷说：不行不行，你大嫂子会有看法的。

我妈说：有看法？能咋地？我还要你跟我们一块儿过呢！

爷爷的铺盖卷儿从大妈家搬到我家里来，爷爷就跟我们一块儿过了。晚上我跟爷爷一块儿睡，白天我跟爷爷一块儿耍。快到吃饭的点了，爷爷背着我从外面回来，就坐在梧桐树下等，过会儿屋檐下飘出了饭菜香，过会儿又飘出了我妈的喊：爹，吃饭啦！

爷爷吃饭不多，吃几口就饱了。然后坐到梧桐树下去歇息。

我妈就会打发我：去，给你爷爷再送碗饭去，不吃你就哭！

于是我就捧着饭碗送给爷爷吃，说爷爷不吃我就哭。

爷爷接过了饭碗，我没有哭，可是爷爷哭了。

爷爷闲着没事，就坐在梧桐树下搓草绳子，一圈儿缠在梧桐树上，一圈儿又缠在梧桐树上……梧桐树很快就变胖了，我瞧着梧桐树喊爷爷，树要倒了，树要倒了！

搓好的草绳子爷爷会背着去赶集，卖掉。卖回的钱，回家给我妈。

我妈不要。爷爷把钱扔锅台上扭头就走。我妈把钱捡起来，叹口气。我妈把钱留下一点儿，余下的送给坐在树下的爷爷：爹，拿着，你孙子要馋什么了，好买给他吃。

听我妈这样说，爷爷才把钱接过了，说好、好、好……

后来我大妈在街上传言，说老三家的做人真是精细，把老头儿接过去，给她看家、给她看孩子、给她赚钱花……老头儿让老三家的骗了去，真是做牛做马遭老罪啦！

我妈听说了，受不住了，她要去跟我大妈理论。

爷爷说：老三家的，谁对我好，谁对我孬，我心里没数吗？

爷爷说：我这当爹、当公公的都能忍下，你这做小辈的怎么就忍不下呢？

爷爷说：你们当妯娌的要是撕破脸，街上人不笑话咱们吗？

我妈忍下这口气，可心里难受，就带上我，回娘家找我姥姥哭。哭完了瞅瞅天儿，擦擦泪儿，站起来拉上我就走：天不早了，你爷爷在家里说不定要饿肚子了！

爷爷还是坐在梧桐树下搓草绳子，一圈儿缠在树上，一圈儿又缠在树上……看见我和我妈回来了，就朝我张开手：孙子，来，瞅瞅爷爷今儿给你编了个山蚂蚱！我和爷爷坐在树下玩儿，过会儿瞧见屋檐下飘出了饭菜香，过会儿瞧见飘出了我妈的喊：爹，吃饭啦！

梧桐树长得很快，不愣神的工夫就长得很粗大，爷爷说种了梧桐树，就会引来金凤凰。我仰着脑瓜往空中看，看到大雁排着"人"字在天上飞，我使劲召唤，它们也不下来。我问爷爷金凤凰在哪儿？爷爷笑着不回答我。我站在梧桐树下想，金凤凰是什么样子？

此时我开始上学了。放学后我喜欢坐在梧桐树底下写作业。爷爷每回都认真看我写字，夸奖我写得真好。我问爷爷哪里写得好？爷爷乐呵呵地说：我也说不出，反正是好！

许多日子在过去，梧桐树长得更高，更粗壮了。

我也在长高，也在一天天变壮实。

坐在梧桐树下的爷爷乐呵呵地看着我笑。爷爷已经变老了，他更加喜欢坐在树下，守着他的树，看着他的树，看着我背着书包去读书，眼巴巴就像当初我看他去赶集一样，不知道我离家的日子里，一直疼我的爷爷是不是会感觉日子也会变得很漫长？

在一个和暖得就像秋天干净稻草般的有阳光的日子里，爷爷靠着梧桐树，感觉一阵风儿掠过，就接连打了几个喷嚏。打完喷嚏的爷爷拍着梧桐树说：将来，给我孙子做娶媳妇用的家具吧。爷爷说完进屋躺下，就再也没有醒来……我大妈忙着哭。我妈忙着后事。

我和我妈都没哭。我们觉得爷爷只是出了趟门，说不定某一天又会坐在梧桐树下。

爷爷的梧桐树我没做家具，我舍不得，我头一次没听爷爷的话。

一 块 石 头

于心亮

　　村后的土山上，有块大石头。张兴问我：你看像啥？我说：啥也不像，就是块石头！张兴说村长，我想包下那块石头。我心说脑子有病，嘴却说：等商量下再说吧！

　　张兴前脚走，我后脚就去看那块石头。

　　像个啥？——猫、狗、鸡、牛？都不像。

　　石头里有啥？底下压着啥？——也都没啥。

　　我就去问张兴：你包那块石头，想干啥？张兴说：别问想干啥，你就说让不让包吧？我说不说清楚想干啥，我就不让你包。张兴只好说：你看，石头像个石佛不？

　　哎哟，张兴这么一说，再看那块石头，还真像个石佛！

　　张兴说：让我承包了吧？我想赚点钱。

　　我说：一块石头，你想赚啥钱？张兴说这你就别管啦，反正我能让石头变出钱来，你到底让不让我包？我说行，你包吧，只要别后悔。

　　回头张兴送我两箱苹果，我就咬着苹果把红章给盖上了。

　　张兴扯了丈红布，系在那块石头上，然后烧香磕头，还放爆竹，炸得周围几个村的人都听得见。人们纷纷往石头这边跑，边跑边说：哎哟妈呀，听说石佛降临了？

　　张兴就这样开始收钱了。我笑这些人，真是愚，好骗。

　　原以为过了热闹劲儿就算完，没想到，每天都有人上山叩拜石头。我问张兴用了什么宣传方法？张兴说这种事儿用不着宣传，大家你说我说，不信的也就信了。

　　我走到村头，村头张老汉说：上回我上山锄地，跌坏了腿，就在那块石头底下薅了一把野菜嚼烂了糊到伤腿上去，你猜怎么着——睡了一宿觉好了！

我走到村尾，村尾李大妈说：那次我的小山羊跑丢了，四处也找不到，把我给急得哟，最后你猜咋了？——在那块石头……哦，不，是石佛给找着了！

　　……

　　于是我也想：我当选村长的头天晚上，也在那块石头旁边待过，莫非……真有灵？

　　上山拜"石佛"的人总是来。张兴就卖香、卖纸钱、卖贡品……倘若没有人来，张兴就在旁边的果园里忙活。张兴种的苹果挺甜，想起来就有味道。

　　我去找张兴，我说张兴，没想到你挺有眼光，一块石头，竟让你做成了产业，了不起啊，钱……不少赚吧？张兴说还凑合，比我种果树强多了。

　　我说你没听见一些闲话吧？张兴说什么闲话，没听见啊？

　　我说大家都说这块石头是老祖宗留下的，现在让你这么一包，就不太好了。张兴说那怎么办呢？我说我也不知怎么办，石头承包给你了，我也不能说改就改不是？

　　我让张兴想想，看看能想出个什么招儿来。

　　张兴想了半天，没想出招儿来。我建议说：上山的路难走，要不村里修条道儿，路好走了，来的人就多，有钱大家一起赚？张兴想了想说行，就照你说的办吧。

　　当然要照我说的办，不照我说的办，行么？

　　——修路还不简单？相关人员一召集，我一说，大家都同意，并且还七嘴八舌提了今后发展的许多个建议。我说既然这样，那就开始干吧！

　　路修好了，相关的人员也就上岗了。比如收过路费的、卖矿泉水的、卖水果的、照相的、烤肉串的……张兴来找我：这么多人上岗，我还赚什么钱？我耐心跟他解释：你包的是那块石头，但路是村里修的，不是说好有钱大家一起赚吗？

　　张兴气哼哼地走了，埋头在果园里忙活，不再管那块石头了。

　　但很快也就没人来叩拜那块石头了。用村里老人的话说：狼多肉少，来的人招架不住啊！——于是，那块被人称颂的石佛又变回一块石头，没人搭理了。

　　倒是修的那条路被村里人所称赞，说上山干活儿方便多了。尤其张兴，开着拖拉机去果园"突突突"最为方便，到了秋收时候，一筐筐苹果运下山，看着真让人眼馋。

　　于是我想，我是不是着了张兴的道儿？我想起来就不舒服。

　　趁天下大雨，为了疏通雨水，我让人把那条路，拦腰挖了。

（原载《小小说大世界》2017 年第 3 期）

窗　子

原上秋

　　深夜，起风了。女人过来关窗子，无意间看见对面楼上一个人影在屋里走动，似乎没穿衣服。女人拿过眼镜戴上，看清楚了，是个男的，果然裸体。

　　太不像话。女人生气了。女人把窗子关上，还顺手把窗帘也拉上。女人站在黑影里想，这是个啥人呢，他怎么在家里这样随便？女人忍不住挑开窗帘，又看一眼。这一看把女人吓了一跳，女人看到了不该看的地方，颜色的反差特别突出。女人退到床上，好像自己刚才做了一件极其下作的事，羞愧难当。女人本来就有夜晚睡不着的毛病，这一夜自是失眠。

　　天亮的时候，女人隔窗望去，找不到昨晚亮光的窗口。女人住的楼与对面的楼间距大约 40 米，40 米在夜晚很近，白天一下子远了。没有了灯光坐标，小窗子都一个样子。女人的记忆里居民楼就是这样子。几年了，她从没有因为哪地方有什么特殊，多看一眼。但昨晚的发现让她又沮丧，又兴奋。又一个夜晚，那一幕重新出现。女人记下了对面窗子的位置，从左边数是第 9 个，从右边数，是第 11 个。

　　女人把这个发现，说给了楼上楼下的邻居。女人希望能发动群众，共同制止这个行为。出乎意料，邻居对这个都不是很关心，他们惊讶之后，就迈开腿忙别的去了。女人很是失望。女人想，你们家就没有孩子吗，假如让孩子碰上，是多么尴尬的事情。发动群众失败，女人选择了报警。

　　警察感到为难。家是个私密的地方，警察怎么能去管人家在家里穿不穿衣服？

　　女人说，他光着屁股在屋里，让人看见，就是耍流氓。

　　警察说，刑法和治安条例没有这一条。如果他光着身子走出屋门，他就违反治安条例了。警察表示，可以去劝他把窗帘拉上。

　　警察的劝导还是起了作用。一连几天，对面的窗帘都是拉严实的。尽管那一幕没有出现，但是，女人还是时不时朝对面瞄上一眼。

忽然有一天，女人发现对面的窗子又打开了，男人又光着出现了。女人就打电话报警，警察没有马上出警，而是劝慰女人，把你自己的窗帘拉上不看，一切都解决了。女人反驳说，我可以不看，你们能保证别人不看吗，假如有孩子看到，你们想过它的后果吗？

警察无奈，他们又一次去对面楼上。这一次，女人要求和警察一起去，一是看看这到底是个什么人。二是想当面说教说教他。

男人没有打开门。警察和男人的说话隔着一道门。警察说，你的行为已经影响到了别人，如果不改正，我们将考虑下一步措施。

男人说，我这两天就搬走了。他大声骂了一句，都是神经病。

女人当场就火了，神经病，谁神经病？

女人的冲动被警察制止了。警察说，既然这家伙要走了，就没必要说那么多了。警察拉着女人离开了。

警察一直惦记着这件事。一个星期之后，警察从物业那里打听到，男人走了，搬到南方大都市了。男人是一个行为艺术家，网上很出名。警察想，这下好了，女人再也不受骚扰了。

过了两个月，一天深夜，女人打电话报警。她说，那个男人又出现了，光着身子，走来走去，太流氓了。

警察赶到，和物业的人一起打开了对面的房子。

房间布满灰尘，空无一人。

（原载《小小说大世界》2017 年第 8 期）

一　根　筋

原　野

"一根筋"是个人名，是绰号。真名是啥，没几个人知道，也没听人叫过。

"一根筋"出现在村里时也就十多岁。头发很长，和老绵羊毛似的，一头毡片，不知道几年没洗过剃过了；上身是破棉袄，大襟部分油得铮亮，腋下和袖子上露出棉花套子，不系扣，用一根黑色带子系在腰间；棉裤裂了裆，口子再大点就和小孩的开裆裤差不多，裤脚处被狗咬了好几个口子。

他说是跟爷娘出来要饭的，走失散了。村里大爷大娘看这孩子可怜，你一口我一口给他送点吃的。长时间没人来找他，他也就不走了。

村头有间场院屋子，没门，农忙时放放农具，下雨时也有人在那里避雨，平常就闲着。"一根筋"不知道怎么发现了这个宝地，当了住所。

生产队里想撵他时，他竟然振振有词：天下穷人是一家。毛主席让我住这里的，你不让住，就是反对毛主席！这帽子太大了。屋子就被他占了，他也就理直气壮成了村里人。

那时，都穷，也缺劳力，都觉得"一根筋"不小了，该干活挣工分养活自己，自力更生。"一根筋"也很听话，让他干啥就干啥。可干了还不如不干：让他锄地，他把玉米苗和草一起锄掉；让他刨地瓜，一个地瓜他能刨成好几块捧出来。放牛总行吧，牛掉在地堰下摔断了腿，他还躺在树下呼呼睡觉。

算了，啥也不用他干，就当废物养着吧，大家伙互相安慰着。

可就这废物，竟惹了弥天大祸。

那时，家家户户都贴毛主席标准像，像下还有"毛主席万岁"五个大字。生产队烤黄烟的"烟屋子"也贴。那房子都在坡里，墙面粗糙，面和的糨糊也不黏，风吹日晒，像就掉了下来。这事让别人遇见，再贴上就是，可"一根筋"见了，拿那张纸像包了破鞋！

群众的眼睛是雪亮的，报告上去，就把"一根筋"抓了起来。一审，他对罪行供认不讳，且死不悔改，居然说了很多昏话：那纸反正是破的，包个鞋还咋着？过去的皇帝才叫万岁，毛主席又不是皇帝，怎么会万岁呢！这可是大不敬，"现行反革命"是罪无可逃了。

可他刚进去，毛主席就去世了，"四人帮"也被粉碎，"一根筋"就被放了出来。

进过局子，"一根筋"丝毫没改"革命乐观主义"的人生态度，仍然自由自在，到处游逛，哪里饿了哪里找口吃的，且学了一个新爱好，听黄梅戏《天仙配》。

只要听说哪里放电影《天仙配》，"一根筋"定要去看，虽然很多时候情报不准，跑了一天没看到戏，甚至根本电影也没放，但他毫不在乎，一天天乐此不疲地奔波，就为了听那"树上的鸟儿成双对"。

都说"人在时里，鳖在泥里"，不知道"一根筋"积了什么德，小五十的时候竟交了桃花运。

远山里有个寡妇，自己带俩儿俩女四个孩子，生活艰难，还经常被大伯头子小叔子欺负，在那实在过不下去了，想在村里找个人家，没条件，只要是壮实男人帮她养孩子就行。据说那女人才四十出头，姿色不错，惹得好几个老光棍动心，可一听这么多孩子就都自动撤退了，没人愿意跳这个火坑。这就便宜了"一根筋"。

按风俗，这门亲事定了后，男方要到女方那里见一面，和族里人吃个饭。"一根筋"这毛头女婿去了，严格按照"陪同人员"嘱咐，不多说一句话，不多做一个动作。可没想到吃饭时，"一根筋"把桌上用来象征性点心一下的一盆面条全部吃了，没等酒席开始就擦擦嘴，拉着女人的手说，我吃饱了，跟我回家吧。

那女人是铁了心，真的带着孩子跟"一根筋"嫁了过来。

说来也怪，自从当了"新郎"和"新爷"，"一根筋"竟像换了个人。浑身上下收拾得齐整，衣服虽破但干净。小平头，没了一脸胡子，原来"一根筋"长得很是受看。说话也不再那么前后不搭调，有时还一板一眼地和"老庄户们"讨论耕种事宜。

那时，已经分地单干了。"一根筋"一身力气终于有了用武之地，他在头里，后面跟着女人和孩子，早晚都忙碌在地里，连二里地外邻村放《天仙配》也不动心了。

几年后，"一根筋"翻盖了瓦房，还把原村小学撤后的教室盘过来，像模像样地装饰一番，那俩已长大的儿子也有了房子准备娶媳妇。

对"一根筋"变成正常人的原因，好事者讨论了好久，竟没有得出一致性意见。有时，有好闹的爷们也拿他打趣：一根筋，这么大年纪，还行吗？一根筋答得也快：叫你老婆来试试？弄得问话的一脸臊。还有的也会问他：又不是你的亲生儿子，你净给人家白拉犁干啥呢？据说"一根筋"的回答还是那么奇葩：又没下那大力，白得俩儿子，多恣！你眼馋是吧？

好像是前年时，"一根筋"故去了。俩儿子披麻戴孝，牵着孩子，一把鼻涕一把泪地哭着"亲爷"，给"一根筋"送终。

（原载《小说月刊》2017 年第 10 期）

战　斗

张凤坡

　　王子木把军用水壶里的最后一口水灌进肚里，抹了一下嘴角，继续在山路上朝着目标前行。

　　演习已经进行到第五天，王子木是在第四天时与所在"红军"部队走失的。失联后的王子木一直希望能以最快速度找到"红军"队伍，但他失败了。

　　王子木是在单独执行隐蔽侦察任务时因对讲机发生故障与部队失去联系的，很庆幸只是失联，而不是牺牲。他选择这条山路寻找队伍，依据是路面上深深的汽车轮胎印痕，这些印痕只有部队的运输车才能碾压出来，根据胎纹，部队应该就在前方。

　　前面确实时不时地传来阵阵枪炮声，但王子木就是追不上，而且越往前走，枪炮声好像离他越远，直至彻底消失。

　　王子木计算了一下，已经离开部队 5 天，更糟糕的是，身上的粮食也全部吃光。饥饿一阵一阵袭来，如果没有信念的支撑，王子木觉得自己随时可能昏厥。

　　这时，传来汽车的轰鸣声。王子木本能地兴奋起来！这种军队大卡车发出的声音他太熟悉了，无论是"红军"还是"蓝军"，此时招招手大卡车都会停下来，但能这么做吗？如果上了"蓝军"的车，就等于当了叛徒，这可是奇耻大辱。

　　王子木寻思，只要有车辆经过，就说明部队离此地不远，克服困难，坚持一下，应该很快能找到"红军"。他迅速躲在路边的草丛里，盼望着经过的大卡车上坐着的就是"红军"战友。

　　然而，驶来的竟然是一辆"蓝军"给养车。王子木失望地薅了一把杂草，塞进嘴里。由希望变失望，巨大的心理落差让王子木更加饥饿和疲惫。

　　他吃着山树上的野果，吸着小草的汁液，又艰难撑过一天。

失联后的第七天，王子木连路边的野果也找不到了，加上食物不洁闹肚子，向前迈一步都感到十分吃力。路上倒是看到有热心的山民，但王子木知道，不准求助地方人员，既是演习要求，也防止自己落入"蓝军"之手。

就在他眼冒金星的时候，再一次传来汽车的声音。

王子木脑子里一通乱想，演习只有 12 天，再不归队，即使自己"活"着，也没有任何意义了，况且这本来就是演习，只要自己招招手上了汽车，一切就都结束了。

他努力站直了腰，右手举过头顶，准备摆手招呼。

就在那辆汽车距他四五十米的时候，王子木一弯腰又钻进了路边的草丛。他告诉自己：这是在战场，不辨敌友贸然上别人的车是何等危险。

驶来的是一辆挂着红十字标志的救护车，估计是前方出现了伤病员。王子木心想，其实自己现在的情况就是伤病员，拦下救护车，无论"红军"还是"蓝军"，领导都不会责备。但仅仅因为掉队挨饿就要求上救护车，这不是在"演戏"吗……

王子木经过一番思想斗争，瞬间决定任救护车远去，自己继续徒步寻找队伍。

天又一次黑了下来，草丛里的蟋蟀声，远处山林里的野兽声，此起彼伏。望着皎洁的月光，王子木想起了家乡的亲人。他不敢断定，身后会不会突然扑来一只恶狼，也不敢确定，明天演习结束之前能否归队，但他可以肯定的是，在这次战斗中他是一名合格的战士。

王子木脸上洋溢着满意的笑容，在瞌睡虫的围剿下闭上了双眼。

梦乡里，王子木找到了"红军"队伍，兴奋、激动、委屈一股脑涌来。

忽然，一阵小雨飘过，洒在脸上的雨水不仅没有凉意，反而有点温热。王子木慢慢睁开眼睛，看到连长正在潸潸落泪。

（原载《中国国防报》2017 年 3 月 14 日）

坠　落

岸　边

　　他把围巾重新勒紧，遮着自己的半张脸，环视一下周围，看有没有人在偷窥他。还好，视线所及的范围，除了他，没有一个人在早晨，在这冬季的苇塘，看白茫茫一片的空蒙。

　　他就试着用脚往苇塘里走几步，发现冬季的冰层还算坚实。尽管是暖冬，但载得重他略微发福的身体。

　　他燃了一支烟，粗略地估算一下时间，从莲花镇镇长坐到莲花市市长这个位置，到今天，十二年的时间倏地过去了。这十二年，他自认为还是为家乡的百姓做了些贡献。从旧城改造到发展旅游，城市风貌和市民生活一天天在变，老百姓都说好啊！

　　口碑这么好，竟然被人举报了。一个星期前，纪委找他谈话，让他如实交代群众举报的问题。七号之前如实反映，可以按自首情节从轻处理。今天，距纪委为他画出的红线还有最后一天。

　　能有什么问题呢？陆市长在荷塘里走了两步。他想起七年前，工厂改制的过程中，他帮了一位朋友贺劲友的忙。也就是替朋友说几句话吧，贺劲友在工厂拍卖中空手套白狼，用在银行贷的区区五百万元的款，盘下了一个偌大的工厂。银行的贷款，也是自己给有关领导打了招呼，这边拍下工厂，那边拿来银行的款项补上。

　　要是不收他送的干股，该有多好，陆市长有些后悔。从纪委出来，他直奔贺劲友的家。当时，贺劲友正和几个哥们打牌，看见陆市长登门拜访，整张脸都吓成了灰色。

　　他战战兢兢地说："什么事儿劳驾市长大人，打个电话小弟就去办。"

　　贺劲友用三天时间把该销的账目全部销毁，然后打电话说："陆市长，您放心，您以前，现在，将来，都和我们工厂，和我本人，没有一毛钱的关系。

该平的账都平了，包括冯彬彬的账目，也全部清理完。"

这个电话，让陆市长更是坐卧不宁。这种事儿，能在电话里说吗？你贺劲友不是这么糊涂的人，尤其是扯出冯彬彬。唉，冯彬彬的事儿，不就是你和我的事儿！

陆市长是在认识贺劲友半年之后，在一个酒宴上，由贺劲友亲自介绍认识冯彬彬的。冯彬彬长相并不出众，但会打扮，气质高雅，说话声音甜，笑起来一对酒窝很迷人。

冯彬彬迈着碎步，轻抚一下头发，就来到了陆市长面前。她左手一个市长，右手一个哥哥，双手就把一杯酒捧到了陆市长面前。

在接受冯彬彬大胆示爱的一刹那，陆市长确实犹豫过。在有了第一次的关系之后，他确实忏悔过。觉得对不起结发的妻子，对不起正在读研的女儿。

冯彬彬是个妲己，三千年前毁了殷商王朝的狐妖。自从和她有了第一次之后，陆市长就像吸食了鸦片，一星期不见她，就萎靡不振。她总是有办法让陆市长高兴或者振作起来，有办法在最关键的时候，让陆市长考虑和记住，她提了 N 次的工厂改制这个小问题。

陆市长万万没有想到，贺劲友介绍来的冯彬彬，竟然在他们相识之前……他苦笑了一下。待他知道谜底，冯彬彬已经有了他们的儿子。还好，贺劲友做事周密，在极短的时间内，给儿子找了一个挂名的爹。

那举报的人究竟是谁呢，陆市长陷入苦思冥想。

头顶飞来几只乌鸦，呱呱叫着，陆市长潜意识地低下头躲避。他想，如果事情败露，和冯彬彬的关系最好别定为通奸。通奸这个词不好听，充其量是情人，最准确的定位，应该是二奶才对。

他的眼睛开始潮湿，觉得对不起自己的家，更对不起妻子。自从纪委喊去谈话以来，妻子如履薄冰，这几天明显地消瘦多了。他看见眼前有几朵蒲苇花在飘，他的睫毛，在凛冽的空气里，挂一层薄薄的白霜。他知道，自己已经没有退路了，要么消失要么自首。

死，可以为家庭为孩子保留一些尊严。自首，需要担当，需要面对。陆市长想抱头号啕大哭一场，面对莲花市的父老乡亲，他个人的形象，比命值钱。

就悄悄地走吧，陆市长一横心，几步走到苇塘的中心。他站在那里，开始向上跳跃。一下，两下，他终于听到冰面咔嚓嚓开裂的声音。如果就这样跳下去，明天，他就是电视节目里的特大新闻。

一个声音飘了过来，那是妻子的声音："该面对的就面对吧，不要往歪处想。"

孩子的哭声就飘了过来，老母亲颤颤巍巍的身影就缠绕着他的思绪。

他望了一下天空，乌鸦已飞走，几朵蒲苇花在空中飘荡。

不能死，我得面对，我得担当，我得马上找到组织坦白一切。想到这里，他一个转身朝着苇塘外快跑。

又是一声咔嚓嚓的声音，身体倾斜，紧接着脚底软了下来。整个冰面就像是一层铺就的蒲苇，水向上延伸着，身体慢慢向下坠落。

（原载 2017 年双月刊第 3 期《牧野文学》）

唐　大　抡

赵明宇

唐大抡自豪的是自己有九个名字。

大家问他名字多了有什么好处。他说狡兔三窟，名字多了肯定好处多啊，能干成大事儿。

能干成大事儿？三十岁了，你还不是依然在收酒瓶？大家嗤笑。

唐大抡爱看报，天文地理、时政要闻啥都知道，蹬着自行车收酒瓶，在大街上口吐莲花滔滔不绝，多是把本来很平淡的信息扩大化，让大家听得入迷。大家说他的嘴真是没白长，除了吃饭还会讲故事，给他取绰号：唐大抡。

有了这绰号，下面的弟弟们也跟着沾光，唐二抡，唐三抡，唐四抡。

在元城，"抡"有吹牛的意思。

就有人说，男子汉大丈夫正是建功立业的时候，如今时代开放，都想法子挣钱呢，你说得那么好，懂得那么多，可你的日子过得那么苦。真的有能耐，也去做老板，吃香喝辣的，开轿车住高楼。

唐大抡就红了脸，说别小看我是收酒瓶的，刘备卖过草鞋呢，朱元璋当过和尚呢，赵匡胤偷过瓜呢。说不定我哪一天当老板了，跟酒厂的刘大头一样，身后跟着一串儿小三。老婆骂他，我倒是盼着你有本事在外面养个女人。

唐大抡被人揭短，也就不再在街上"抡"了，失踪了一样。

过了几年，唐大抡再次站在元城的大街上，不再是收酒瓶的了，手上戴着红木手串金戒指，大背头油光水滑，一手夹着烟，一手插着口袋，一说话就露出嘴里的大金牙，摇头晃脑地说这几年在北京混，认识了好多电影明星和央视主持人。唐大抡还掏出手机滑动着屏幕让大家看，果然有大牌明星和央视主持人跟他的合影。唐大抡说，你看看，你看看，这可不是抡的。

到家里喝茶，到家里喝茶。唐大抡邀请大家喝茶，大家就看到了唐大抡家里装修一新的客厅，挂满了唐大抡和国家领导人的合影，还有跟叶利钦的合影，跟西哈努克的合影。唐大抢掏出名片散发给大家，大家看了，唐大抢竟然是央视某影视基地的董事长。

唐大抢说，想当电影演员不？找我。你长得不漂亮？没事儿，扮演个伪保长还行。哈哈哈。

唐大抢的名声传了出去。有一天接到一个电话，是元城县长刘大来打来的。唐总啊，听说你在北京发展，认识好多名人。

是的是的。哎哟，我的父母官啊，欢迎你来北京。

您什么时候回老家，我给您接接风。

这段时间还不行，有什么事情电话里说吧。

刘大来笑了笑，说等您回来，我想拜访您，让您帮我策划县里的一项活动。

唐大抢说，那好啊，您来北京，到我公司谈吧，我安排半天时间。

刘大来说，越快越好，后天怎么样？

唐大抢愣了一下说，那好吧，后天你来我公司，在京西宾馆附近。

唐大抢老婆说，你这不是在家吗？就离县长几百米远。唐大抢说，你懂个屁，在元城跟在北京一样的身价啊？快点给我准备一下，我得赶快回北京，租个房间迎接刘大来。

唐大抢风风火火赶回北京，让朋友帮忙租了一间临时办公室，接待刘大来。唐大抢还找一个搞艺术设计的朋友，说我老家的县长过来，让设计一个项目，你帮帮忙。朋友说，唐哥，没问题，咱就是干这一行的。

刘大来来到北京，说，唐总，你的门路广，还靠你造福桑梓嘛。

应该应该。唐大抢掏出荷花烟递给刘大来，自己也抽一支，吞云吐雾说，我几年没回元城了，正好有件事要你帮忙呢。我有一笔积蓄，想在咱老家建个私立艺术学校，专收高考落榜的孩子，向央视基地输送人才呢。

刘大来一拍巴掌，成啊，回去我就帮你征地。

唐大抢说，搞设计这一行，我有个朋友比较专业，我把他叫过来，你跟他洽谈。

好啊，太感谢了。刘大来在饭店请唐大抢吃饭，唐大抢坚持要埋单，刘大来说，你是咱家乡的名人，能请你吃饭是我的荣幸，怎么能让你破费呢。对了，你尽快回老家一次，咱们能不能先签约。

唐大抢做沉思状，说我还得去成都，半个月后我尽可能回元城。

咱们在元城见！刘大来吃饱喝足，连夜返回元城。

望着刘大来的轿车远去，唐大抢急匆匆坐地铁到西客站买了火车票，赶回元城老家。老婆说，你可是真能折腾。唐大抢说，在北京收酒瓶的生意也不好做，我吃了好多苦，不想收酒瓶了，用这些年的积蓄，建一所艺术学校。

正说着话，一个北京的电话打过来，唐大抡接了，嘻嘻哈哈了半天才挂断，指着墙上挂的名人合影，跟老婆说，奶奶的，要钱呢，合成这些照片，花了不少钱呢。老婆说，你弄这些合成照片糊弄人，也没人看出来。唐大抡说，扯谎扯大了，就成真的了。唐大抡说着话，把手里的烟头拧灭说，你把二抡、三抡和四抡喊来，建艺术学校，需要人手，他们可得帮着我干呢。

半月后，唐大抡坐火车去北京，雇了一个北京牌照的轿车再趱回元城时，刘大来在高速路口迎接他。唐大抡环顾四周，故作惊叹说，几年不回来，家乡变化真大啊。刘大来说，一会儿我陪你看看古城墙。

看古城墙的时候，一个熟人跟唐大抡打招呼，说，你小子行啊，昨天下午还见你在巷子里溜达呢。

唐大抡把他拉一边，大声说，你昨天也在电视上看到我了？说完又压低声音说，你小子别坏我的事儿，这一回，我真的抡大了。

（原载《金山》2017 年第 1 期）

高升戏院的下午

海 飞

冬天来临的时候，麻二每一个下午都喜欢站在破败的剧院门口晒太阳。树木萧条，只有几只孤零零的鸟在天上盘旋又盘旋。麻二是个麻子，麻二是高升戏院的老板，麻二的一双三角眼在这个冬天显得异常忙碌，他不仅看到了一批一批走南唱北的戏子在高升戏院唱戏和落脚，还看到一大批日本兵涌进了他疲惫的视野。

麻二一疲惫就想睡，许多时候，麻二像一只瘟鸡一样站在戏院门口的太阳底下睡着了，人们能看到他从嘴角挂下的亮晶晶的涎水。麻二的下午，基本上是瞌睡的下午。

日本兵进城的时候，麻二打着一个又一个的哈欠摇着小旗去太平桥上迎接皇军的到来。麻二说之所以前去迎接是因为他的一个朋友在皇军里头做翻译。此后的每一个下午，麻二不再在萧条的剧院门口晒太阳，而是到皇军司令山本一郎那儿去串门。麻二的腰杆直了不少，有一天，居然昂首挺胸穿回来一套西服。麻二的下午不再是打哈欠的下午，而是威风凛凛的下午。麻二说，嘁，我做维持会长了，嘁。

有一天，麻二去山本一郎那儿，却看到院落里一群日本兵在给一些中国人上刑。麻二看到有一个叫华良的还被日本鬼子剥去了皮。麻二在华良痛苦的号叫声中，轻声笑了，并且轻轻掸了自己的衣服，好像要掸去尘土似的。

麻二说，这群人，该杀。

麻二说完还得锵得锵地唱了一段戏。麻二有一次和山本一郎一起喝醉了酒，在日军司令部的大院子里，麻二看到有一棵树站在冬天里，有一个女地下党员被绑在树身上。麻二就搓着手说，真冷啊，这狗日的冬天真冷啊，狗日的春天为什么像乌龟跑步一样还不来呢。麻二说完走到女地下党身边，他伸出手在女地下党的脸上摸了一把，又摸了一把，然后他的手像一条没有冬眠的蛇一样，灵活地往下移动。他看到女地下党的眼泪顷刻间像决堤的浦阳江水一样，一下子布满了那张年轻的脸。

麻二的日子是得意扬扬晃晃悠悠酒气熏天红光满面灯红酒绿的日子，麻二的日子越来越精彩名气也越来越大，麻二说我是皇军的人我除了怕天上的雷公我什么人也不怕。麻二哪怕在破旧的戏院门口打瞌睡也打出了与往常绝对不同的瞌睡，现在他不像一只瘟鸡了有些像恐龙再世。麻二说，那个女地下党的皮肉……啧啧啧……啧啧啧……

有一天麻二从山本一郎那儿喝酒回来，在太平桥上被人拦住打得鼻青脸肿，有很长一段时间麻二有些像一只蔫了的茄子。麻二不再像以前那么张狂了，无所事事的下午，他依然喝一点小酒，在破旧的戏院门口拉上一曲二胡。麻二的二胡拉得相当的地道，那些忧伤的音乐让听到的人都忍不住酸鼻。麻二还接一拨一拨的戏班子，然后从班主那儿抽一些头钱。

麻二的戏院异常破败，坐在里面抬头能看到天光，还看到铺天盖地的蛛网。只有台上音乐声中长袖舞起来的时候，才是戏院最有生机的时候，咿咿呀呀声中生旦净末丑轮番上场，台下的人就伸长脖子听得仔细。兵荒马乱的日子里，听戏已经是很奢侈的一件事情了。

嵊州的王家班来演出的时候，山本一郎带着他的军队包下了场子，他们听不懂唱的什么，但是从他们呜哇呜哇的叫声中，麻二还是知道他们一定都喜欢上了那个叫王爱娟的旦角。麻二屁颠颠地像一只猴子一样跟在山本身边，他看到这个长得很英俊而且年纪也很轻的司令轻轻脱下了白手套，他轻声对麻二耳语了一番，麻二像鸡啄米一样拼命点头。山本说这个王爱娟有多大了，但是麻二的理解是这个王爱娟我喜欢。

那天的压轴戏是麻二拉的一曲二胡，麻二特意穿了一袭青布长衫，他在台上制造出那些忧伤的音乐，居然让那些怀中抱着长枪的日本兵听得有些黯然神伤。麻二拉的是一支思乡的曲调，最后一个音符在破败的戏院里钻来钻去的时候，有许多日本兵低下了头轻声哭泣。麻二缓缓站了起来，整了整衣服说，谁没有父母子女兄弟姐妹，山本君，对不起。麻二居然向台下的山本一郎深深鞠了一躬。山本站起来，他看到麻二笔直地站在戏台上，阳光从屋顶的破洞中漏下来，明明灭灭地洒在他的身上。坐了这么多人的戏院里的下午，居然如此寂静。然后，山本只听到一声巨响，高升戏院化为平地，只有那弥漫的尘土，三天三夜都没有散去。

此后的日子里，小城里头一直阴雨霏霏，戏院门口经常有一些人徘徊。有人说，麻二其实和山本一郎是很好的朋友，山本一郎还是一个中国通。

也有人说，那个被剥了皮的华良，全名叫麻华良，死的时候，正好二十岁。高升戏院成了一堆废墟，不久，便长满了荒草。但是有许多个日子的下午，总有许多人出现在废墟的附近。

（原载于微信公众号《我们都爱短故事》）

棺　材　铺

海　飞

　　吴记棺材铺是一个很大的铺子。吴老大老是站在铺子门口，像是要等一个人的出现。吴老大的生意很好，那是因为吴老大做的棺材结实、精致、用料讲究。吴老大铺子里的棺材不还价，吴老大说，能还价的棺材不是好棺材。所以，就有许多达官贵人和大户人家喜欢到吴记棺材铺订棺材。但是，吴老大站在门口衔着烟杆的样子有些落寞。有人说他是在想念死去的老婆，他老婆长得像白菜一样水灵，据说，是个从良的妓女。

　　吴老大的棺材铺旁边是柳文生开的文生客栈。柳文生是一个看上去很儒雅的人，许多人都说柳文生不像生意人，而像教书先生。柳文生总是很淡地笑笑。柳文生和谁都过得去，就是和隔壁的吴老大过不去。那是因为棺材铺紧挨着客栈，终究是一件不怎么好的事。吴老大和柳文生吵过几次架，每次都是柳文生败下阵来，他骂不过吴老大，也打不过吴老大。要命的是柳文生的女儿阿娟和吴老大的儿子阿虎却很要好，眉来眼去的，这让柳文生伤透了脑筋。柳文生说，你再跟那个家伙眉来眼去的，小心我打断你的腿。阿娟说，你打吧，打断了腿，我就爬着去找他。

　　阿虎不干活，棺材铺里有许多工人，阿虎为什么要干活。阿虎长得很漂亮，不像他爹，大家都说阿虎长得像他娘，他娘长得多漂亮，可惜已经得病死了。阿虎长长的身影老是从镇东头晃到镇西头，他的一头油光光的头发就老是出现在饭店酒肆和茶馆里。

　　小镇的日子很平静，太阳从镇东头升起来，照耀着棺材铺，同样照耀着文生客栈。然后，太阳又从镇西头那些木楼高高的翘檐上落下来，一天就在柳文生的算盘珠声和棺材铺里的叮当声中结束了。吴老大已经很久没和柳文生吵架了，镇里的人都感到奇怪，如果他们再不吵上一架，那就会让小镇的人们很失望，或者说，很不习惯。

有一天小镇的宁静被打破了。柳文生的客栈里，突然闯进一伙人，他们像一阵风一样进去，又像一阵风一样出来。出来时，他们把柳文生和一个裤腿上还淌着血的年轻人塞进了一辆汽车，又风一样地从小镇消失了。阿娟站在客栈门口，望着汽车消失的方向不知所措。昨天才住进一个年轻人，今天就遇到了这件事。阿娟想，没有了爹，客栈可以关门了。

小镇上的人都说，柳文生是地下党，那个腿上淌血的年轻人也是。柳文生还是地下党的区委书记呢！说的人都说得有鼻子有眼，听的人就"噢"的一声，恍然大悟的样子。小镇又平静下来，只是被抓走的柳文生，很久都不曾回来。吴老大还是喜欢站在棺材铺门口，望着一条长长的街，像是要等一个人的出现。

阿虎也很久没见，吴老大说去云南做木材生意了，听的人就"嗤"的一笑，意味深长的样子，意思是说，这个败家子也能做生意？

又一个春天到了，文生客栈关了门，阿娟说要去上海投奔姨娘。阿娟上路前，去问吴老大，阿虎呢，阿虎为什么还不回来？吴老大忽然流下一串热泪。吴老大说，阿虎没了，阿虎被我活生生地钉死在棺材里，阿虎不是人，阿虎告的密，还领了赏金。阿虎害了那个年轻人和你爹两条命，可阿虎还是我儿子，我给他用了最好的楠木棺材，他被我投进棺材里活生生闷死了。吴老大还没说完，阿娟就腿一软跪了下去。阿娟说，爹，你是我爹，我叫你爹吧。这时候，春风吹来了，柳树抽出了新枝，小镇的春天到了，春风中，棺材铺里的那个铃铛叮叮叮地响着。铃铛声中，吴老大看到阿娟的脸上爬满了泪水。

这个春天阿娟没有出远门，这个春天阿娟守着吴老大，吴老大的工人们都离开棺材铺了，因为，战乱频频，有钱人已经跑完了，没钱的人死了也买不起棺材。炮声一天比一天近，小镇的宁静被打破了。有一天清晨，吴记棺材铺的大门洞开着，太阳洒进了棺材铺，铃铛的声音叮叮叮地响着，吴老大说，我这把老骨头了，留着没什么用，我上前线去。阿娟说，爹，我也去。

小镇的人们都看到，一老一少两个人都上了路，说要上战场去。小镇的人们还看到，棺材铺的大门在吴老大粗糙的手中合拢来，合拢之前，许多光阴的故事全部关了屋里面，只有一声清脆的铃声叮地响了一下，让听到的人心里都颤了一颤。然后，一老一小的身影在这个草长莺飞的春天消失了。这个春天是1948年的春天，春天还没结束之前，许多年轻人又沿着吴老大和阿娟走出小镇的方向，走出了小镇。

（原载于微信公众号《我们都爱短故事》）

男　闺　密

周洁茹

　　惠欣和男朋友分手以后，男闺密上位，做了男朋友。

　　和男朋友分手的那一夜，男朋友送的是玫瑰，鲜红玫瑰。惠欣同他的一年他都没有送过一次花，倒在分手的时候，送了玫瑰。

　　男朋友是这么说的，别哭惠欣，不要哭。

　　男闺密来的时候玫瑰在垃圾桶里，惠欣哭得上不来气。

　　要不出去走走。男闺密说，转移下注意力。

　　惠欣出去走走，戴着墨镜，看什么都是黑白片。

　　实际上天也全黑了，到底过了一天。经过一家快要打烊的花店，男闺密走进去买了三枝马蹄莲。惠欣站在街边，眼睛太肿，墨镜摘不下来。

　　男闺密把马蹄莲塞到惠欣手里，男闺密说，为什么送玫瑰？你应该是马蹄莲，纯洁又高贵。

　　于是，男闺密升级了，变成男朋友。

　　男闺密每天打电话，下班来接，努力地做好一个男朋友。

　　惠欣眼睛不肿了以后开始不接电话，下班也不准时了。惠欣只知道这一点，如果第一面是男闺密，以后都是男闺密。

　　初雪的傍晚，惠欣从班车上下来，闺密男朋友等在车站，黑色外套，已积了一层雪。

　　那个傍晚，惠欣和男闺密第一次接吻。

　　惠欣哭了，因为太恶心了。

　　惠欣上完夜班走出单位的门，为了避开男闺密，跟同事换了班。

　　走到街上叫车有一段夜路，正在修，路面不平，惠欣小心地避开一个积了水的洼洞。

　　已是凌晨，没有一个人。

直到看到了地上的影子，背后的细微声响，回头，男闺密跟在后面。

惠欣转了头，说不出来的厌倦。

晚上不安全。男闺密说，以后别上夜班了。

惠欣不说话。

这是我最后一次接你，以后再也不会来了。男闺密说，再见惠欣，再见。

一辆的士停了下来，男闺密转身离开，没有回头。

惠欣上了车，车开出去，惠欣又哭了。

（原载于微信公众号《我们都爱短故事》）

睡　衣

周洁茹

惠美是情感电视节目的编导，正做一期《回家》，有个小伙每到过年就想回家，可是年年都被家里人打出来，连家门都不让他进，是个心结。小伙写信去电视台，求助电视台，帮他解了这个结。

也不是什么事，惠美说。

入赘，做了上门女婿，家里人觉得丢脸，不认他，惠美说。

前期准备了两个月，电话打烂了，那边政府出了面，说一定配合，惠美说。

到底还是亲情重要。惠美说，做下来几期，都比这个事麻烦，也都成功了。

可是节目没做成，村口都没让摄制组进。

乡里的人倒热情，摄影师被米酒灌倒到田沟里，惠美小小个子，努力把摄影师从沟里拖上来，摄影师抱住台机，坐在田埂上，咕噜半天。

惠美说，没关系，我们拍点其他村的景。

小伙被摆在其他村的村口，拍了两个镜头，小伙说，不拍了，走。

死活留不住，就走了。

浪费了吧。我说，跑这么一趟。

惠美说，没事，我们在南京转机的时候买点东西。

买什么？我说。

惠美说，买件睡衣，最美的睡衣。

有男朋友啦？我说，福气哦。

惠美笑笑，说，他说中意我在家，贤妻良母的样子。

挑了一件纯白睡衣，蕾丝花边，小清新。

然后三个月没有音讯。

我打电话给摄影师，摄影师说你还不知道？南京回来就出了事。

什么事？我说。

惠美的男朋友杀了惠美。摄影师说，算好惠美下夜班的时间，等在电视台门口，一句话没有，上来就杀，刀刀要命。

刚好出外景回来的同事们撞见，上去夺了刀。说是惠美只抱住头，已经是个血人，都没有喊。看见的同事都说像看默片，完全没有声音的，刀刺下去都没有声音，每一刀。

为什么？我说。

惠美的男朋友要她辞职，不做抛头露面的工作。摄影师说，惠美说分手吧，男朋友就杀了她。

惠美死了？我说。

生不如死。摄影师说，重伤。

那惠美穿不了纯白睡衣了。我说，一身刀疤。

什么睡衣？摄影师在电话那边喂，睡什么衣。

（原载于微信公众号《我们都爱短故事》）

我不想说，我听你们说

邓 洪 卫

　　我从县城去市区，坐公共汽车。车上人并不多，有的是先买票后上车，大部分是先上车后买票。我是后者，因为我没能力报销。我很坦诚，坦诚到自己都无地自容。

　　闭目养神。乘车的都是劳苦大众，我无须关注。况且我很疲倦。

　　"我不要票，就应该少点，凭什么跟车站打票一样多？"那个妇女刚上车，就喋喋不休。她带着两个孩子上车的，孩子四五岁的样子，双胞胎。穿着一样的衣服，剃着一样的头发。他们在母亲的旁边坐下，这个拍那个一下，那个也拍这个一下，嬉嬉闹闹。

　　多可爱的孩子啊。

　　车上的另外几个人也在看这兄弟俩，或许都在心里放松地笑一下，这样感慨。

　　"应该比车站打票至少少五块钱，因为我们不要票。"那妇女嘴仍没停下。

　　"站里站外都一样，要票不要票都一样，况且，你还带着两个孩子，他们都不要打票。"售票员在向别的乘客收钱，还回头解释。

　　"孩子这么点大，凭什么要打票？"妇女的声音提高了。

　　"是啊，不是没要打票嘛。"售票员说。

　　车里人都笑了。驾驶员也回头笑了一下。双胞胎也停止嬉闹，笑了一下，大概觉得大人的事情不好玩，又自己嬉闹起来。

　　妇女愣了一下，说："不是孩子的事，是我没要票，要票跟不要票不应该是一个价。"

　　"你要是觉得不值，你可以去买票。"售票员说。

　　"我又不报销，我要那票干啥。"妇女说。

　　"就是的呀，不报销还有啥说的。"售票员已经挨个收完票，往回走。还把过道上的小孩往座位上推了推，提醒注意安全，汽车正在行驶中。

"你是说我没本事报销是吧，你们就欺负我是家庭妇女，不是公家人是吧？"妇女突然激动起来，声音更高了。

其时我正努力闭目养神，被声音惊醒，睁开眼睛。

"人家全车人都没说啥，就你一人说个不停，车子没开时你说，车开了半个小时，你还在说，你觉得有意思吗？"售票员声音似乎也高了。

"怎么没意思，难道就没有讲理的地方吗？"妇女吵起来。

"行了行了，别吵了，别影响别人休息，给你五块。"售票员拿出五块钱扔给妇女。

"你什么态度！"妇女几乎是吼叫起来。

"你要我什么态度！"售票员也叫起来。

车子忽然在路边停下了。一直没说话的驾驶员转过来，对着妇女就是一拳："臭婆娘，烦不烦人哪，一路上就听你鬼吵，再吵给我滚下去！"

妇女不吱声了。

全车人都不吱声。

"哇——"两个小孩几乎同时哭起来。

妇女把两个小孩搂在怀里，再没有说一句话，直到下车。

我一直在闭目养神。

这是十年前的事了。此时，我正在城市的公交车上，捧着手机，看一则新闻，标题是：《这不是演戏，江苏淮剧团团长夺刀斗歹徒》。

新闻全文如下（看过此新闻的可以忽略）：

2017年3月9日中午12时许，南京市江宁开发区天元中路某汽车4S店门口和江宁区万达广场先后发生持刀伤人事件，共有两名群众被一名女子持刀划伤。江宁警方当天抓获犯罪嫌疑人张某某，张某某对持刀伤人的有关案情供认不讳，目前张某某已被刑事拘留，此案正在进一步调查中。

当记者电话联系到正在北京紧张筹备《小镇》演出的陈明矿时，他连连道："没做什么大不了的事情，当时没想那么多，就是想救人，千万不要神化我。"

在陈明矿的叙述中，我们还原了当时惊心动魄的一幕：当日在南京出差的陈明矿就住在这家酒店，经过酒店大堂时，正好遇上了歹徒持刀行凶。"作为一个男人，看到这种情况没有其他选择。"陈明矿的第一念头就是冲上去夺下砍人者手中的刀。制伏歹徒后，他没有立即离开，反而是对行凶者耐心劝服，让她投案自首。

"回想起来还是有点儿后怕。"陈明矿坦言，因为怕家人担心，这事对谁都没有说，包括自己的夫人，但却因为一封感谢信而"曝光"了。面对受害者的谢意和铺天盖地的表扬、称赞，陈明矿说只是做了自己该做的事。

目前，脸部受伤的周小姐正在接受治疗。"如果没有陈明矿，后果不堪设想。"周小姐家属告诉记者，"这种感恩的心情无法用言语表达，小周今年才20岁，她以后的生命、容貌都是陈明矿给的，我们一家人会感激他一辈子！"

看了这则新闻，我忽然就想起了十年前公共汽车上的一幕。

两者没有丝毫关系，请别过度解读。特此声明。

（原载于微信公众号《我们都爱短故事》）

我们都爱张二狗

邓洪卫

下午六点钟，下楼，沿人行道北行。过一条马路后，路变得窄起来。没有人行道，人车杂行。走二百米，转而向东，又走二百米，一片宽阔大道。向北，上了一座桥。桥上，我看到马路对面的"张二狗"。手机上的时间是六点十九分。

"张二狗"不是人，是个排档。"张二狗"排档的老板叫张二狗，当然是个人。红布棚子外面印一行字：张二狗特色猪脚砂锅。表明这家店的猪脚砂锅非常好吃。内里摆七八张桌子，已经爆满。我挤到最里面一桌——已坐着一对中年男女，看上去四十多岁。男的比较胖，女的瘦净。女的抬头看我一眼，便低下头把一块猪脚塞到嘴里。这里的猪脚不用啃，烀得死烂，筷子一挑，就离骨了。即便没离骨，舌头轻轻一搅，便骨肉分离，吃下去的是肉，吐出来的是一块块小碎骨。我起初吃不惯，认为到嘴里没嚼头，不筋道。我喜欢吃卤猪脚，啃起来过瘾，但后来还是喜欢上了"张二狗"。因为卤猪脚吃到嘴里都是佐料的味，"张二狗"的猪脚吃起来，才是正宗的猪脚味，甚至有一种淡淡的猪屎的香味。

一个满头白发的胖老太太走过来（这老太太经常吃猪脚？）。我每次来，这老太太都乐乐呵呵的。如果这老太太在大户人家，一定有雍容华贵之态。可惜这老太太没这命，只得身穿普通的棉衣，系普通的围裙，端锅碗，穿行于食客之间。我说，来个猪脚砂锅吧。她说别的呢。我说，别的再等等。老太太转身去另一桌收钱。

我在等我的女朋友。我们俩是一起出门的。我打南边来，她打北边来。南边是市区，而北边比较空旷，已是城乡结合部。她出她那个厂区走五六分钟，然后过两条街就到了。那两条街以前是商业步行街，曾经繁华，现已凋零。我女朋友穿过这两条留下她多少青春记忆的步行街，会不会缅怀已经逝去的青春而惆怅不已？我曾陪她走过这条路，她讲给我听，这是什么时装店，那是什么皮鞋店，她一有空就到这里来试衣服，往往试半天，一件也没买。而现在，这里只剩下一些五金批发店，还有花圈店、寿衣店，一片死气沉沉。

果然，她跟热气腾腾的猪脚砂锅一起进来。砂锅汤白白的，一只猪脚静卧在汤中的白菜与粉丝之中。女朋友吸溜一声。看来，她胃口大开。

我又点了两个菜：韭菜炒蚬子，雪菜小黄鱼。这都是女朋友喜欢吃的菜。又炒了一个菠菜。她喜欢绿色。女朋友让老太太拿两个杯子来，边说边从怀里掏出一瓶黄酒，放在桌上。对面那女的看了我女朋友一眼，又看看她的胖男人。她的胖男人也正在看我女朋友，看他女人看他，立即把目光从我女朋友那收回。我笑了。

对面那女的，"吸溜"喝了一口汤，说，要不你来口汤吧？胖男人咽口唾沫说，算了，来时量了，低压都超过100，都忍到现在，等你喝完了就好了。那女的笑，"吸溜"又喝一口汤。

我女朋友拿起筷子，捡了一块肉放到我面前的碗里。我忽然想，如果哪天，血压也高了，也不能吃猪脚，不能喝酒了，那日子多么难过啊。我听到那胖男人又咽了下口水。

看到这个男的，我忽然想起张二狗。每次来，都是一老一少俩女的，老太太在里边忙，中年妇女在外面烧菜，张二狗怎么从没见过？我禁不住说出声来。

对面那个女的放下汤勺说，其实张二狗早就走了。

我一惊，有一种不祥之兆，说，走了？

私奔了，有一个女的老来吃猪脚，从喜欢猪脚，喜欢上了张二狗。后来，张二狗丢下他妈和媳妇，带着那女的，跑了。那女的说。

那男的喉咙又响了一下，女的舀了一勺汤递去，叫道，喝一口，就一口，死不了。男的伸过头，把汤勺含在口中。女的收回勺子，狠狠地瞪了男的一眼，你是不是也想跟张二狗学，跟哪个小婊子私奔哪！

我女朋友笑了。

我们又要了一份猪脚，但没吃完。每次总是这样，吃一份不过瘾，第二份又吃不完。我常常想，其实吃一份就够了，但我不想省那份钱。

吃完，我们离开。比我们先来的那对男女还没走。我不知道他们要在那一份所剩不多的猪脚汤面前等到什么时候。

我往南走，女朋友却往北走。我喊她，她好像没听见。我看到她拐过一条街，消失在一片建筑中。我只好上了大桥。走到桥的正中，我对着河水尿了泡长长的尿。我早就想在这座桥的中间尿尿了，可是每次来时，没有胆量，回头喝了点酒，有胆量了，女朋友一般都跟过来，我又不好意思。现在，我终于旁若无人、痛痛快快地尿了一泡尿。河下面传来当当的声音，好像猪脚的骨头落在碟子里。

路上，我在一家超市的门口站了一会儿，超市已经关门，上面贴着封条，还有一份告示，大意是：超市存在重大火灾隐患，暂时停业整顿。

该来的终于来了，该走的也应该走。我就是这个大型超市全省片区的一个中层，因工作关系，经常行走于全省各个城市。而由于某个国际事件，该超市已繁华不再。这也是我最后一次履行职责。

回到宾馆，我拿下行李，到前台结了账，打的往火车站而去。

火车票是四个小时后的，我本来可以跟女朋友痛痛快快最后做一回爱，把自己掏空了再走，可是她没有跟过来。

司机说，现在这时候往火车站正好堵，您不着急吧？

我说，不着急，时间还早。

司机说，下次您再来就好了，高架通了，从这上去，十分钟就到了！

（原载于微信公众号《我们都爱短故事》）

向阳坡的羊

陈　毓

　　他一向是个克制的人。把目光放长远，再长远些，每每不如意时他总这样告诫自己。一步步走到眼前这个位置，于他已是祖坟上长出了大树。他是家族的骄傲，勤恳稳当地走下去，就算光耀祖宗了。这一切却在一夕间改变，就因为他一朝拍案，发了一次脾气，撒了一次野？因为一场大醉？只是一次偶然？他苦心经营了十几年的所谓平衡关系，不堪这拍案一击？

　　他真的太想要那个位置，去副扶正，他等了那么多年，等不过这一次。等的感觉如坐监牢，于是他说出"我走人！""走！"他把"走"字喊得山响。他感到心中如火山岩浆冲出岩隙，让他惊惧又备感畅快。

　　他再一次大醉，他大喊大叫，大不了回老家，和祖宗一样，我放羊去！

　　放羊去？他忽然发现"决断"中的迫不得已，世界不再是他的"小时候"，他也不再是少不更事的孩童。眼前的现实是他已无处放羊了。十几年前就已退耕还林，小时候熟悉的漫山放养而今变成了圈养。要养羊，就得先建圈舍，要有饲料、人工，这是最基本的。小农经济勤勤恳恳也只能养家糊口，而养家糊口这个概念于他，是事业，是要能用"轰轰烈烈"来形容的"事业"。如果不能给那些令他拍案而起、拂袖而去的人证明，他活着还不如死去。

　　家园荒芜，野草长满院落，野草可以拔除，时间却在这里陷入空洞。三十六年前他诞生于此，他用了十八年挣脱离开这地方，一朝又回来了。叫太阳坡的山村还叫太阳坡，他站在这里，恍如梦境。过了太阳坡，就是月亮山。琢磨地名，他体会先辈的智慧，他们更懂和自然相处，更懂平衡。

　　时间嗒嗒向前，无论人的悲喜。转眼他在太阳坡养羊已经半年。

　　半年，羊群从最初的八只变成更大的一群。起初他特别喜欢数羊，数羊的时候他知道自己心急。到底是家人亲人，当家人看清现实的时候一夜间接受了这现实。他知道这是爱，全世界都抛弃他，家人还在。他们说，只要他觉得好，干啥都行。谁没养过羊？

随他进城十年的母亲跟过来给他做饭，老家不比城里，乡下的日子事必躬亲。一顿饭不做，那就没的吃，买都没地儿买去。

亲戚集资，羊群扩大。妹夫积极联系市场。

这一带人是习惯吃羊的，甚至羊羔肉。他奇怪整个北中国，也只有这一带人吃羊羔肉，从前他对这背后的残忍很是淡漠。但这半年，他再也不吃羊羔肉了，他没法吃自己养的羊。

但羊就是供人食用的呀，几千年了，没人改变得了这现实。

当捉羊人抓羊的时候，羊群本能地后撤，直至被逼到一个角落。羊把头抵在一起，屁股朝向捉羊人，形成一个奇怪的圈圈。羊在躲避，躲避被宰杀的命运，却把一个更有利于对方的角度留给了捉羊人。

直到捉羊人抓住一只咩咩叫唤的羊，挤在一起的羊才散去。羊群慢慢散开，一只只羊又恢复那逆来顺受的样子，散开，寻吃的去了。

秋分至，草渐黄，现在只有这片被圈起的草地可以放养羊，羊群是轮流到这里吃草的，随机被选。他考虑选羊的方法，但他的方法是什么呢？就是每天最先走出羊圈的三十只，能去草坡吃草。

他现在拥有三千只羊，只有这片收割过苜蓿再长荒草的荒坡可以放养羊。大批的羊是靠饲料养的，他的成本必须计算。

羊大为美，羊长得大长不大，靠天，靠羊自己，也靠他这羊的主人。

有一天他突发奇想，幸好羊不知道长大是要被杀的，要不羊会想法子不长大，不长大就是羊羔。羊羔肉不是更值钱么？他听见自己心底的声音，吓了一跳。

羊圈建起的第一天就有人来联系买羊。

钞票时时飞来几张。但这是他忙碌以及存在的意义吗？

只要他在问意义，他就觉得自己距离释然尚远。

一个在机关里如螺丝钉一样的职员，和一个在遥远山野养羊的人，谁更自由？这样的问题浮上心间，他依然确定他还在那个狭窄的缝隙里。

又一天，他看着眼前的羊群，脑子里想的却是另一群羊的画面。

那群羊是他在贺兰山山口遇见的。那次他去贺兰山旅行，刚到山口，就见一群羊散漫穿过眼前的石子窄路，走到河谷里，羊从容地、像是有着某种秩序地走过那片开阔的河滩地。他用目光搜索放羊人，但四野寂静，只有阳光被风吹出影子。他目送那群气质非凡的羊，看群羊走到河谷喝水，再缓缓地从原路返回，跳上看似高不可攀的巉岩。羊群在那里停驻，回头眺望，羊群和那些被时间雕琢、被风塑形的石头一样沉默，却又有无限的高贵。羊的剪影在他眼里有无限神意。

后来他看到贺兰山的岩画，觉得画面上的羊和他遇见的羊难分彼此。他不禁想，那些羊是从画上走出来，走到河滩，与山风为伍，在荒芜中寻找草皮子，寻找地衣苔藓啃食，寻找溪水饮；等它们消失在山岩间，是又回到画中去了吧。羊回去，变回山上一块画着羊的石头。

此刻他坐在明亮的秋阳里，听风吹出飒飒的声音，想，只有上帝能养出那一群羊，那样的羊群也只能长在上帝的园囿。

而他养的羊，注定拥有羊的命运，死在羊羔的时候，或者活得更长久一点死掉。

羊群在夕照中鼓涌，涌向暗夜。

（原载于微信公众号《我们都爱短故事》）

有兔子的田野

陈　毓

　　把李大尔从深沉的睡眠中唤醒的，是鹧鸪的叫声。深山闻鹧鸪。诗境回归日常，李大尔一时有些恍惚。他沉浸在久违的声色味气里，微闭眼睛，想把萦绕耳畔鼻尖皮肤上的复杂奥妙在心里再做盘桓，但他在一片更近切的麻雀的蓬勃叫声中彻底清醒，他惊跳起来，环顾卧室，断定妻子早已起床离开。

　　李大尔的睡眠一向很浅，他基本不用定闹钟，身体暗藏的生物钟自然会提醒他，但今天本想要起早，却睡过头了。急慌慌洗刷收拾，一边想，妻子早到田地里了吧。

　　李大尔赶到地头的时候，见一辆收割机已经开进麦田深处，收割机的后面，无边田野出现了一条整齐的麦茬带子，麦秸归麦秸，麦粒是麦粒，真是干净利落。李大尔看见他的妻子，此时站在田埂那棵老榆树下瞭望，像画中人。

　　田野的景象使李大尔宽慰，那些镰刀收割、连枷打麦的景象不复见到了，省下人力，省下时间。机器解放了人的身体，这使忙碌的收获季节人也能直直腰身，享受片刻闲暇。今年第一次不用弯腰弓背，躬耕陇亩，李大尔的妻子栗芬在收麦子的季节，在端午的前夕，额外多包了一篮粽子，把粽子吊进地窖冷藏，嘱咐李大尔返城的时候带给公司的姑娘小伙子吃，栗芬还嘱咐李大尔，一定要说"是师娘用斛叶给你们包的红豆小米粽"。李大尔一边在心里笑栗芬小气，一边又觉得栗芬聪明，李大尔笑呵呵的：我不是他们的师傅，你咋就是师母了？

　　李大尔在城里注册了一家"乡村风物"文化旅游网站，李大尔说，像栗芬这样的庄户手艺人，未来都可能成为他签约的客户。比如栗芬手工包的粽子，完全可以进入物流，在网上出售，未来每个拥有物产、拥有手艺的人，既可以是买方，同时又是卖方。

李大尔回来帮妻子收割麦子，但今年机器第一次进入他们这个小山村，机器在一个早上轻松完成的活儿，以前李大尔要和妻子躬身田地前后一个星期。李大尔再次肯定，乡村眼下正发生着巨变，人的思维方式、生活方式、贸易交流方式，都发生着几千年来未曾有过的变化，李大尔觉得自己就是一棵站在山之巅的树，最早闻见风雨的味道。

虽然他不能了然未来，但不管你承认不承认，变化已经发生，需要重新调整思维和行为方式。

李大尔站在田垄，把外面的广大世界和自己拥有几亩麦田的小小村庄思索了一回。

机器收割解放出身体的李大尔待在家里成了闲人，他外表安静，内心翻江倒海，他看栗芬把机器脱出的麦粒晾晒在打麦场上，晾晒搅翻麦粒，让麦粒干得快，干得匀。李大尔熟悉的这个动作也让他恍惚，他像一个思想家，游弋在关乎未来的预测里，他看着绵延的麦田，画笔勾勒般的山岭，森林从高处铺展下来，在淡蓝的江水边停驻，如此田园景象，一辈辈生活在这里的人，对日子的快慢不发一言，就这样，一日日，浸淫其间。

栗芬包的粽子还没等李大尔带回城，城里的姑娘小伙子却来了。端午放假么，他们干脆随老板去乡下，说要看老板的旧居，回归田园，寻找乡愁。李大尔在心里哈哈大笑。在苹果树下支起的饭桌上，一顿饭的工夫，粽子所剩寥寥。姑娘小伙一律夸赞栗芬的手艺，姐姐长姐姐短地搂着栗芬自拍。逗得栗芬一时间心情豁然，炫耀般地把能拿出来的好东西都招待了客人。

吃饱喝足，姑娘小伙说要去田野体验割麦子。

李大尔只能嘱咐，当心手指，当心碰破了腿脚。小伙子还稳重，争着看谁割麦更专业。栗芬只好拿来去年收起的镰刀，让他们体验。

几个姑娘的打扮哪像割麦，鞋子跟实在太高，去麦地已很扭捏，却说成是要亲亲麦子。脚下一扭三歪，走不到几步就丢掉手上的镰刀，只在收割机收割过的地方做出各种夸张姿势，和麦田合影留念。小伙子呢，他们一小把一小把地抓麦子，割麦子，麦子割过，麦茬似乎比收割机收割过的还要高。李大尔想，从前这样的农民是不合格的。这一代人，哪怕他们的户籍还是农民，但他们不会种庄稼了，也不爱土地了。

李大尔在这种差别中再次思考。

高跟鞋的姑娘出现在麦茬地不美，重沉沉，不和谐。李大尔顺着栗芬的眼光看，觉得姑娘们的短裙也不合适。

李大尔提醒自己，哪怕是带着批评的眼光看，也不合适，他索性把眼光从姑娘那里彻底撤开，但还是被一声惊呼吸引了眼光。一个裙子更短，勉强盖住屁股尖的姑娘走进麦田，扭腰撅臀，做出各种陶醉表情。这还不够，大概为了体现亲近麦子，她竟然坐在了麦茬地上，麦茬不是草地，于是李大尔听到一声惊呼。

阳光太烈，短裙姑娘像一只在火炭上嗞嗞叫着的活虾。李大尔以为短裙姑娘会站起来，但她真是豁出去了，她太高兴，或者太没心机，竟然呼叫李大尔过去为她拍照。

李大尔眼看着栗芬的眼睛里长出一把刀子来，拒绝不是，迎上去更不是。正不知如何是好，一只兔子蹿出麦地，仓皇逃窜。

抓兔子！李大尔大喊一声，快速摆动起胖胳膊，完全是一副逮不住兔子不罢休的样子。

（原载于微信公众号《我们都爱短故事》）

阿毛的故事

夏　阳

阿毛小学毕业时，考了全镇第一名。

那年，市一中准备设少年班，召集全市前 800 名学生进行摸底考试，录取 60 人。录取后，不仅免去所有的学杂费，而且包吃包住，重点培养。

阿毛和表弟——他姑父的儿子都拿到了准考证。阿毛是第 48 名，他表弟是第 235 名。阿毛的姑父是城里单位上的一个股长，一个镇的人，却和阿毛说一口蹩脚的普通话。

考完后，阿毛的姑父用蹩脚的普通话问阿毛考得怎么样。

阿毛不会说普通话，只好说土话。阿毛说，不怎么样，好多题都不会做。

阿毛的姑父吃了一惊，说，不会吧？

都是不正经的题！语文试卷考猜谜语，考四大名著是什么。考小明的妈妈有三个儿子，大儿子叫大狗，二儿子叫二狗，问三儿子叫什么名字。考戏剧和话剧的区别，考曹禺的原名。唉，作文题就更怪了，要我谈读《红楼梦》的心得。红楼梦是什么鬼梦？

阿毛的姑父快快地问，数学呢？你不是数学最好吗？

数学都出错了题目，问 80 减 100 等于多少？我答：老师，你出错了题目，根本不够减。更碰到鬼的是，竟然有 x、y、z 这样的语文拼音。考试时间也不够，有道题说 1 加 2 加 3 加 4，一直加到 100，问等于多少？到收卷时，我才加到 69，时间太少了！

阿毛的姑父笑了笑，别转脸得意地看着自己的儿子，问阿毛的表弟考得如何？

阿毛的表弟一脸鄙夷地说，谜语和脑筋急转弯的题都不会，太蠢了！杂志上到处都是。哼，四大名著都不知道，还全镇第一呢！笑死我了，什么出错题目，那个 80 减 100 等于负 20！1 累加到 100，还有方程式，哈哈，我老师早在课堂上讲过了。

阿毛傻眼了，立刻明白过来。

阿毛不服气地说，这不是欺负人吗？你们老师都讲过的题，拿来考我们乡下孩子干什么？哼哼！如果考什么时候下禾种、一年有多少个节气、牛屙什么样的屎，你们城里人肯定也答不上来……

还没等阿毛说完，他姑父和表弟都笑翻了。

那次考试，没有录取阿毛，录取了他表弟。

多年以来，阿毛一直靠着这个故事活着，三番五次地给别人讲他当年全镇第一名的传奇，以至于整个工地的人都能够倒背如流，他还没有讲完上一句，就有人接上了下一句。大家在哄堂大笑中，尽情地模仿着阿毛的塑料普通话。阿毛挠了挠头，尴尬地笑。

这天，工地上来了个新人。阿毛屁颠屁颠地跑了过去，接过人家手里的被褥，一边扛在肩上，一边讲起了他当年的全镇第一名。新人没有听过，很认真地听完后，说，你不能完全怪罪于先天环境，一个人的成功，关键还得靠自己后天的努力。我是大学生，不也来工地了吗？

阿毛愣住了。半天，阿毛嘴角挂着一丝冷笑，说，我初一就没去读，家里穷，读不起。像我这样，也许一生就那么一次机会，一旦失去了，就啥也没有了。再说了，我是当年全镇第一名，如果考上了大学，肯定不会像你这样窝囊。

那人无言以对。

阿毛忽然问那人，书呆子，你知道我表弟如今在做什么吗？他已经是副局长了，管着这座城市的基础建设。说完，不容那人接话儿，一把把被褥塞在他手里，拍了拍屁股，怒气冲冲地上了脚手架。

阿毛是一个泥水工。

（原载于微信公众号《我们都爱短故事》）

过　滤

夏　阳

在小区门口，男人掏出业主卡刷开门，进去，把门关上。

五分钟后，一栋楼下，男人对着门禁摁了一串密码，进去，把门关上。

男人乘电梯上到 10 楼，在自家门前，掏出钥匙捅了几下，门开了，男人换了双拖鞋，进去，把门关上。

不久，男人站在卧室门口，进去，把门关上。男人又推开洗手间的门，进去，把门关上。男人愣了一会儿，脱光衣服，赤身裸体，拉开淋浴室的玻璃门，进去，把门关上。

伴着哗哗的水流声，男人站在花洒下，一边朝自己肥硕的身体上涂抹沐浴露，一边哼起一首老歌："村里有个姑娘叫小芳，长得好看辫子长，一双美丽的大眼睛……"哼着哼着，男人呜呜地哭开了，哭得很伤心。

这是男人参加完高中同学聚会回到家的真实情景。是男人亲口告诉我的。他还坦言，那天，他喝了不少酒，但自始至终表现得很儒雅，没有任何失态之处。男人说这话我是相信的。我没有刨根问底去探究男人的"小芳"姓甚名谁，现在过得怎么样。我知道，在每个人的内心深处，拂去一堆岁月的尘埃，都会有一个鲜为人知的"小芳"或者"小刚"在金币般闪闪发亮。故事大同小异，这是人类共同的情感秘密。

倒是男人后面的话引起了我莫大的兴趣。一个性情中人，见到多年未见的"小芳"，且喝了不少酒，却表现得如此沉稳得体，直到关了六扇门之后，在哗哗的水流声的掩护之下，他才痛快酣畅地大哭了一场。男人还说，让人最不可思议的是这六扇门。

六扇门？不可思议什么？

男人幽幽地说，这六扇门充满了意象。

我纳闷地问，意象？意象是什么？

这你就不懂了。你看哈，关上小区的门，是分离社会各色人等；关上单元的门，是分离诸如领导同事等一些和自己有切身利益的人；关上自家的门，是分离身边的亲朋好友；关上卧室的门，是分离家人；关上洗手间的门，是分离夫妻，把另一半赶出去。

我听了半天反应不过来，但忍不住又问，那关上最后一道淋浴室的门，怎么解释？

男人闭上了眼睛，沉默了好一会儿，最后睁开眼睛，盯着我，严肃地说，那是灵与肉的分离，将世俗的肉体和痛苦的欲望分离出去，最后只剩下赤裸裸的灵魂了。就像净化水一样，一层层过滤下来，天地之大，唯有那一刻是最真实的，没有任何杂质，像婴儿一样。

我挠了挠头，感慨道，没想到你活得这么复杂，你们太麻烦了。

男人不好意思地笑了笑。

突然，我想到了一个问题。我好奇地问男人，你为什么要告诉我这些？

男人默默地打量着我，迟疑了一会儿，说，因为，因为你长得很像我那个"小芳"。

面对这样的回答，我通常有两种选择：一种是夸张地笑，笑他哄女孩的手法过于老套；另一种是很认真地说谢谢他，谢谢他信任我，把我当树洞。我选择了后者。因为我知道，作为一个洗脚城的洗脚妹，于他无足轻重，茫茫人海中彼此只是一个钟的交错，他没有必要将我过滤掉。

是的，那一个钟以后，我再也没有见过他。

（原载于微信公众号《我们都爱短故事》）

扶自行车的人

非　鱼

对，我就是那个扶自行车的人。当然，我也可以不是。

非鱼说我是，那我就是吧。

我是她创作的一篇小说中的人物，她很随意地叫我木头。对此，我一直觉得委屈。她取过那么多好听的名字，唐度、王小倩、祝红梅、田小，为什么轮到我就是木头？即便是她常用的李胜利，也比我的名字好听得多。

算了，这事由不得我，我就是木头。

非鱼告诉我，我所在的这座城市要刮一个月的风。我冷笑一声，刮一个月？你怎么不让我住鼓风机里，那样我就上天了。

问题的重点不在这儿。刮风这种事，谁也说不准，甚至下雨、冰雹，自然界也有神经质的时候。

问题的重点是扶自行车。

在她的作品中，我应该二十出头，在一家烧鸡店打工，浑身上下沾满了鸡屎味，天天一副睡不醒的样子，我喜欢店里那个叫乌云的前台姑娘。我告诉非鱼，人家不叫乌云，叫吴云。非鱼对此也是一副无所谓的样子，依然固执地用键盘敲出乌云俩字。你瞧，她对我就是这样随意，对我喜欢的女孩都没有一点耐心。

非鱼说，木头，我们谈谈。

谈呗。我朝门口一只塑料袋踢了一脚，谁知塑料袋没扎紧，鸡毛乱飞。我看了非鱼一眼，她并没有不高兴。我说过，非鱼要让这座城市刮一个月的风，现在已经开始，有几根鸡毛从烧鸡店的后门飘出去，开始在空中飞舞。

非鱼说，木头，你看见店门口那一溜自行车了吗？

我点点头。

刮风的时候自行车总被刮倒，一倒一片，影响行人和骑电动车的人。

我又点点头。

你要做的就是把它们扶起来。

这很简单啊。我跳起来，从店里穿过去，把几辆倒在地上的自行车扶起来，放好，有一辆车把有点歪，我还顺带扭正了。

非鱼对我不问缘由就去干这件事很满意，她还怕我不同意。干吗不同意？多大个事，反正不拽鸡毛，不杀鸡的时候，我闲着也是闲着，乌云对我也是不热不冷，我只能抱着我的破手机上网。

风，持续地刮着。这座城市的天空弥漫着土腥味，到处都是垃圾和树叶，来往行人都戴着口罩，匆匆忙忙。

按照非鱼的要求，我要每天把那些倒在地上的自行车扶起来，摆放整齐。于是，那一片的自行车总是乖乖地站着，就好像大风从不曾招惹过它们。

扶到第二十天的时候，非鱼告诉我，如果不想扶就算了，天天这样做，怪辛苦怪无聊的。我说，不是说好一个月吗？还不到期。

非鱼说，好吧，你乐意扶就扶呗，想停下来，随时可以停止。

我没有告诉非鱼，干吗要停止？我已经从这件事里找到了乐趣。我看见有一个姑娘每次来骑车的时候，都冲我笑呢。乌云说我是自作多情，我不管。那几个穿校服的学生冲我竖大拇指总是真的，她说没看见。哼，她这人总是这样。

第二十八天来临时，非鱼告诉我，木头，可以停止了，风马上也要停了，你不用再扶了。

我第一次没有听从她的安排，我说，不，这是我的事，跟你没关系。

非鱼有点儿生气，怎么没关系？你是我虚构出来的人物，我不过是拿你来做个测试，看一个人做一件对自己毫无意义的事，能坚持多久。

我是你虚构出来的人物不假，可你只是拿我做测试？我扔了手里的抹布，冲非鱼大喊。

我们俩不欢而散，谁也不理谁。

刮了一个月的风，并没有完全停下来，只是变得小了，柔和了。倒在地上的自行车没有以前多了，偶尔有一辆两辆，乌云发现了，也会提醒我，或者我在忙的时候，她就去扶起来。

这时，有人送来了一面锦旗，还有一张大红纸写的表扬信。说是有居民跟社区反映，我一直在扶自行车，要求表扬我。

乌云激动得两颊通红，她一把把我拉到大红的表扬信前，说就是我，就是我。我接完表扬信才发现，乌云居然一直挽着我的胳膊。

过了几天，又有人送来一个证书，说我是最美志愿者，给我挂上一条鲜红的绶带，还说要开大会表彰我。我开心得不得了，网上也出现了我扶自行车的新闻，乌云一条一条翻看着，咧着嘴大笑。

非鱼来了。她说，木头，我得提醒你，这些已经偏离了我的初衷，我并不想让虚无的东西影响你的生活。你懂吗？

我说，怎么是虚无的？表扬信、证书，都是真的，还盖着红章呢。

可有什么用？你就是个烧鸡店的小伙计，这些荣誉既不能改变你的生活，也不能改变你打工仔的身份，不是虚无的是什么？

我知道我的身份，不用你告诉我。我乐意，行了吧？

乌云劝我，好好跟非鱼说，她也是为你好。

我知道非鱼是为我，但她这样做，让我很难过。

现在，我和乌云正式在谈恋爱，她已经告诉家里人了。我以为非鱼会为我高兴，谁知道她提都没提。唯一祝福我们的，是烧鸡店的老板，他给我们俩发了个大红包，说有了我，店里的生意比以前好多了。

非鱼说小说写完了，我们得分别了。她说，祝我的木头和吴云永远幸福。

我有点儿舍不得。我问她，我们还能再见吗？

她说，能！我想你的时候，就叫你来我的作品里，你还叫木头。

我挠挠头，好吧，只要不嫌我浑身鸡屎味就行。

（原载于微信公众号《我们都爱短故事》）

姑娘，你是不是失恋了

非　鱼

那时候，我刚和她大吵一架。她把门摔得叽里咣当，丢给我俩字：浑蛋。

然后，我去吃牛肉面。牛肉面拉得太粗，这我能忍。我说了微辣，依然放那么多辣椒，我也能忍。为我端饭的姑娘那么丑，我还能忍。而且，那个塌鼻子大圆脸的姑娘脾气还不好，她居然把我的一碗那么粗糙的牛肉面朝我面前一蹾，汤洒出来，滴里嗒啦从桌子上往地上流，我眼看着她的大拇指从碗里出来的时候沾满了油汪汪的辣椒，她还甩了甩。

但凡她的容貌或者脾气占了一样，我也不至于动怒。但哪头都不占就有点儿不讲理了。

姑娘，你是不是失恋了？

姑娘立马警觉起来，瞪了我一眼。她的眼睛还不算难看。

我问你话哪，是不是失恋了？

她又瞪我一眼。吃你的饭，操闲心。一口陕西普通话。

我绝对不是操闲心，失恋了要哭出来，要不会憋出病的。

你才有病。

你这啥态度？我好心好意问你，你咋骂人呢？

塌鼻子大圆脸的姑娘把大拇指在墙上挂的一块来历不明的布上抹抹，给了我一个深深的白眼，坐一边玩手机去了。

也许是听到我们的对话，也许是没有人吃饭，闲了，厨师出来了，手里拎着一根棍，不像是擀面杖。

浑身上下油渍麻花的厨师把棍在一张桌子上敲了敲，不多的几个食客都抬头望着他，他在每个人脸上狠狠地扫一遍，接着敲他的棍子，只不过有了节奏，四三拍的。

姑娘冲我撇一撇嘴，有点挑衅的意思。

哎，这就怨不得我了。

我操起那碗面，手一扬，碗飞出去了，面条与汤分离，各自沿着各自的轨迹在空中划过，落在过道与桌子上，一部分汤落到了姑娘的裤腿上。

厨师停止了敲击，姑娘大张着嘴，其他食客选择夺门而逃。我其实也不知道接下来要干吗，想扔就扔喽。

姑娘最先反应过来，立马站起来，一张圆脸上两片嘴唇翻飞，我的耳朵里哇啦哇啦乱成一团。厨师就淡定多了，他只是停止了他的四三拍，在我肩上敲了一个休止符。

醒来的时候，我的身上依然能闻到牛肉面腥辣的味道，脸上似乎有血，胃里空荡荡的。

还能怎么样？我在寂静的街道上，像一个醉鬼一样摇晃。再晃一会儿吧，明天，就要和五道口说再见了。她？不行，想起来胃就疼。三年了，二锅头，茄子面，炭烧咖啡，帆布包，小酒窝，都长在肉里了，撕都撕不开。树叶乱飞，灯光乱飞，迷离难熬的夜啊。

巷口奶茶店的门还开着，贵州姑娘小美在。哥，回来这么晚，给你冲杯奶茶暖暖。

我靠在灯箱上，费劲地嚼着那些黑色的合成珍珠。对小美说，明天我就回去了。

小美说，我也想回。可回去了又想来。

他妈的北京。

就是。

她果然没回来，这是预料之中的。如果她回来了，我真不知道该说什么。她的小兔子牙刷还在，小熊头的毛巾也在，粉色的拖鞋也在，揉成一团的睡衣也在，那只小格子发夹不在。

我把她的东西一一放整齐，把我的归置到一起。

她居然把我的画全卷好了，还裹了厚厚一层报纸。也许就像父亲说的，我真不是那块料，还不如回家办培训班。我已经靠模仿过了半年了，画廊老板说，炉火纯青，销路好得很，他可以再给我接活。

我去过他的画廊后院，那间小屋子里窝了五六个人，什么样的画都画，哪个年代的都有。我进去，几个人看着我，一脸冷漠，他们很可能和我一样，都曾是美院的高才生。老板告诉我，你来，一个月少说也有两三万。

她不让我去。说她不喝炭烧，不吃松饼了。

我跟她商量。要不，跟我回去算了。

不行啊，太远了。她嘬着嘴，那颗小酒窝不见了。

东南西北，朝哪儿走都不对。我开始怀疑我的画笔出了问题，它们不听使唤，那些颜料也出了问题，怎么调都不对。

汪峰反复很费力地唱那一句，反正像我们这样的人——生来彷徨。我经常替他担心，那个调提不上来，最后一句飘了飞了。现在，是我飘了，飞了。

我把那些颜料倒进了马桶，画笔用一把火烧了。她抱着我哭，然后捶我，骂我，我让她滚。

北京西站真冷啊，芜芜杂杂人真多，有来的，有走的，就是不知道有没有和我一样狼狈的？

车开了。枕着她帮我卷起来的画卷，我开始想她，想北京，想贵州姑娘小美，想那个塌鼻子大圆脸的陕西姑娘。对不住了，该哭的人不是你，是我。

（原载于微信公众号《我们都爱短故事》）

听我讲两段关于春运的故事

秦　俑

1

春节前夕，我四叔请了一天假，特意起了个大早，他要赶早班车去火车站排队买票。

四叔走后，四婶的心就没再安定过。她心不在焉地吃早餐，进车间；中午到工厂食堂草草吃完饭，然后又进了车间……整整一天，她像一个魂不守舍的机器人，话都没有说几句。下班后，她急急慌慌赶回小出租屋里，四叔还没有回来。

那是 1997 年的广州，冬天的空气中蕴含着一丝寒意。

过了晚饭时间，四叔坐公交车回来了。"票买到了吗？"看到四叔一脸疲惫地点着头，四婶的心才算是落了地。

"不过，两张票不在同一车次。你先一天走，我后一天走。"四叔说话总是细声细语。

"能回家就好。"四婶说，"都两年没回去了，明堂都快上小学了。"

明堂是四叔四婶唯一的儿子，那一年他 6 岁。

2

时间仿佛拉长了，变慢了。

工厂放了假，工友们陆陆续续地离开，带着一年的欣喜与忧伤。

四叔送四婶去火车站。四婶一个人先走，四叔显然不放心。

"你的票是有座的，这一小包行李你带着。我是站票，到时看能找地方蹲着不……"

"银行卡放在你大衣内袋里，下了车站，外面就是银行……"

"在车上要注意安全，别挤着踩着，睡觉别睡太沉了……"

"上车下车包要拿好，水和方便面放到手提袋里，拿出放进都方便……"

四叔不停地一遍一遍地叮咛着。

"一会没公交车了，你赶紧回厂里吧。"四婶催四叔回去。

"12个小时就到了，到站时间是明早8点，可千万别睡过头……"

"出站后不用等我，取了钱就回家，老人小孩都等着呢，我明天到火车站给家里打电话……"

3

第二天下午，四叔往家里打了好几通电话。

四婶下午3点才到家，火车整整晚点4个小时。

"安全到家就好……家里冷不……明堂又长高了吧……"

"冷，冷得我直哆嗦。明堂长高了，都快够到我肩膀了。"四婶问，"你这么早到车站了吗？"

"我……回不去了……到大年初一，你替我在我娘跟前磕个头……"四叔声音越说越小。

"什么？你什么意思？"

"排了一天队，票早没了，连站票都没了。你的票，是我花高价找'黄牛'要到的……"四叔低声解释着，"我怕你不愿意一个人回去……我知道你很想回家……"

四叔以为四婶会对他破口大骂，结果四婶没有骂，却在电话里哇的一声哭开了。

4

第二段故事，发生在今年北京的冬天。

半个月前，明堂来找我，说他今年不回家过年了，他和同学要结伴去泰国，让我回家时给他爸妈捎点儿东西。

明堂是我四叔四婶的独子，大学毕业两年了，和我在一个城市上班。

我说："不要光顾着玩，春节还是要回家陪陪你爸爸妈妈，四叔四婶一定也盼着你回去……"

明堂打断我的话："哥，我知道的，我都跟我妈讲了，今年春节回家的车票确实不好买，我在网上抢票，没抢到……而且，我们已经订好了去泰国的廉价机票，不能改签退票……"

"再说了，过完春节再回家不是一样，难道非得赶这个点？"明堂见我没回他，又自我解嘲地说，"今年春节不回家，我这是给国家的春运工作做贡献……"

5

前几天，明堂又来找我了。明堂说，他去不成泰国了，他得回家，东西就不麻烦我捎了。

我笑着问他："怎么这么快就想通了？"

"不是我想通了，我爸都将回家的往返车票给我订好了，我能不回去吗？"明堂脸露不悦。

"四叔也会上网订票了？"我假装奇怪地问。

"谁知道他们怎么搞到的。我妈说，为了上网抢票，我爸在网吧里守了好几天。"明堂赌气地说，"真不懂他们怎么回事，我不回去，他们这年就没法儿过了似的！"

然后，我就给明堂讲了四叔四婶二十年前的那段故事——一周前，四叔打电话央我教他怎么在网上订票，说了很多话，还给我讲了这段故事。我觉得，我有义务也讲给明堂听听。

听完故事，我看到明堂的脸色慢慢地缓和下来了。

6

这就是我要讲的春运故事。春运就是一张火车票，最后一站都是家。

我是一个讲故事的人。不管是讲别人的故事，还是讲自己的故事，我本来都应该活在故事之外，但是，我发现，可能年纪越大，心越发软了，我总是试图将故事讲得美好一点。

故事讲完了，你也许会问，明堂春节到底会不会回家？

我只能告诉你，在我的故事里，明堂回家了。

（原载于微信公众号《我们都爱短故事》）

最会讲故事的人

有土地的地方，就有讲故事的人。正是这些讲故事的人，塑造了王国的历史、文化和精神。有一天，国王心血来潮，他想知道在他统治的王国里，谁最会讲故事。于是，我谋到了一份差事，我将踏遍这个国家每一寸土地，去寻找那个最会讲故事的人。

我翻过很多座山，蹚过很多条河，穿过很多个村镇。我听过不计其数的故事，但最会讲故事的那个人一直没有出现。

第二年春天，在白巴哈镇，我见到了"无人不知的扎玛"。扎玛是一个画匠，他一生只画一个人。

扎玛画的是他的救命恩人。九岁那年冬天，他不小心掉进河里，一个长着一头卷发的帅小伙救了他。他冻傻了，等到他想起要向那个救他的哥哥说一声谢谢，却只看到他消失在人海中的背影。"从那天起，我就一直在寻找他。"扎玛说起六十多年前的那些往事，好像它们就发生在昨天。

在扎玛的画室里，我见到了那个帅小伙的画像。刚开始的时候，扎玛三个月画一幅他恩人的画像，后来改为一年一幅。扎玛一年一年地长大，他恋爱了，结婚了，有了孩子。他脸上的皱纹一天比一天多，头上的白发一天比一天稠。画像上的帅小伙，也随着扎玛一起长大变老。那天的阳光有些忧郁，在那间小小的画室里，我看到时间像河水一样缓缓流淌，像最动听的音乐。

"每一年，我都会抽出时间，带着画像，去寻找我的恩人。我走访过白巴哈镇的每一条街道，问过住在这里的每一个人，都没有找到他。"这么多年过去，扎玛的脸上还会流露出失落的表情。他后来去过很多相邻的城镇，那个卷发的帅小伙已经长成了白头发白胡子的老人，他们还是未能相见。

我用很长的时间才从扎玛的故事里走出来。我说："我好奇的是，这么多年来，你做了那么多的善事。我一路在走，一路在听你的故事。你花六十年时间去寻找你的恩人，你的恩人没有找到，你却成了很多人的恩人。"

"四十岁那年，我感觉自己找不到他了，但我并没放弃希望。有一次，我遇到一个轻生投河的少年，我救了他，就像当年他救我一样。那一天，我的世界豁然开朗，与其盲目无助地寻找，不如在旅途上做一些善事，用这些善事去感念他。于是，我一路寻找，一路做善事，大家都叫我'无人不知的扎玛'。"

那个下午，扎玛给我讲了许多故事。最后，在画板面前，七十岁的扎玛又画了一幅恩人的画像。画中的老人还是帅帅的，一头卷发全白了，连胡子也是白白的，卷卷的。我看了看画中卷白胡子的老人，又看了看面前卷白胡子的扎玛，惊讶地说："扎玛，你看看，你画中的恩人，越来越像你自己了。"

扎玛好像没有听到。或许他听到了，却不知道要怎么回应我。

告别扎玛后，我继续上路。我又翻过很多座山，蹚过很多条河，穿过很多个村镇。在一个秋天的傍晚，我到达黑木河镇，找到了"彩虹爷爷的老院子"。这一路上，在不同的城镇，我遇到过十多家"彩虹爷爷的老院子"，每一家都说，是跟"黑木河的洛伊娜"学的。

在"彩虹爷爷的老院子"里，我见到了洛伊娜。黑夜降临，她和一群老人在与另一位即将离世的老人告别。老人已经没法说话，他安详地闭上眼睛，就像进入了一个没有尽头的梦境。"这几年，我告别了二十多位'老爸爸'，他们有的被亲人接走，有的永远离开了。每次有人告别，老院子都会安静好几天，一直等到有新的老人住进来。"说这些的时候，洛伊娜的脸上写满了忧伤。

十年前，洛伊娜的父亲走失了。他患有严重的阿尔茨海默病。为此，洛伊娜十分自责，这些年她一直在寻找父亲，但没有找到，倒是遇到了很多流离失所的老人。父亲走后，给她留下了一笔丰厚的财产。为表达对父亲的愧疚，她开办了"彩虹爷爷的老院子"，专门收留无家可归的老人。十年间，这里共收留过九十九位老人。对每位老人，无论男女，洛伊娜都亲切地称呼他们为"老爸爸"。

洛伊娜现在是七个孩子的母亲，她只有七个孩子，却有九十九位父亲。"我还清楚地记得父亲出走那天，刚好下着太阳雨，天边有一道绚丽的彩虹。"洛伊娜说，"直到现在，我仍然相信我父亲还活着。在接下来的旅途中，如果你遇到他，你一定能认出来。他的左下巴长着一个瘊子。他已经失去记忆，只会说一个词语：麦片。"

我静静地听着洛伊娜的故事，内心却难以名状。就在一周前，在另一个镇子的"彩虹爷爷的老院子"，我跟一群老人一起，向一位垂死的老人告别。

他真的太老了，弥留之际只会重复说一个词：麦片，麦片，麦片……他的左下巴处，就长着一个刺眼的瘊子。

"我也相信，他一定还活着。我还会去很多地方，见很多人，我会帮你寻找他。"和洛伊娜告别时，我不敢看她的眼睛。

前面还有很多的山，很多的河，很多的村镇。我还会听到不计其数的故事，我依然在寻找那个最会讲故事的人。

如果你恰好遇到他，请你告诉我。

（原载于微信公众号《我们都爱短故事》）

穿睡衣的女人

王　溱

这个点，穿睡衣出来的人不少，女人绝对是最特别的一个。

洒水车刚过，女人就踩着高跟鞋来了，咯噔咯噔，清清脆脆，把还在洗漱的大街吓了一跳。她两腮桃花粉，口含杏花红；她黛眉如弯月，长睫扇清风。睡眼惺忪的主妇们斜眼瞧了，不自觉摸摸自己的脸，趿拉着拖鞋埋头疾走。

是了，谁也不会像女人这般，穿着睡衣，却顶着精致的妆容。

也不会像女人这般，睡衣翻着花样地变，一天一套，可以一个月都不带重样。

今天这套，左蝴蝶，舞得人心飘然；右杜鹃，啼得人心荡漾。前几日在商店看到它时，女人就不觉吟道：庄生晓梦迷蝴蝶，望帝春心托杜鹃。语罢，女人吐了吐舌头，哪来那么哀怨？

女人没看价格，直接买下了。这是女人今年买的第三十八套睡衣，正好跟女人的年龄一样。

女人很少买外穿的衣服，几套深色的职业装，几乎占据了所有她在外的时间。下班，接孩子，买菜，做饭，洗碗，打扫，再洗个澡，她才终于可以换上她心爱的睡衣，再无数次帮孩子把被子拉好，熬过漫漫长夜，她才有了短暂的走秀时间。说是走秀，一点儿也不为过，女人的身材本来就高挑，走姿煞是好看。

走到这个熟悉的十字路口时，女人停下了。

浪漫的故事，一般都发生在某个十字路口。女人呆呆地望着左边的一摊积水，等着。

应该有一辆崭新的自行车丁零零冲来，差点儿撞到女人身上。刚洒过水的地面很滑，急刹的单车险些歪倒，骑车的男人长腿一撑，撑住了单车，却溅起了水花，她的花睡衣上，星星点点又开出好多花。

然后男人连连道歉，然后他浓墨泼出的双眉开始翘起，再然后，他的视线就紧紧绑在女人身上了。

你穿睡衣真好看。他说。

霎时，女人的脸红如朝霞。

……

可是，女人等到腰酸痛了，没有自行车，也没有浓眉大眼的长腿男人。

女人猛然醒来，不好意思地笑了。那男人，早已是自己的丈夫了呀，自己这是在干什么，难道还想再嫁一次不成？

女人拐进左边的街道，那里有一家花店，这会儿正是店主修剪花枝的时间，她站在店门口，眼睁睁看着一把把个性张扬的花儿，被修剪得整齐而端庄。店主是个微胖的中年女人，见女人看得入神，随手拿起一枝玫瑰，送给你吧。

女人道谢，毫不客气地伸手接了。她把玫瑰捏在手上，想着应该是"手如削葱根，衬花别样红"，可是自己操持家务的手，怎么也算不上青葱，仔细闻闻，却有葱的味道。女人自嘲地笑笑，继续往前走。

一拐角，就是卖早餐的地方，每天女人都会在这里买油条，她的丈夫很爱吃油条。

来两根油条。女人说。

女人以为自己该是"含辞未吐，气若幽兰"，可是一开口，却是中气十足。女人懊恼了，她并不喜欢街上扯着嗓门拉家常的大妈们。她低着眉，看一截白面被狠狠地一拉，滋啦一声炸成了形，再也恢复不了以前的样子。

卖油条的是个长腿的小伙，很是风趣，总会对她的新睡衣评论一番。

你今天这睡衣最好看了。他说。

是吧？女人的懊恼烟消云散，我也很喜欢这一套呢。

蝴蝶起舞，杜鹃歌唱，很配你的气质。他说。

女人娇羞地低下了头，说，这蝴蝶和杜鹃，都有出处呢。

女人还想吟上两句诗，却看到丈夫忽然黑着脸跳了出来。他狠狠瞪了那个卖油条的小伙一眼，一把拉起女人，吃什么油条，走，回家去。

女人诧异地跟着丈夫回了家。

原来，女人每天漫无表情出门，面带桃花回来，当丈夫的有些不放心了。他今儿特意起了个大早，悄悄地尾随女人出了家门。

他尾随女人来到十字路口，狐疑地看着女人站在那里发呆；

他尾随女人来到花店，看女人拿着漂亮的玫瑰花，却愁眉不展；

他尾随女人来到早点摊，看着女人神采飞逸，脸泛桃花，终于忍不住冲了出来。

第二天早上女人再去买油条时，发现跟包好的油条一起的，赫然还有一张电影票。

我晚上六点收摊。卖油条的小伙低声说。

女人一惊，忽然意识到点什么，油条也不拿，扭头走了。

从那天起，女人不买油条了，女人摇曳的身姿又扭过了一条街，那里有个卖豆腐花的小伙，浓眉，大眼。他看到女人时禁不住赞叹：姐，你这睡衣真美呀。

女人笑了，娇羞的桃花又爬上女人的脸。

（原载于微信公众号《我们都爱短故事》）

假面的告白

王　溱

　　我戴着面具活在这花花世界，面具熟练又得体地转换着各种表情。具体是什么表情我没法描述，我看不到。

　　我花了很多的时间和金钱倒腾这张面具。我给它买色彩最合适的腮红，以便领导说带颜色的笑话时，它能展现一种恰如其分的娇羞；我给它描上最新潮的眉形，女同事们聊八卦时，才能跟她们有一致的眉飞色舞效果；我把嘴角翘起的幅度和腮帮子运动的轨迹都设置得很精准，面对客户笑容分毫不差，足够热情，又不会太献媚。回到家我也不摘下来，它必须保持一种能维持住婚姻的笑，甚至连床上那演技派的表情，我也交给了面具，久而久之，身体也分不清谁是主人了，对假面言听计从。当夜的宁静来临，周围再没有醒着的人时，我才会把面具摘下来，让真正的脸透一透气。

　　谁也不会知道我真实的表情——没有表情。对，面具下没有任何表情。我感觉自己就像活在楚门的世界一样，都是设置好的，每天循环播放，我只需要做好一个演员的本分，要表情干吗？

　　这世上似乎已经没有什么可以取悦我了，除了——空气。

　　这就是为什么我现在会孤身出现在这里，河水流淌，树林茂密，窸窸窣窣的不明声响，跟我的脚步一个频率。我拄着拐杖走得气喘吁吁，脸上一阵燥热，我想大概面具上也是绯红一片。我小心翼翼环视四周，摘下了面具。一阵微微的风抚摸我敏感畏光的脸，我一阵战栗，一种久违的神的触摸。这才叫空气啊，平时呼吸的那些，只不过是别人的二手货和带毒的尾气而已。

　　我张开双手，让空气可以更自由地抚摸我全身。忽然，一个大网从天而降，我就像一个猎物被挂了起来。一群装束奇怪的人围了上来，我听不懂他们喊的是什么，也看不到他们的表情，他们全都戴着夸张而古怪的面具，但从他们兴奋的声调，我大致也能猜到自己的处境。

他们把我连网带人拉回了部落，这途中我努力做的事情不是把网剪开逃跑，而是趁他们不注意快速戴上了面具，脸上立刻有了惊恐的表情。

这是个很原始的部落，树枝堆砌的房子，篝火上架着木架，男女老少都戴着面具围着篝火跳舞，动作很滑稽，声音很洪亮，像是在举行某种仪式。该不会是拿我祭祀的仪式吧？我打了个冷战，我相信面具上的表情肯定更加生动，这么多年的托付，它远比真实的表情还要真实。

事情果然不妙，我被抬上了祭台，一个看似首领的人在我面前蚂蚱跳，发出尖锐的鬼叫声。他的面具是所有人里面最大的，猩红的嘴，大大长长的羽毛，两颊的图腾很是鲜艳。就在他手中的长矛即将触碰到我的身体时，忽然一个小孩冲了出来，他挡在我们中间，郑重地给我戴上了一个面具，所有人顿时安静了下来，片刻之后，首领扔下了手中的长矛，又开始拍起巴掌大叫起来，他们围着篝火又吼又叫，似乎已经忘记了我的存在。

这是怎么回事？没有人理我，小孩给我戴好面具之后也跟着跳舞去了。不一会儿，飘来烤肉的香味，小孩给我扯来了一块，直接凑到了我嘴边。我确实饿了，刚要把面具摘下来，小孩发出一声奇怪的声音，赶紧按住我的手又戴了回去，我这才发现，所有人都没有把面具摘下来，直接就从嘴巴处的洞塞进嘴里。

就这样，我戴了双重的面具，有惊无险地成为他们的一员。很快我就发现他们其实很简单，以面具的种类来分等级，打来的猎物按等级分配，换句话说，这就是个只认面具不认人的部落。趁他们熟睡时我偷偷看了一下自己的面具，很简单，就几个线条，色彩也不是很鲜艳，应该是比较低级的面具吧？渐渐地我也学会了他们的舞蹈，虽然语言不通，但也能跟他们比画着手势做简单的交流。这里的空气非常好，我都有点不想回去了。直到有一天，我听到了一个骇人的说法：如果哪天打不到猎物，他们就会把面具最简单的那个烤了吃！

我又重新活在了战栗中，我绞尽脑汁想逃跑，但他们似乎无处不在，随便哪儿都会冒出一个狰狞的面具。终于有一次，机会来了，所有人忙着围攻一只野象，我趁机躲到了灌木丛中。那小孩似乎看出了我的心思，一把拉起我的手狂奔起来，穿过灌木丛，蹚过小溪，钻过不知名的草丛，终于来到了靠近我的世界的地方，真的，我闻到的空气成分已大不同。

小孩站住了，四下确认没人之后，小心翼翼摘下了面具——他的，还有我的，然后瞪大眼睛看着我。他清澈的眼里，是满满的一缸清水，上面还漂浮一朵莲花，一阵带着花香的空气迎面扑来，这就是我梦寐以求的空气啊，我不禁微微翘起了嘴角，却感觉肉被狠狠扯了一下，一阵撕心地疼。我惊恐地意识到，这段时间没把第一层面具取下来，它已经死死长在脸上了！

　　小孩盯着我看了一会儿，眼神忽然暗淡起来，一副很失望的样子，戴上面具跑开了。我不知道面具到底给他看了什么表情，我很想给他一个发自内心的笑容，可我已经做不了自己的脸的主了。

　　　　　　　　　　　　　　　　　　（原载于微信公众号《我们都爱短故事》）

工　匠

刘建超

厂子派人急匆匆四处寻找闷子，闷子正在老街的瀍河边上悠闲地钓鱼。

工厂改制重组，闷子和一批工友被遣散回家。正是年轻力壮的年纪，也是上有老下有小的拮据时期，工友各寻门路再就业了，只有闷子见天扛着渔竿在瀍河边上钓鱼，一坐就是一整天，面壁打坐一般，工友说闷子憨了。

每天清晨见到闷子扛着渔竿沿着青石板路晃晃悠悠地走去，傍晚又见到闷子扛着渔竿慢慢悠悠地回来，从来没有见到他手里有过一条鱼。有孩子看到说，闷子钓鱼，鱼钩上不是装鱼饵，是挂着一只小秤砣。

闷子的鱼钩上确实是挂了一只小秤砣，闷子伸出渔竿，小秤砣紧挨着水面，一只手擎着渔竿一两个小时也不换手，有时有节奏地弹起小秤砣，蜻蜓点水般地在水面上跳动，荡起的涟漪一圈一圈扩散开去。

蛇，蛇。

河边玩耍的几个孩子惊叫起来，吐着红芯子的蛇在一个女孩的脚边咝咝作响。闷子扭过头，手中的渔竿一甩，鱼钩上的秤砣不偏不倚砸在蛇的七寸上。

厂子的人在河边找到了闷子，闷子，快，车间急事，叫你去。

闷子收起渔竿说，回家，换衣服。

来人说，车间有的是新工服，随你挑，车子等着哪。

闷子固执地说，回家，换衣服。

闷子扛着渔竿，晃回到青石板路上，厂子的人和车慢慢地跟在闷子的身后。闷子得意地跟熟人打着招呼，厂里派车来请我去接活哪。

闷子路过社区医院，见到了工友大康的媳妇，嫂子，急乎乎的干吗？

大康媳妇举着手里的针头说，老爷子又住院了，治疗要把药物注射到肿瘤上，得用200毫米长的针头，可是医院的注射针头最长才70毫米，买都没有地方去。

闷子说，嫂子，别着急，我看看。

闷子接过针头眯起眼细细看过说，嫂子，你去多拿几个针头来，我来焊几个试试。

大康媳妇说，闷子，这么细的针头也能焊接啊，你行吗？

闷子把几个针头拿回家里，琢磨一会儿，就用电焊枪把三个70毫米的长的细细针头焊接在了一起。

大康媳妇赞叹地说，闷子，你可真了不起啊。

闷子媳妇说，他天天去河边哪里是钓鱼啊，他那是在练手感，练眼力。回到家啊还要穿一百根针，这么好的功夫，多少家企业来请，他就是不去，也不知道他是咋想的。

闷子不搭话，从屋里拿出个衣架，塑料布下罩着个油腻腻的工作服。

妻子说，他下岗回来就不让洗这身衣服。

闷子穿上工作服，人立马就精神起来。

厂子有事，走了。闷子潇洒地一挥手，上车。

车间一片忙碌。厂长十分焦急，这套进口设备在安装中遇到了难题。SW系列轮子需要加工的幅板间距小。公司目前的工装设备只能加工1米以上的工件，找了本市的好几个协作厂，都无法解决。如果到外地再购设备，少说也得一周，工期得延后了不说，每天的损失就要几十万美金啊。

一位老工人说，厂长，找闷子来试试。

厂长噘着起疱的嘴，闷子？闷子是什么人？

原来五分厂的，焊工。

焊工？你们不都是焊工吗？你们都解决不了，他行？

闷子到达现场正是中午时光，整个车间都静下了，百十双眼睛注视着一身油腻腻，脸上还淌着汗水，黑乎乎的瘦高高的闷子，一步一步朝工地走来。

闷子脸上没有任何的表情，只是走到部件前仔细地观察，翻看着连技术员都有些弄不明白的图纸。闷子把几个老师傅叫到一起，把自己的想法说了一遍，又和几个人演示了一番。

项目总指挥听了闷子的建议，说可行是可行，但是在不足1米的管道内焊接，别说技术难度大，就是里面的温度也会把人烘烤干的。

闷子说，只要同意我们的方案，焊接的活儿，我来。

连续五个小时，闷子除了喝了几瓶水，一直卧在工件上。最后是师傅把他拖出来的。

闷子脸上挂着自信，说，解决了。

一片欢呼。

厂长握着闷子的手，说，我要请你回来，高薪请你回来。

闷子说，我不回来了，我来就是想告诉你们，当初撵我离厂，是你们错了！

闷子走出车间大门的一刻很是壮观，夕阳下，他的影子拉得很长。

（原载《芒种》2017 年第 4 期）

回　　眸

刘建超

　　都说雁子长得漂亮，那双风采流溢的眼睛美得让你忍不住地要看，又总是被她的冷艳目光击溃得四处躲避。有人说，雁子是朵刺玫，远远地看着就幸福了，靠得太近反而被伤着。于是，雁子在二十八岁的年龄时还是一个人在青春的道路上翩翩独舞。

　　直到遇到了他，一个魁梧睿智的男人。魁梧的男子不像其他男人总是带着雁子去高档酒店饕餮澳洲龙虾意大利牛排，去音乐厅装模作样地欣赏奥地利交响乐团的演出。魁梧男人带着雁子在老街寻觅狭窄胡同，在古色古香的老婆婆家里，品尝几近失传的酸汤面片，在古老的街巷里听古稀老人描述昔日的老街风景逸闻趣事，遇到雨天，魁梧男人背着雁子，蹚着过膝的雨水，毫无顾忌地放肆说笑。快乐疯狂的时光在两人深情的对视中划过，总是把朝霞快速地涂抹成晚霞，把期盼的相聚抒写成不舍的离别。雁子总是让魁梧的男人只送她到小区的门口。魁梧男人也不介意，也不询问，温暖的微笑包裹着雁子，总是燃起雁子阵阵的冲动。雁子连忙转身款款地走，她婀娜的腰肢垂柳般摇摆，披肩的长发瀑布一般随着她的腰身轻薄。她知道身后有双眼睛，正火辣辣地在自己俊俏的背影上写意。

　　每次都在鲜花绿丛的拐弯处，她停下脚步，缓缓转过身，对着还在痴痴望着自己的魁梧男人回眸一笑。男人高大的身影还铁塔一样矗立着。

　　雁子走入自己的闺房，脱去束缚的高跟鞋，四仰八叉地躺在床上放肆，背后似还有目光的灼热，一幕一幕掠过的温馨画面让她模糊了现实和梦境的界限。

　　又是一天，魁梧男人告诉喜欢戏曲的雁子，在老街的东关寻觅到一座破旧的花戏楼，两人相约前往。古戏楼孤零零沧桑地出现在一片废弃的土围墙中。戏楼是两层土木结构硬山式建筑，台子上的楼板已经破裂，围栏也腐朽不堪，两根柱子上有楹联一副，字迹依旧遒劲飘逸：是虚是实当须着眼好排场，非幻非真只要留心大结局。

雁子小心翼翼地走上吱吱作响的楼台，优雅地做了一个亮相，对台下的魁梧男人说，咿呀——或许这里曾经风光过梅兰芳程砚秋尚小云。

突如其来的雨，顷刻间笼罩住四野，乌云闪电雷鸣把旷野郊外装点得如魔如幻。一把小伞罩着魁梧的男人和小鸟依人的她，深一脚浅一脚，一身的泥水。

他们走到小区门口，魁梧男人停下了脚步，雁子从他手中接过小伞款款地走去，在雨中缥缈的路灯下，雁子缓缓转过身，他挺拔的身子还站在雨中，很高。雁子没有了矜持，忘情地丢了小伞，跑向雨中的男人，热唇紧紧贴在一起。

雁子送魁梧男人去机场。安检处，男人缓缓转过身，回眸一笑，伟岸的身影成了她柔软的回忆。男人的回眸化作永恒，一场事故，魁梧男人永远地留在了天空。有人送来了男人留下的遗物：一只闪闪发亮的金钗。雁子只是无意间说起，在西南的某地，当年被贬去劳改的京剧名伶遗留下一只金钗，网上有人要出售。魁梧男人说要去西南出差，没有想到竟然是为了寻觅雁子喜爱的这只金钗。

几载春秋虚度，又一个瘦高的男人走到雁子的身边。男人是成功人士，带雁子出入的是别的女人梦寐以求的高档社交场所。男人曾经把雁子带到最昂贵的购物街区，说，需要什么尽管拿，手中的财富可以买下整个街区。雁子优雅地笑笑，优雅地摇摇头。

雁子还是让瘦高的男人只送到小区的门口。雁子款款地走，婀娜的腰肢垂柳般摇摆，披肩的长发瀑布一般随着她的腰身轻扬。她知道身后有双眼睛，正火辣辣地在自己俊俏的背影上肆意。

在鲜花绿丛的拐弯处，她没有停下脚步。脱去束缚的高跟鞋，四仰八叉地躺在床上放肆，背后凉凉的没有一丝温度。

雁子和瘦高男人分手了。

雁子对闺密说，不值得回眸。

男人对弟兄说：送了她多少次，居然没有一次回头，从来也不让我进她的房间，这女人太没劲！

（原载《小说月刊》2017 年第 7 期）

敖　　包

自从拆了那座敖包，从草原上溜回家，赵虎天天感觉头疼。

后来，他把那尊从敖包里扒出来的瓷壶以 3000 元的价格卖给了刘老歪，花钱买药治病，没想到又感觉全身无处不疼。从来不信邪的他，狗胆包天的他，居然也有点害怕了。

现在，青天白日的，他竟然躺在自家炕上睡觉、养病。恍惚间，他似乎又回到了草原上的蒙古包里，看见了悬挂在包里的成吉思汗画像。他感觉这个蒙古英雄正在愤怒地看着他，他甚至听见他在说：你竟然敢拆我们的神灵之所，你真的是活够了！他就惊出一身冷汗，喃喃地说：老神仙，你就饶了我吧。

夏天的时候，赵虎也去"坝后"打工。他给人放羊。

放羊就放羊吧，偏偏他又嫌来钱太慢。他想干一件来钱快的生意，也像有的人那样一夜暴富。正瞌睡来一枕头，同村人刘老歪到草原看他，给他出了个歪主意：草原上的敖包里可能有宝，就看你敢不敢去找。赵虎笑了一下，谁不知道他从小就"虎"，10 岁的时候就敢一个人去坟地睡觉，天下的事就没有他不敢干的。

因为每天放羊要到处行走，赵虎瞄上了一座高山上的敖包。这座敖包不是祭祀用的，又因为山高路险，一年四季很少有人上去。赵虎就看准了这一点，选择时机偷偷上了山。

关于草原上的敖包，可是有许多神秘的传说。敖包在蒙古人心里的分量，赵虎也心知肚明。蒙古老乡不仅每年都要祭敖包，而且平时走路，路过道旁的敖包，都要找一块石头加上去。如果你动他们的敖包，就像有人动汉人的祖坟一样，知道了他们会打死你的。

但是，发财的愿望和胆量却鼓舞着赵虎去冒天下之大不韪。他竟然一个人在山上待了三天三夜，把堆敖包的石头一块块拆开，终于在最下面找到了一个瓷壶。他把瓷壶揣在怀里，连夜回了草原边缘地带的村庄。

拆敖包的时候，曾经刮了一阵风，下了一场雨，还响了几声雷。赵虎当时心里曾有瞬间发怵，不是真的惹恼了神仙吧。但是随着雨过天晴，他也就不在乎了。到家以后，他把那个瓷壶翻来倒去地看，除了看到瓷壶上画着一些古代仕女之外，其他也看不出什么名堂。

当天夜里，赵虎做了一个梦，梦见瓷壶上的仕女走下来，变成厉鬼要索取他的性命。醒来他再看瓷壶，就感觉头皮有点发麻，接着他就天天开始头疼，老做噩梦。他去看医生，吃了不少药，不见任何效果。后来，他就在一个午夜打电话叫来了刘老歪。

刘老歪在村里被公认为能人。他的能耐就是善于出歪点子，办歪事。据说他和许多外地人有勾连，除了不倒卖军火和人口，其余什么他都倒卖。

刘老歪来了。他看到那尊瓷壶，眼睛亮了一下，但是很快又变成了不屑。他说：你这个壶年代不远，值不了几个钱的。赵虎也不傻，连蒙带唬跟他争论。经过一番激烈的讨价还价，最后刘老歪"看在乡亲的分上"，给了他3000块钱。赵虎明明知道吃亏，但是因为急于出手，他也就答应了。

瓷壶被刘老歪拿走了，本以为头疼会好，谁知道病情反而加重了。到这会，赵虎才知道后悔。为了3000块钱，冒那么大的风险，又整出一身病，真的是不值啊！

赵虎的病一天比一天严重了，打针吃药，都不见好转，而且医生也说不清他究竟得了什么病。无奈之下，不信鬼神的他只好请"香头"（巫师）来帮忙捉鬼。

"香头"就是邻村的人，彼此都很熟悉。他们聊了一会，"香头"突然"来神儿"了，全身发抖，骨节乱响，接着又唱又跳。他用很陌生的声音严肃指出：赵虎你没有病，你是心病。心病还得心药医，解铃还得系铃人。就这几句话，赵虎就得给人家500大元。

因为被点到了痛处，赵虎当晚又让儿子把刘老歪请来了。刘老歪在明白他的意思之后，立刻牛了起来。他说：赵虎我不瞒你说，那个瓷壶，那可是真正的辽瓷啊！我已经以20万的价格转手了。赵虎一听就急了，他说：你当时不是说一钱不值吗？刘老歪说：当时那是看走眼了，幸亏后来看出来了。

赵虎躺在炕上，一个冷气攻心，差点昏死过去。如果他不是病着，他肯定会跟刘老歪拼命的。这狗日的要人哩！可是现在，他真的是力不从心了。他颤抖着从炕上爬起来，给刘老歪跪下了，又命令全家人给刘老歪跪下了，他哭咧咧地说：刘哥，求你救我一命吧……

经过苦苦哀求，最后，刘老歪又"看在乡亲的分上"，决定去把瓷壶赎回来。钱嘛，他自己认赔 10 万，另外 10 万必须由赵虎出，一分都不能少。赵虎只好忍痛答应。

第二天，赵虎让家人去银行取出了准备给儿子结婚用的 8 万块钱，又去亲戚家里借了两万，然后让儿子给刘老歪送去了。经过几天漫长的等待，瓷壶终于回到了赵虎手里。

赵虎不敢怠慢，这天他挣扎下地，找了几个亲戚，开了一辆车，直奔草原敖包山。

山实在太高了，他爬不动，只好由儿子带人上去，把瓷壶放回去，把敖包重新垒起来。赵虎在山下等了半日，终于看见儿子等人灰头土脸走下山来。

儿子说：爸，这回你放心吧，已经弄好了。我也替你烧香祷告过了。

真是日怪得很！赵虎听了这话，顿觉全身一阵轻松。他又趴在地上，冲着敖包山磕了几个响头，轻轻地说：老神仙，这回你总该饶了我吧。

赵虎爬起身，摇了摇头，晃一晃身，老天爷，竟然真的一点都不疼了。

狗胆包天的赵虎，打这以后就变得胆小如鼠了。

（原载《天津文学》2017 年第 7 期）

敲　钟

申　平

　　朋友说，他当年能读完中学，又上大学，全靠给学校敲钟。

　　他家穷，父亲早逝，孩子又多，生活的重担全压在母亲一个人身上。上初三的时候，16 岁的他决定辍学回家帮母亲一把，他去找班主任老师辞行。

　　老师是个好老师，她说：你品学兼优，将来会有出息，辍学太可惜了。

　　他说：老师，没办法，我是家里的老大，我不能眼看妈妈一个人受苦了。

　　老师想了想，就带他去找校长。校长听了情况，也很同情，而且校长很快就有了一个好主意。他说：学校正要雇一个敲钟的人，你干脆就负责给学校敲钟吧。学校每月给你 15 块钱工资，这样你就能为家里分担很多，还不耽误学习。

　　他求之不得！从此，他就成了学校的敲钟人。

　　学校给了他一块马蹄表，他总是带在身边。按照学校的作息时间表，每天清晨他总是第一个起床，敲响晨钟；白天，也是他提前几分钟走出教室，敲响下课和上课的钟；晚上，又是他敲响熄灯钟，最后一个摸黑上床休息。他的生命紧紧和马蹄表、和钟声联系在了一起。

　　学校的那口钟其实是一个炸弹壳，钢质，内空外实，铁锤一击，声音洪亮。每当他站在钟架下面把钟敲响，看着整个校园在他的钟声里有序运转，他就觉得自己仿佛变成了一个指挥千军万马的将军。那份自豪，那份骄傲，充盈了他全身的每一个细胞。

　　最叫他激动的是学校给他发了第一个月的工资。15 元，那个时候对一个学生来说可是一笔巨款。他留下 5 元钱作为自己一个月的生活费，然后跑到邮局，把另外 10 元钱寄给了妈妈。要知道，妈妈在地里劳作一年，也不一定能挣到 10 元钱。躺在床上，他想象着妈妈接到汇款时惊讶开心的笑容，梦里也笑出了声。

谁知道几天以后，妈妈却跑到学校来找他。那是个星期天，学校不用敲钟。他正在操场上背题，忽然看见妈妈急匆匆地向他走来。大热的天，妈妈身上的破衣服都被汗水湿透了，脸上、鞋上全都是土。要知道，他家离学校可是有五十多里山路啊！

妈妈，你……怎么来了？他奔跑着迎过去。

妈妈气喘喘地说不出话来，一手拖住他，就往没人的地方走。随后，妈妈从怀里掏出了那张汇款单，喘着粗气问：你说，这是怎么回事？

这是学校给我发的工资啊！他说。他无论如何都想不到，妈妈接到汇款后会大老远跑来质问他，他的心里立刻充满了委屈。

学校还给你发工资，美得你！你老实说，是不是跟谁去干什么坏事了？妈妈的神情更加紧张，她用力抓住他的胳膊，生怕他跑了似的，指甲嵌进了他的肉里。

真的，我给学校敲钟……不信你去问老师，问校长。

但是无论他怎么解释，妈妈就是不信。好在校长的家就在校园里，他在前面引路，妈妈在后面紧跟，样子活像是妈妈押着一个俘虏。

见了校长，怀疑很快解除。妈妈当时差点给校长跪下来，千恩万谢的。出了校长家的门，妈妈又抓住他的手说：儿啊，妈妈冤枉你了，你真是一个好孩子啊！娘儿俩同时流下了眼泪。

他留妈妈吃饭，但是妈妈说什么都不肯。妈妈从怀里掏出两个番薯说：妈带着这个呢，我要赶紧回去干活呀！只要你的钱是正道来的，妈就放心了。儿你要记住，这辈子咱就是穷死饿死，也不能花不明不白的钱。

妈妈就空着肚子和他告别，头顶太阳走向山野，走向大山深处那个贫困的家。

中学毕业，赶上恢复高考，朋友一举中的。他敲钟几年寄给家里的钱，妈妈几乎没怎么动，他就是凭着这笔钱读完了大学。

多年以后，朋友成为一名市级领导。他勤政为民，两袖清风，政声颇佳。在介绍廉政经验时说：每当有诱惑袭来，我的耳边总会响起学校当年的钟声，还有妈妈在山路上跋涉的脚步声、叮嘱声……

（原载 2017 年 4 月 14 日《南方日报》）

扶　　贫

芦芙荭

郝老三给邻居家盖房时把腿摔残了。

郝老三腿残了，心也残了，啥也不干，家的地荒着，猪圈闲着，鸡舍空着，他呢，就村上乡上县上地跑着去告邻居的状。再没事了，就瘸着条腿像是一只癞皮狗似的在村子里东游西荡的，四处混吃混喝。

按理说，这件事怪他自己。

那天，邻居家房子上房梁，他去帮忙，站在房梁上，他突然内急，见房后没人，就一撸裤子从房梁上往下尿。谁能想到就出事了，他的一泡尿浇出去，正好浇到了高压线上，他就从房梁上栽了下来。

郝老三的腿却摔残了。

出了这样的事，邻居光医药费就花去了上万元，可郝老三误工费，精神损失费这费那费的又算了一大堆。最关键的是，郝老三还算了一笔养老费。他说他这腿一残，就干不了活了。以前，他干一天活，就能挣 150 元。现在腿残了，再也没人找他干活了。这一天 150 元，一个月是多少？一年是多少？后半生又是多少。邻居本来没钱，这盖房的钱还是东拉西借，叫郝老三这一算，尿都夹不住了。

两人去找村长说理，村长也断不了这个官司，就把郝老三弄成了个低保户，每月给一点低保钱，还帮他弄了一点扶贫款，又跑前跑后地帮郝老三办了个残疾证，每月也有一点钱，这样一来，这款那款的，郝老三每月也能领到不少的钱。村长想，郝老三每月有了这些钱，再想办法挣一点钱，日子还是能过的，只要日子能过得去，他就不会再去告状了。

哪想，郝老三有了这些钱，状照样告，活就更不干了，整天就在新村里晃来晃去的，不是打牌就是喝酒。

村子里的人都搬到了移民新村，住上了小洋楼，只有郝老三还住在山里的老房里。日子是越过越穷。村长就对郝老三说，老三呀，你看你这日子过的！找点轻松的事干着，攒点钱，到时我们村里再想想办法，也在新村里盖上两间房，到时搬下来住吧。

郝老三一边打麻将一边说，哼，我腿都这样了，要盖村里给盖吧。

村长气得直摇头。

转眼到了第二年春天，郝老三依然如故，天天起了床就跑到移民新村，不是打麻将，就是在那和人扯闲话。到了晚上才回他的家。

有天晚上，郝老三从新村打牌回来回家时，刚走到院子口，就听见院子里有什么声音。自从他残了腿，老婆和他离了婚后，这院子平时连个鬼影子都没有，这都大半夜了，是什么声音呢？他轻手轻脚地又往前走了几步，竖着耳朵一听，竟然是猪的叫声。

郝老三有些好奇，跑到猪圈边一看，果然看见有两头小猪正卧在猪圈里哼哼呢。

这两头小猪，大的有十来斤重，小的也有五六斤。郝老三啰啰啰地叫了几声，两只小家伙，竟然一颠一颠地跑到了他的面前，眯了眼定定地望着他。

郝老三见两只小猪肚子瘪瘪的，就赶紧跑回屋里将头天的剩饭用水拌了拌，端出来放进猪圈里，两个小家伙就哨哨哨地吃了起来。那短短的尾巴还一甩一甩的。

猪圈里平白地多了两头猪，郝老三既高兴又担心，高兴的是，这没花一分钱，就有了两头猪；担心的是，怕丢猪的人找上门来。管他呢，反正猪是自己跑上门，也不是我郝老三偷的。

第二天，天还没亮，两只小家伙就哼哼唧唧地叫了起来。沉寂的院子一下子就活泛了起来。郝老三赶紧起床，就提了篮子到屋后打了些猪草回来。

郝老三把剁碎的猪草往猪圈里一放，两个小家伙就抢着吃了起来，时不时地还抬起头眯着眼看郝老三一眼。猪眯着眼的样子就像是笑一样。

没想到这两头小猪的到来，一下子把郝老三这清汤寡水的日子给搅活了。两个小家伙哼哼唧唧地在他身边转来转去，就跟小孩子一样，时不时地还撒一下娇。那个小家伙似乎比昨天更胆大了，竟然伸着长长的嘴，在他的脚背上嗅来嗅去的。

郝老三觉得这日子一下子有意思了起来。

他不再去新村里转悠了，他去地里给猪打猪草，抽空又把猪圈收拾收拾。他还将屋后那块荒了多时的地挖出来，种上了苜蓿。闲下来时，他就把两头小猪从圈里放出来，任它们在院子里撒欢。

过了一段时间，郝老三又去买两只羊，还买了些小鸡回来，小鸡一放进院子，满院子都是叽叽喳喳的声音，小鸡们钻进草丛中，那些草就像是活了似的。

夏天来临时，屋后的苜蓿地开满了苜蓿花。

那时，那两只猪已长得很大了，肥嘟嘟的。他将两只猪从圈里放出来，又牵着两只羊去苜蓿地里放养。黑黑的猪，白白的羊在那块地里，简直就像是一幅画。

郝老三盘算着，等这两头猪和两只羊长大了，就去卖了，再买四只小猪四只小羊回来，这样，不要几年，这满山就都是他的猪和羊了。

新村的人好长时间都没见郝老三了，他们见了郝老三以前的那个邻居，就问，这好长时间了，怎么没见郝老三来你家闹呀？邻居想了想，是啊，真是有好长时间没见郝老三了。他一个人住在原来那个地方，该不会有什么事吧？

他们就去找村长。村长说，要不，我们一起回那里去看看吧。

村长带着他们回到原来住的那个地方。

人还没走到郝老三院子，就听见从那里传来了郝老三的唱歌声，是他们常唱的山歌。等他们走到院子时，大家都惊呆了。

只见郝老三的院子里，鸡在飞狗在跳，好不热闹。歌声是从屋后的苜蓿地里传来的。郝老三躺在苜蓿花间，猪和羊圈着他正在那里撒欢呢。

大家都惊叹，说，这郝老三是怎么了呢，短短的时间就有这么大的变化？

只有村长，站在那里，眯了眼一个劲地笑。

（原载《百花园》2017 年第 4 期）

同　学

芦芙荭

他和她是同学。他在市报做记者时，她已是他们那个市的市长。

一次，报社派他去采访她，他本想推辞，总编却说，你和市长是同学，你去采访更方便些。

他就去了。

他找到她的办公室，进门时，他见办公室有两个人正在和她说事，他叫了一声市长，就想退出来，想等他们说完事了再去。她见是他，说了一声，先坐，就又和那两人继续说事。声音冷得像块冰，有些爱理不理的样子。

他只好坐了下来。

很快，她就和那两人说完了事，也不是说完了，有些草草收兵的意思。可能是他在场，不好再说了。

那两人走后，她一下子像变了一个人，如同一条解冻的河，竟有了涟漪。她起身给他倒了一杯茶，然后在他旁边的沙发上坐了下来，说，哼，你刚才喊我什么来着？

他笑了笑说，市长。

她的这种变化，让他有些不适应。他看惯了电视上的那个她。严肃、认真，不苟言笑。

她说，我还以为你和其他同学不一样呢，可你也是这个样子。

其实，他和她同学时，他是学习委员，学习成绩一直很好。只是他长得矮，一直自卑地活着。而她呢，学习一般，人却风情万种，是学校的一枝花，就活得自信满满。

两个人的差距因此就越来越大。像一棵树，她是往上长，他却斜着长出去了。

不过，他还是一直在暗暗地关注着她。

他是记者，也是位作家，名气虽然不太大，却总有作品在报刊上发表。她呢，也一直在关注着他。

那天的采访相当顺利，采访完了，她就问他，你写了那么多的作品，出书了吗？

他笑了笑，说，没。现在的出版社，没名气的作者出书都要自己掏钱，我没那闲钱。

她就说，出吧。到时我投资。

他说，谢谢市长同学了。

她听他这样称呼她，摇头笑了笑，就没再说什么。

临走时，她送了他一条烟、一盒茶，还有一件衬衣。

他回家时打开衬衣的标签一看价钱，吓了一跳。

这之后，他很少再有机会见她。要见也是在电视上。她还是那个样子：严肃、认真、不苟言笑。他一直想回忆他们上学时她的风情万种的样子，竟然就再也想不起来了。她那时的样子就这样从他的记忆中消失了。

半年后的一天，他突然接到一个同学的电话，说她出事了。一打听，竟然是真的。

传闻有很多个版本。其中有一条是，她的后院起了火。她的老公把她出卖了。据说，她被带走后，没等人家怎么审问，她就一股脑儿地把她的事说了。

案子就办得很轻松，很顺利。她也很快就判了刑。

和别人不同，很多人出了这样的事后，都被转到别的监狱去改造，她却没有。据说，是她自己要求留在了本市的那所监狱，但她拒绝和所有去探望她的人见面。

一次，他去市监狱做一个调查，他终于又见到了她。那时，她进去已有一年了，他呢，已做了市报的总编。

监狱长告诉他，她在这里表现得很好，只是她的情绪一直很低落。

他向监狱长做出了请求，把和她见面的地点放在了监狱里面的那块草坪里。当他看见她向他走来时，不知为什么，他竟然有些紧张。当然，她看起来更紧张些。

他没有喊她市长，也没叫她同学。他说，哎，知道我为什么来找你吗？

她的情绪真的不怎么好。她说，不知道。

他笑了一下说，你曾经可是答应过我一件事的。

她哦了一声，似乎有些想不起来的样子。她把头抬起来向远处看去，草坪的边上有一棵树，有一只鸟飞过来，正好落在了那棵树的树枝上。

他说，你说过的，我出书，你投资。

噢。她说。他看见她的眼睛亮了一下。

还算数吗？他问。

可是，她说，可是……

没什么可是的，你说过的，就得算数。

为什么？她说，没这个必要的。

当然有必要，你知道吗？那天你说出这话时，我的心里有多么激动！打我们一起上学时，你就是我心中的女神，我一直在暗恋着你的。在我的心里，你就是我的初恋！

真的？她说。然后，她竟然有些羞涩地笑了一下。虽然转瞬即逝，但他还是看见了。

（原载《小说月刊》2017 年第 3 期）

奔　丧

江　岸

　　王魁还是在他娘升天的那一年回的老家。屈指算来，他已经整整五年没有回故乡黄泥湾了。爹虽然老了，但没有老到犯糊涂的份儿上。就这几个手指头，他掰得过来。

　　爹躺在床上，有气无力地说，给宝儿打电话，让他快回来。

　　怎么跟他说呢？

　　就说我不行了，要见他最后一面。

　　王魁的几个姐姐分别叫王凤、王琴、王芳，爹叫了她们半辈子王凤、王琴、王芳。王魁有大号，可爹偏不叫，他都三十多岁的人了，爹还宝儿宝儿地喊他。王魁出生之前，爹和娘已经生了八个女儿，送人的送人，丢崖下的丢崖下，还放木盆里顺河水漂走一个，只留下王凤、王琴和王芳。王魁出生的时候，爹已经四十七岁了，娘四十五。这么大年龄结出个老秋瓜，怎么不是个宝儿呢？

　　王魁跟头流星似的从广州赶回来。一进院子，他就丢了行李，长号一声，爹啊，救火似的往爹的卧室冲。

　　爹这两天被女儿们汤汤水水地伺候着，身体本已无大碍，加上得知王魁正在往家赶的消息，病就全好了。他想起床，到村口去接接王魁，硬是被女儿们按了回去。

　　王魁半蹲半跪在爹的床前，大哭着说，爹，宝儿回来了。

　　按照女儿们事先的安排，王魁进来以后，爹只能缓缓地睁开眼睛，气若游丝地哼几声，然后在女儿们的搀扶下慢慢坐起来，和王魁拉呱……可是爹憋不住。爹双手一撑，竟然呼啦一下直起腰，一把抱住王魁，大声地说，宝儿，宝儿，俺的宝儿……

　　这个戏至此彻底演砸了！

王魁从爹的卧室走出来的时候，脸色比锅底还黑。王琴递给他一杯茶，他劈手接过来，摔了个粉碎；王芳递给他一块馍，他也摔在她脚边；一条老黄狗飞快地冲过来，叼起大些的馍块；一群鸡咕咕叫着围过来，啄食四分五裂的馍渣；他一脚踢跑那条狗，又一脚踢飞一群鸡。整个小院鸡飞狗跳，好不热闹。

王凤也黑了脸，喝道，王魁，你疯了吗？

王魁吼道，我疯了，我就是疯了。你们知道吗？我们厂现在正是生产旺季，忙得吃饭放屁的工夫都没有。老板死活不批假，我是赌气辞职回来的。

王芳嘀咕，不就是打个工吗？以后再找活儿，还能找不到？

王魁一下子蹦到王芳面前，手指着她的鼻尖，说，我在这个厂干了十三年，从小工到主管，我容易吗？小工拼死拼活干一个月，才三千元，主管一个月一万多，你知道吗？你去给我找个主管的活儿试试！

王芳吓哭了，躲到了王凤身后。

王琴气恼地说，爹五年没见你，能不想你吗？

王魁说，想我，看看照片行不行，打打电话行不行，把他送广州去一趟行不行，非得让我回来？我哪个月不给他汇钱，他缺吃缺喝缺穿了？

王凤重重叹了一口气，说，我们过去不是不知道嘛，以后不哄你了。

王魁冷笑着说，以后？还提以后？以后不到那一天，你们休想让我回来！

王凤想再说些什么，张了张嘴，却什么也没说出来。她们鱼贯走进屋，走进爹的卧室，围坐在爹的床边。显然，院子里发生的一切，爹尽收耳底。爹浑浊的眼泪像雨天屋檐滴水似的纷纭落下来。王凤给爹擦眼泪，爹的眼泪没擦干，她自己的眼泪反倒流了出来。

吃晚饭的时候，王魁说，我已经给老板打电话了，想收回辞职报告。老板同意了，让我尽快赶回去上班。顿了顿，王魁又说，明天一早，我就走。

爹一口饭含在嘴里，不嚼了，呆呆地看王魁，嚼得半碎的饭粒一点一点从嘴角掉出来。

三个姐姐你看看我，我看看你，都低下了头，默默吃饭。

第二天一大早，天蒙蒙亮，王魁就背着行李，要离家远行。王魁向爹辞行，院内院外，却没有爹的影子。姐姐们簇拥着他，把他送出村庄。

回到家，天大亮了。王芳清扫爹的卧室，王凤和王琴去厨房准备早餐。王芳发现，爹床边的桌子上，放着一个打开的烟盒，背面歪歪扭扭写了一行字：宝儿，爹对不起你，今后不再拖累你了。王芳还发现，爹的床上，堆着一摞红彤彤的百元钞票，钞票下面，也是几张打开的烟盒。她把烟盒抽出来，只见每张烟盒的背面，都写着一行行日期和几百、上千不等的金额。

王芳凄厉地喊，大姐，二姐！

王凤和王琴应声而入，接过烟盒一看，都慌了神儿。王凤哽咽着说，快，快，给王魁打电话，让他快回来。

（原载《微型小说选刊》2017 年第 1 期）

鹊 桥 会

江 岸

黄泥湾离竹园镇三公里，竹园镇离殷城县城三十公里。现在修了村村通公路，公路围绕大山绕来绕去的，好像一根飘舞的细长绸带，萦回在大山雄健的体魄上。

秀英看见县城的长途汽车开往镇里的时候，她正攀爬在山腰那截盘山公路上，如果她深陷在山凹里，她的视线就不会如此开阔。汽车仿佛一只慢吞吞的小爬虫，在对面山坡上缓慢地爬行。秀英知道，这是她自个儿的视觉误差造成的，每一个长年在山区开车的司机，都能将汽车开得风驰电掣尘土飞扬。如果站在公路旁边，就会感觉汽车不是在跑，而是长了翅膀一样在飞，眨眼间就飞到了面前，带过来一阵呛人的尘土和浓烈的柴油余烬的气息。秀英不敢怠慢，抬手掠了掠鬓边散乱的发丝，不由自主地加快了步伐。

其实，秀英赶车从来都是从容的，每回她都是守候在车站气定神闲地等车。她知道，城里来的长途汽车，周五下午一般都是满载而归的，也不知道从哪里一下子冒出来那么多闲人。她雷打不动地周五下午进城，一是看望在县城读高中的儿子，二是看望在县城建筑工地上干活的儿子他爹，顺便给他们爷儿俩带些吃的用的，帮他们洗洗衣服。夜晚，一家三口聚在工地旁边的小饭馆用餐，是秀英百过不厌的节日，看着儿子他爹一口一口就着油炸花生米下酒，看着儿子大口大口扒着西红柿炒鸡蛋菜汁泡过的米饭，秀英的甜蜜就随着小饭馆袅袅的炊烟一起升腾到半空中去了。

这趟汽车在镇车站卸下回镇的旅客，又装上进城的旅客，会立即返程的。虽然每天除了这趟固定的长途汽车，镇里还有七八辆昌河面包车来回穿梭着招揽生意，甚至还有三几辆桑塔纳轿车卧趴在街边随时恭候进城的客人，但是收费明显高出许多，秀英从没问津过。秀英不想错过这趟车，想跑得快一些，山路却粘滞地缠绕着她的双脚，使她只能做出一个奔跑的姿势。

几年了，秀英终于第一次没有搭上进城的长途汽车。望着汽车离去的背影，她失望地叹了一口气。一辆昌河车开过来，司机从车窗里探出脑袋，大声喊，大姐进城吗？快上车，人满了就走。秀英慌乱地摇了摇头。

　　秀英快快地回了家。失明的婆婆听到院门被推开的声音，听到有人走进院子的脚步声，竖起耳朵，警觉地问了一声，谁？

　　秀英连忙打起精神，说，娘，是我。

　　你怎么回来了？婆婆的双手在空中摸索着，往秀英这边挪过来。

　　晚了一步，车开走了。秀英说。

　　怪我啊，都怪我！婆婆自责地说。

　　秀英走过去，抓住婆婆的手，把她扶到凳子上坐好。秀英说，没啥，下星期再去。

　　秀英原本在城里工地上做饭，一家三口在县城一起生活，自从左眼失明的婆婆右眼也看不见了，她才辞工回乡，伺候婆婆，这样就开始了和儿子他爹的牛郎织女一样的生活。每个周五的晚上，儿子可以离校，和父母团聚，这个晚上也是他们夫妻俩鹊桥会的美好时光。这天中午，秀英像往常一样，按时和婆婆吃过饭，把婆婆要用的东西归置好，并一一交代清楚，这个时候如果直接出门，是不会误车的。可是，在秀英和婆婆道过再见之后——

　　秀英，牙签放在哪里了？婆婆问。

　　秀英找来了牙签筒，放在离婆婆三寸远的餐桌桌沿上。娘，我搁您手边了。秀英说。婆婆摸索着，牙签筒却被她碰翻了，滚到了地上。牙签天女散花般撒了一地。秀英蹲下来，捡牙签。婆婆催她，你走吧，我慢慢捡。没事儿，我马上就捡好了。秀英说。秀英捡完了牙签，有的牙签沾上了泥土。这样脏的牙签，婆婆怎么用呢？她打来一盆清水，把牙签洗净了，甩干水，重新装好。就这样，她误了车。

　　人老了，没用了。婆婆还在自怨自艾着。秀英想跟婆婆笑一下，安慰安慰她，却没有笑出声来，只伸手按了按婆婆的肩膀。

　　傍晚时分，邻居家座机响了，找秀英的。邻居喊一声，秀英匆匆跑过去，接过一听，是儿子他爹。

　　你没有上车吗？他风风火火地问。

　　我误车了。秀英的声音小得像蚊子哼哼。

　　哎呀，这下我可放心了。他的声音炮仗一样急促而响亮，你知道吗，老婆？今儿个下午那趟汽车出事了，伤亡了不少人，整个县城都吵翻天了。我从工地出来，听街上的人都在嚷嚷。你怎么就误车了呢？

　　秀英大叫一声，天哪，真的啊？然后就飞快地讲述了中午她捡牙签、洗牙签的经过。

　　看来，是咱娘救了你，你没有白孝敬咱娘。停顿一下，他又说，说穿了，还是你自个儿救了自个儿。老婆，我这会儿更加想你了。

　　要不，我明儿个再去？秀英试探着问。

　　别别别，他慌忙阻止，我上午本来想打电话给你，让你别来了，又怕你多心。昨天夜晚，有个工友恶作剧，把牙签插在我的毛巾上，我搓澡把下面搓破了，挂了个口子，当时流了血，现在还疼着呢。看来，都是天意啊！

　　秀英惊讶地张大了嘴巴。她觉得一根根洁白的牙签仿佛一群洁白的蝴蝶，在眼前飞来飞去。

（原载《微型小说选刊》2017 年第 7 期）

换　房

许　锋

　　哥俩都有房子，是很早以前买的，亏得当时下手早，父母帮衬凑了首付。要是晚几年，或者搁到现在，想都不敢想，就算是零首付也供不起。

　　哥俩的房子一个在城市的最东头，一个在城市的最西头。为什么这样？当时一个在东头工作，一个在西头工作。这些年城市发展很快，小区周围学校、医院、菜市场都建起来了，生活很方便。地铁也建起来了，却是南北走向，直来直去，离兄弟俩住的地方都远，这个光没沾上，以后能不能沾上，看城市规划。

　　房子几乎一样大，一个80.2平方米，一个79.6平方米。买的时候大的便宜，小的贵，贵贱在几千块钱上。住着觉不出来，都是两室两厅一卫。

　　这些年，哥俩都在奋斗，房子的装修维持原样，但当年结婚时购置的家具、家电该换的都换了。老大家具换的是板材的，电器换的是国产的；老二家具换的是实木的，电器换的是进口的。别的一眼觉不出来，电视机一个大，一个小，大小之间，差着这么宽——嫂子站在弟媳妇前，前后上下一比画，大两圈呢，还是大的看着舒服。弟媳妇掩饰，都一样，就看个影儿，听个声儿。孩子们正兴致勃勃地看动画片，两个女人挡住了他们的视线，异口同声地叫：妈妈，讨厌，快让开。

　　生活就是一壶温开水。

　　哥俩换了工作，媳妇也换了工作。不是一下子就换了，隔几年换一次。这年头，有时候不是你想不想换，是不得不换。在一个单位厮守终生的越来越是传奇。富有戏剧性的是，哥哥一家最后换到了最西头，弟弟一家最后换到了最东头。每天，从东到西，从西到东，路上又堵车，这一番折腾，大家的骨头架子都快散了。对孩子们影响倒不大，现在都是寄宿制，可以中午寄宿，也可以周一到周五寄宿。周一早上送，周五晚上接。孩子们像小燕子似的，周一飞进校园，周五归巢。

大家琢磨是不是该换个房子。房子贵，这有心理准备，但贵那么多，把人吓住了。就算是把旧房子卖了也不过付个首付。按理差不了这么多，但如今地铁房、河景房、园林房、学区房才值钱，别的房子，老房子，温温吞吞，就是一杯白开水，怎么喝都不烫嘴。

两家人都遇到了瓶颈。大家在老人那里聚餐，谈起烦心事，唉声叹气，倒是孩子们脑袋瓜子灵光，脱口而出：你们，真笨，把房子换过来，你们住我们家，我们住你们家。

空气顿时凝固，又瞬间化开，对啊，这个办法好，换着住。两家的女人兴奋异常，换着住干啥，过户，以后西头就是我们的，东头就是你们的。两家男人拍着大腿，是啊，咱们也不买卖，互相赠予，都省钱。

散了后，回到家，再琢磨这事，觉得没那么简单。老大的女人说，我们的房子大，直接换吃亏了。老大说，不到一平方米的事儿，就不计较了吧。女人白了他一眼，你知道0.6平方米是多少钱吗，一万多，一万多能给孩子买台电脑，能换个大电视，能换个大冰箱。老二家也说这事儿，电视里，模特正走时装秀，女人走了两下猫步，一转身，说，我听说咱们这个地方将来规划有地铁，地铁就在咱们家门口。男人眼睛冒光，瞎说，你从哪里听的？我怎么不知道？女人说，咱们这房子买的时候就比哥嫂的贵，当时的几千块搁到现在怎么也得几万块，直接换的话吃亏。男人松了一口气，说，我们的贵几千块，我哥的大零点几平方米，一家人，就不细算了，都是为了方便。女人又一个转身，我们的家具是实木的，电器是进口的。

逐一比较，房子还有区别，一个在五楼，一个在六楼，一个朝南，一个朝北，一个不靠马路，一个靠马路。查一下房产证，一个2005年，一个2006年。

再聚会时，大家心里都有了事。换房子的话题，都不说了。心里憋着，眼睛躲着。老人心疼孩子们，把事挑破了，你们换，一家人，算大账，不算细账，个人的东西个人带上，大件的东西都原封不动，你们都要上班，没时间搬家，这样影响也最小，也最方便。我们这里有10万块钱，谁要是觉得吃亏，就从这钱里补。只是有一条，换了不能反悔，不管将来通不通地铁，拆不拆迁。

老大眼睛一热，眼圈红了，说，我们也都老大不小了，不能再要老人的钱。老二说，你们存的钱，留着养老，还得吃药看病不是，哥，嫂，我和媳妇商量了，换，只要你们同意，我们下午就去过户。

孩子一下炸了窝，叽叽喳喳小鸟似的叫开了，换房子喽，换房子喽，你的玩具给我，我的玩具给你……

——俩女人也笑了，嫂子，咱们做饭去，早点吃，下午好办事。

（原载于2017年4月6日《南方日报》）

信

许　锋

一万年后，它重见天日。它受到惊吓，想从明丽的阳光中挣脱，身体一张一翕，像一条缺氧的鱼。

瞬间，它又中毒一般，面色发黄，变褐，如炒煳的麦子。

它有二十厘米长，十厘米宽。上面有字，龙飞凤舞，但看不清。

历史学家拿着放大镜仔细考证之后认为，这可能就是传说中我们的祖先曾使用过的一种联系工具。另一位历史学家补充道，它的名字可能叫"信"。

出土"信"的消息风似的刮遍全国，这是考古历史上的重大发现，包含几个第一：第一次发现我们的祖先使用过类似纤维的东西，和现在的塑料完全不同；第一次发现人类的手迹，和现在的激光笔截然不同；第一次发现人类的沟通方式，原来老祖宗当年的花样还挺多，比我们化人多多了。

对，现在是化人时代——一万年，一眨巴眼，聚苯乙烯人主宰了世界，俗名化人。

人们更牵肠挂肚的是信的内容。是父亲写给女儿的，情郎写给情人的，老师写给学生的，还是自己写给自己的？

——胡说，有毛病，哪有自己给自己写信的？有的人为此争得面红耳赤，差点动了粗。

在举国上下一致强烈的要求下，这封信的拆封仪式在偌大的演播厅举行，不需要实况转播，网络后世纪时代，人们只要坐在电脑前便可将大事小情尽收眼底。

历史学家格外慎重，他们在演播厅中央一个透明却密闭的空间里对信进行拆封。虽然年代极为久远，但封口仍然异常牢固。历史学家用薄如蝉翼的刀片轻轻地、试探性地试图分开封口，显然，努力是徒劳的。另一位历史学家现场分析道，传说中我们的祖先使用过一种叫"鼠立毙"的胶水，这种胶水黏性十足，是专门对付老鼠的，老鼠只要粘上这种胶水，哪怕是尾巴粘上，也跑不掉，除非——断尾逃命。可惜的是这种胶水的配方已经失传了，我们现在使用的胶水远远不如我们祖先当年使用的胶水，我们祖先的聪明与智慧让我们永远屹立于世界东方之林。

什么是老鼠？什么是尾巴？人们议论纷纷。

当然，这封信是不是用了这种胶水，要拆封后对残留物进行化验才能得出准确结论，目前只是一种猜测。

数小时之后，封口仍然固若金汤。有人建议，把封口那一截直接截掉。有人出主意，把刀片从侧面插进去豁开。干脆用超能透视仪得了。

方案被专家组长一一否定，必须确保这封信完好如初，人类已进入塑料后世纪时代，植物纤维已经绝迹，水分子已经发生变化，人们以塑料和仿塑料制品为食，塑化剂、乳化剂、色素、黏性剂作为日常营养的主要构成为人们提供能量。历史学家想从这封信中发现植物纤维何时从地球上绝迹，包括传说中的玉米、树木，还有水何时发生了变异。它们到底是什么形态，有多么神奇的魔力让人类不食塑料和仿塑料制品也能繁衍生息。

观众嚼着塑化香蕉，吃着乳化面包，抹着黏性化妆品发泄着不满，狗屁专家，连个信封都打不开，我们纳税人真是白白养活了这一群废物。

还是没有任何进展。最后，专家组长顶着巨大的压力，向全国观众道歉，他缓慢而磁性的声音在空中飘荡：

同胞们，女士们、先生们、孩子们：

史料记载，我们的祖先曾经生活在有森林、溪水、鲜花、青草……充足的氧气的环境中，你可能想象不到，那真是一个非常奇妙的世界，能闻到树木的气息，溪水的气息，鲜花的气息，青草的气息，还有漫山遍野的牛啊羊啊，它们欢快的叫声——让我们现在闭上眼睛，想象一下在夏季的山间，你牵着孩子的小手，在彩蝶飞舞、小鸟萦回的美妙的大自然中喜悦地奔跑、欢笑、栖息的情景，那是多么富有情趣的生活。

世界仿佛沉寂和凝固下来。人们极力想象专家所描述的情景，但是，想象不来，真的想象不来。

专家说，是的，我们的想象残缺不全。我们根本无从想象先祖曾经拥有的美好生活，就像连一封信都没有见过，怎么会想得到驿站、八百里加急、飞鸿传书、邮递员、望眼欲穿的含义。怎么会有"桃之夭夭，灼灼其华"的盛景，怎么会有"蒹葭苍苍，白露为霜。所谓伊人，在水一方"的思念与深情？

这一切究竟是为什么？专家沉重地说，由于我们的祖先中有一些人无比贪婪、丑陋、无知，他们追求物尽其用，榨干能榨干的一切，那一场自绝行动终于彻底破坏了生态平衡，导致所有的植物和动物彻底绝迹。如今，这个世界上仅剩下我们——以塑料为生的化人。

专家的声音激荡起来：

这封信是我们人类的伟大发现，是我们的祖先曾经高度文明与发达的象征，因此，在无法绝对保证它的安全的情况下，我宣布将其永久封存，无论何人，何时，何地，无论我们的国家将来富有还是贫穷，强大还是弱小，只要地球上还有最后一个化人，我们都不得打开它，让它成为我们永久的美好的最后的想象。

整个国家掌声如潮。

（原载 2017 年 4 月 16 日《大公报》）

魏 东 情 史

孙艳梅

　　听到对门家钥匙开锁眼的窸窸窣窣声音，米丽穿着印有大嘴猴的睡衣就跑出去，连外套都来不及披，粉红拖鞋踢踢踏踏的。

　　对门出差一个多月的男人果然是回来了。走廊里的灯昏暗柔和，穿着警服的英俊男人一脸倦怠。米丽迎上去问，这回怎么走了那么久？男人说，罪犯狡猾嘛。米丽说，再狡猾的狐狸也斗不过猎人。男人骄傲地笑了，问有吃的吗？

　　米丽折回家去厨房做了一碗肉丝面。端过去，男人已倚在沙发上发出轻微的鼾声。米丽不忍心叫醒他，把面条放旁边的桌子上，轻轻地带上门。

　　第二天周末，米丽睡醒时太阳高挂。她敲敲对门家的门，没人应，就拿了备用钥匙开门进去。米丽和男人是同事，男人是刑警，米丽是模拟画像师。男人经常出差，就在米丽那儿放了一把备用钥匙，让米丽在他不在家的时候照顾他阳台上的两盆铁树。男人的铁树，纺锤形，犹如钢针。男人竟然不在家，被子叠得像一本刚刚合上的边角周正的书本，仿佛又出差了似的，只是这回警服悬挂在衣架上。桌子上的碗，也成了空碗。

　　直到傍晚，米丽才又听到对门家钥匙开锁眼的窸窸窣窣声音。穿着便装的男人不如穿警服精神，却多份洒脱，小眼睛熠熠生辉。男人后面跟了个白白净净的年轻女人。男人介绍，我女友。又给女人介绍，我同事。

　　米丽和女人同时"哦"了一声。米丽把伸出的脚缩了回去。

　　对门家一点动静都听不到，米丽烦躁起来，撂下画笔，对镜洗脸化个淡妆，又去敲门。

　　我拿碗。米丽理直气壮地说。

　　米丽面若桃花，走着一字步进去。女人不抬头，兀自捻弄她胸前的玉佩。米丽喊女人，小五。女人抬头，一脸问号。米丽说，你是他的第五任女朋友嘛。跟在后面的男人抬起中指爆弹了一下米丽的后脑勺，紧跟着，拽起她的衣领像拎酒瓶子一样拎她到门外，男人拱拱手，兄弟，积点口德。

兄弟米丽像瓶酒一样晃了几下，站定，后脑勺隐隐作痛。过几天她气愤地把男人的钥匙扔还给他。男人说，我的铁树怎么办？米丽说，让小五照顾。男人说，分了。米丽顿时心虚起来，是因为我说她是小五吗？男人摇摇头，不，是聚少离多。

男人说完又出差走了。

米丽把那两棵铁树养得油绿闪亮。去花市给男人的铁树买肥料，竟然碰到小五。小五施施然走过来说，我和他分手了。米丽说，知道，因为聚少离多。小五说，不是，我和他好之前，就知道聚少离多。米丽说，那为啥？小五不回答，反倒似笑非笑地盯着她，我就奇怪你俩怎么不在一起呢？

小五撇了撇嘴，看一眼偏西的太阳，融入滚滚的人群中。米丽心里像扔了一块拇指大石子的湖面，泛起一层又一层涟漪。她决定去探望母亲。母亲独自一个人住在城市东边，米丽的父亲在米丽很小的时候就去世了。见到母亲，刚摆好碗筷要吃晚饭，一旁的椅子上照例摆着父亲的画像。米丽对着画像深深鞠个躬，坐下，和母亲共进晚餐。米丽说，我还是喜欢他。母亲说，不是妈不通情理，只是不想让你走妈的老路。母亲痛哭了起来。米丽的父亲也是刑警，在一次追击罪犯中光荣牺牲。米丽爱上男人的时候，曾经和母亲诉说心事，遭到母亲的强烈反对，米丽不想伤妈的心，只好把爱意深埋心底。

可这次，米丽说，我心意已决。

母亲说，他工作太危险。

我心意已决。

你会独守空房甚至会……

我心意已决。米丽脸上带着飞蛾扑火的神态。母亲终于叹口气，傻女子，当年我也是这样对你外婆说的。

那日，男人的铁树竟然开花了，一根圆润修长的葶子，洁白的花蕊娇柔地向上微微翘着。多像他俩迟来的爱情啊，米丽欢喜地扒拉手指掐算男人应该快回来了。手机响，她喜滋滋地接，电话那头传来一道寒讯，男人牺牲了。

米丽泣不成声。她回家，打开箱子取出一本薄薄的画册，一张一张翻看。画册共五张，都是男人女友的画像，男人每交一个女朋友，米丽就悄悄地把她们画下来，放进画册，她给画册起名：魏东情史。魏东是男人的名字。米丽流着泪把自己最美丽的一张画像找出来。这样，"魏东情史"里就有六张画像了。

那时的她绝对想不到，六个月后，她会和魏东结婚。当然，那是要到六个月后，现在的她还不知道之前接到的是故意放出来的一个假消息，魏东并没有死，只是在执行一个严密的封闭的任务。

　　所以，此刻，坐在画册前的她呆呆坐着，觉得自己的心都要碎掉了。

（原载《啄木鸟》2017 年第 8 期）

仓储中心的女人

大　海

　　局后勤服务处仓储中心的老保管员红姐退休了。五十几岁的大妈，早该回家享天伦。男同事们关心接班的是个什么样的女人。就有雄性荷尔蒙分泌旺盛的那谁给后勤服务处主任建议，说我们忙时搬货物，闲时数腿毛，局里那么多女的，您就找个入眼的娘们来呗！市局干部职工超过二百号人。仓储中心是个小天地，有男职工八人，还专门安了个发放物资的女保管员，说是女人心细不易出错。后勤服务处主任心里清楚，仓储中心这帮男同事胳膊比脑大，花花肠子比腰粗，总嫌弃红姐人老珠黄没女人味，人家四十不到时就说人家更年期。

　　新保管员来仓储中心报到时，照例是个女人，却跟红姐像是两个世界出来的：身材修长，五官精致，白白净净，饱饱满满。仓储中心的男同事全部已婚，见到新保管员，个个心惊肉跳，都说从今往后有了幸福。新保管员有个好听的名字，姓凤，名茹。看着前凸后翘的凤茹，男同事们窃窃笑，说名字都这么性感，丰乳肥臀，嘻嘻！

　　凤茹毫不见生。每次发货完毕就在办公室煮茶，吆喝暂无要紧事的男同事过来喝茶。碎茶，烧水，冲洗，浸泡，凤茹忙着沏茶时，人或起或坐。等茶喝的男同事们心怦怦跳，偷瞄人家鼓鼓的胸部和宽宽的臀部。要是人家穿了裙子，更加遐想联翩。喝着聊着，那谁就问：怎么来仓储中心上班呀？凤茹说这里下班早，又不用加班。那谁谁问：这么早回去约会呀？凤茹说是啊，接小情人放学，给大情人做饭。那谁谁谁更加大胆：改天我们请你吃饭，美人就该享受，要不花儿都谢了。凤茹爽快答应。等到和男同事们吃饭那天，还喝了酒，唱了卡拉OK。嗨起来的凤茹人面桃花更加性感，言语行为却拿捏有度不放纵。男同事也都收了暧昧想法，在那之后不仅言语干净，手脚也规矩，直把凤茹当成好哥们看待。

往常每年，仓储中心因为做事不力人心不齐，年度考核经常倒数第一。凤茹来了后，见谁怠工就不客气，不但娇嗔着骂，还作势拎人耳朵，说信不信掐死你？奇怪的是，男同事们就是听话，一扫过去的萎靡不振，还变得爱岗敬业。年底，仓储中心在年度考核中也勇夺全局第一。后勤服务处主任面上有光心中也有数，请仓储中心同事吃饭时就不断夸奖凤茹。凤茹却说几个大哥照顾她是女的，非要给每人敬酒一杯。凤茹喝醉的当晚，愧疚又心疼的男同事全部守护不走。酒醒之后的凤茹非常感动，给了男同事每人一个轻轻的拥抱。

后来，男同事们神采奕奕地赞叹凤茹，几个女家属和局机关女同事听了，却有意无意地传：仓储中心那个丰乳肥臀的女人能喝能唱还能抱，把男职工迷得神魂颠倒呢！话越传越变样。局领导听多了烦。区区一个保管员岗，谁都能干！就给人事科授意，调换另一个比红姐还丑的老女人去接班。凤茹离开仓储中心那天，男同事们个个不舍。凤茹更是泪水涟涟。那谁，那谁谁，那谁谁谁……个个问后勤服务处主任：人家干得好好的怎么突然就换人呀？

后勤服务处主任哼哼哈哈，欲言又止。不说话的嘴巴张成 O 形，状如美丽的肛门。

（原载 2017 年 6 月 23 日《洛阳晚报》）

猎　情

徐建英

立冬那日，爹托人给我捎来一大挂山猪肉。爹虽是护农小组的成员，持有公安部门颁发的准猎证，但年岁渐大，加上腿脚不好，已不再赶山。山猪肉集上也有，但多是圈养的山猪的肉，要价最高时每斤三十元，爹一辈子勤俭节约，怎么花得起这大价钱？

我家地处幕阜山脉，山是海拔千余米的崖头，树是钵罐粗的松杉柏栎，山风掠过，便见林海翻滚。当年红军打游击战，只要进了林子，敌人就一筹莫展。山高林密的自然野兽就多，山下的庄稼遭祸害了，村民邀约赶山那是常事。

拨爹的电话，不在服务区。打电话给娘，想从她嘴里问出山猪肉的来源，娘在电话里支吾半天，末了却蹦出一句："我也不晓得这'老实坨'从哪弄来的。"

娘早前是不这样喊爹的。听娘说，爹在林子里，能根据风吹林动的声音判断出野林子里走动的是山猪、野兔还是狍子。只要爹抬起火铳，就没有落空的时日。

她叫爹"老实坨"是婚后十几年的事。娘没事时喜欢缠着爹去赶山，她喜欢坐在围口，听围猎时猎手站在山头此起彼伏的吆赶声，她喜欢看爹火铳上挂着野物向她迈着阔步走来的样子，她还喜欢……

娘那天和往常一样坐在围口的垄上。很长一阵死寂过后，山上传来一声沉闷的铳响，按娘的经验，那是猎物中枪后特有的声音。当山头的吆喝声传来，一阵嘈杂的踢踏声也从林子里向娘传来，她兴奋地迎向林口，但她等来的不是爹，而是一只跌跌撞撞钻出来的受了重伤的野狍子。猎妇的本能使她脱下自己的外套扑上前，肥大的屁股死死地蹭着这只百来斤的野狍子。

娘气喘吁吁地找到爹，说："我拴着了一只大狍子，你快去，晚了怕那衣服拧的绳子制不住它。"

爹哈哈大笑："它跑下山了？"

娘忙制止："你小声点，悄悄随我下山就行。"

爹随娘下山看到野狍子，一扣扳机，冲天就是一铳，接着扯开粗大的嗓门远远一喊："老伙计们，我婆娘降住了一只大狍子，快来！"娘来不及制止，最后百多斤的野狍子与坤叔、德叔等六个猎手平分了。

事后，娘望着我们兄妹三个阶梯似的排在她面前狼吞虎咽抢吃狍肉，心痛得直唠叨。爹倒好，不仅不认错，还跳起来指着娘的脸骂："矩不正，不可方；规不正，不可圆。肉少吃一口人能活，脸面撕破，人活着就少了那点意思，你这苕婆娘懂啥？"

娘被爹骂怔在原地半天。结婚十几年，这是爹第一次朝她动粗发火。她看着还在抢着空碗舔的三个儿女，抹着眼泪跑进内屋哭了整整一天，从此一急眼就"老实坨老实坨"地骂爹傻。

听娘这一骂，我愈发感觉到他们有事瞒着我。医生一早交代过，爹的腿脚只能适当在平地上活动，绝不能攀岩爬岭。

我决定返回一趟。

到家时天近黄昏，昏昏的天像口倒扣的大锅盖着村子。爹不在家，娘说他出门溜达去了，我跟问这么晚还上哪儿溜达，娘低头不语，随后岔开话题："春，你在厅里歇歇脚，娘去园里摘把菜就回。"

我决定去找爹护农小组的那些老兄弟问问。去德叔家，只见大门紧锁。去坤叔家，也不见他的人。半路遇上刚从潘河洗菜返回的坤婶，她说："北岭的红薯地大片大片地被山猪糟蹋，你坤叔他们一起去赶山了。"

我最担心的事终究还是发生了！

一路小跑回家找柴刀准备进山找爹，刚进北岭的山道，我就看见一个灰色的人影在岭口悠闲地踱着小步，他曲着的右手攒着一杆明黄色的旱烟杆，嘴边袅袅地腾着烟雾。我疾步上前，灰色的背影转过身朝我招呼："春，你怎么来了？"是爹。他的话刚落，指指路边一只还淌着血的山猪："你小子今天有口福。"我顾不上招呼，忙俯身察看爹的脚。爹呵呵一笑拨开我的手："我又没进山，你小子急咋咋的紧张么事？"

我不解，指指地上的山猪，爹一笑："你坤叔他们猎的，还有一只更大的进了阱套，他们去抬了。"

"那你……"

"我啊？你德叔他们见我在家闲得慌，每回赶山就请我一起来守围口，说是守，也不过是坐在路边抽抽烟，溜达几圈。我这帮老兄弟啊，就是想照顾照顾我也能得到份子肉!"

我松了口气,直埋怨娘不对我讲真话。爹听后哈哈大笑:"你娘啊?她才不好意思说呢。"

(原载《微型小说选刊》2017 年第 11 期)

恐 龙 消 息

于德北

有人说，在植物园里发现了恐龙，不大，如果不仔细看，还以为是一条狗。可的的确确是恐龙，在一片槐树的林子里，它的脖子很长，似乎可以伸缩，伸出去，就吃到了槐树的叶子，缩回来，安静地休息。有人说，看见它去河马馆喝水，就那么站在栅栏的外边，脖子伸得长长的，嘴巴一张一合地喝，喝饱了，一动不动，好奇地看看河马露在水面上的两个大大的鼻孔。

就是这样一条消息。

清早起来，对躺在身边的妻子说："今天去植物园吧。"

她一动不动，也没有应声。

我知道，她的眼睛一定睁着，一眨一眨地想心事。

她总是这样。有的时候，你半夜起来，会发现她正瞪着天花板；有时候，会托起下巴，在夜色里看你的脸。这是非常骇人的事情，试想一下，正是深夜，四周静悄悄，你因为梦，或者因为起夜，突然醒了，醒的时候，发现一双眼睛正盯着你看，那将是怎样的场景？

好在熟悉了，习惯了，心里有了暗示一般的准备。

"去植物园吧？"

我又试探着问。

她说："不想去，怕看到不想看的东西。"

动物园里有什么"不想看的东西"？

猩猩？

猴子？

狒狒？

记得刚认识她的时候，曾一起去过植物园——呵呵，忘记说了，植物园的全名应该叫"动植物公园"——在猴山的旁边，铺了张纸，在树林里，吃从外面买来的吃食。那天，不知为什么，她特别想吃枇杷，在那时，枇杷怪异的样子，像她的表情。

我对卖水果的人说："买几只梨。"

那人笑了，大概是笑我的无知。

我说的"梨"其实是枇杷。

她也笑了，脸上出现一抹绯红。

她吃枇杷，把核儿啃得很干净，她含着枇杷的核儿看我，那意思是说——应该把它丢在哪里？

突然，从树上下来一只猴子，它用极快的速度从她手上把核儿抢去，然后，又飞快地回到树上。

她叫了一声。

奇怪得很，她尖叫的时候，我听见了猴子的笑声，那么随意，那么放肆。

于是，我给她讲了三个故事。

一是，在太湖边上，有一个风景区，很有名的那种。风景区里养了两只猴子，皆为公猴，这两只猴子流氓成性，经常骚扰过往的女游客。跳到女游客的身上，摸胸，掀女游客的裙子；更有甚者，钻到女游客的裙子下，为所欲为。游客向管理局投诉，工作人员便把两只猴子用铁链锁上了。可是，这两只流氓猴子依然不懂安分，每当女游客过来时，它们便"嗷嗷"乱叫，并把自己的可怜的生殖器展示给女游客，从女游客的惊叫声中获得快感。

没办法，管理局把这两只猴子拉出去毙了。

用枪。

啪的一声。

它们从自己的生活中消失了。

第二个故事是——

我有一个调皮的朋友，爱恶作剧。他去狒狒馆看狒狒，在那种无人的下午。他寂寞，狒狒比他更寂寞，他去看狒狒，狒狒主动走到笼子边缘，与他搭讪。可是，他坐在那里，背对着狒狒，一言不发。狒狒拍笼子，他不回头；狒狒叫，他不回头；狒狒在他身后来回走，他不回头。等狒狒绝望了，准备去休息了，他突然回头对狒狒一笑。

狒狒跑回来。

可是，他又把头转过去了，对狒狒置之不理。

一个下午，往复几次，狒狒疯了。

第三个故事简单——

有一只叫大壮的猩猩，逼着自己的妻子吃苹果，不吃就打它，最后，把它的妻子给撑死了。

三个故事就发生在动植物公园。

我讲完第三个故事的时候，她吐了，刚刚吃到肚子里的枇杷，全都吐在了地上。

那天，我们离开动植物公园的时候，已经是黄昏，她虚脱了一般，汗水把衣服湿透了。

就因为这些吧？

我想。

她怕见到的，就是这些吧？

我们起床，在这个清晨，简单地梳洗，之后去吃早餐，走到门前，我突然有了冲动，把走到门口的她拉了回来，我们在床上做爱，时间不长，我用尽力气趴在她身上。

"最后一次？"她问。

"最后一次。"我说。

我们手拉手下楼，去离家很近的小吃店吃包子，我喝了一碗米粥，她吃了一碟儿豆腐皮儿。就这些。之后，我们就各自去做自己的事了。

"再见。"她说。

"再见。"我说。

我有些悲伤。

和妻子分开后，我一个人去了植物园——你们看出来了，我喜欢说植物园——我坐在槐树林里，等待恐龙的出现。

一天过去了，植物园里一个人也没有。

天要黑时，植物园开始热闹起来，附近的居民入园散步了，寂静的空间一下子变得嘈杂起来。我以为恐龙不会出现了，于是，站起身，想找个地方喝酒。我没有希望，所以，也没有失望。我拍拍身上的土，准备迈开自己的双脚。

就在这时，恐龙出现了，和人们传说的一样。

它站在那里，一动不动。

我说："我离婚了。"

它点头。

我说："就在今天。"

它点头。

它突然伸长脖子，衔了一片槐树的叶子给我，示意我吃下去。我毫不犹豫，把那叶子放在嘴里嚼着，叶子很涩，有浓浓的苦香，除了这些，还有什么？

我看恐龙，它已经消失了。

我看周围的一切都在一瞬间变得模糊……

（原载《航空画报》2017 年 10 月号）

纷　乱

于德北

有一位文学前辈是我所尊重的，但最近几天接连听到两条有关他的"事件"，内心对他的敬仰一落千丈。我是一个颇不爱听闲话的人，但这次的闲话却证据确凿，当事人也在网上声讨，这位前辈的电话也长达多日处于关机状态。

人，总是有伪装性的吧？

不然，为什么两千多年前，圣人就告诉我们，君子要慎独呢？

说说这位前辈的事。

第一件事是这样。

前些日子省里组织评奖，文联的各个协会都有名额。可是，担任某一协会主席的文学前辈却压制别人的作品不报，单单把自己的一部作品报上去了。

举贤不避亲，报自己的也无妨，古人尚可毛遂自荐，何况今人呢？

可是，他报的这部作品没有国家图书馆的 CIP 数据，当以假书论处；考虑到他年龄大了，组织上颇为宽宏，请他去出版社开一份证明，证明虽然没有 CIP，作品却是出版社的出版物，证明开出来，作品就可以参评。不知道是什么原因，作品所属出版社不同意开证明，态度之坚决，让人大惑不解。

这位前辈似乎很有办法，竟然换了一家出版社，把作品迅速重作之后，又交到了评委会。

这次的举措触怒了上级主管领导。

说来实在可笑，这位前辈重新选择的出版社依然没有 CIP 数据，而且作品的责任编辑还换成了他自己孩子的名字。

滑天下之大稽了。

大家都说，你自己报奖也就算了，报一本真书啊，为什么弄一本假书来充数呢？结果是杀鸡不成蚀把米，他没报上，连协会的其他会员也给耽误了。

他究竟是怎么想的呢？

第二件事更为恶劣。

他的女儿去电影院里看电影，突然发现前排有一对男女很是亲昵。开始不以为意，认为是司空见惯的事，没什么值得奇怪的，风气如此嘛。可是电影开始不久，那二人中的男士便开始手舞足蹈，一会儿搂那个女的一下，一会儿亲那个女的一下，这阵忙乎，让周边的人身上都冒汗。

只有动作也就罢了，电影放至高潮时，他退向那个女的卖弄才情，对影片中的种种细节任意评说。

他女儿是一个急性子，有点看不下去眼，就轻轻地拍了拍他的肩膀，小声示意："嘘——"

那个男士侧过脸来，歉意地点点头。

这个侧脸让女儿的心里一惊，心思也从电影完全转移到男士的身上。这个侧脸太熟悉了，难不成真是……女儿不敢枉自揣测，便更加留意前排的动静。

电影过半，男士起身要去卫生间，女儿特意跟了出去，明处见真伪，在走廊的绚丽的灯光下，女儿一眼就得出了不想认不愿认更不愿证实的结果。

这位男士正是自己的父亲，也就是我所说的那位文学前辈。

女儿气得吐血。

可公共场合不好声张，也不好面对这样的尴尬，无奈之下，女儿转身回了家。大概是太气愤了，大概是气昏头了，大概是太失望了，大概是太委屈了，大概……大概是女儿忍无可忍，便不再忍，一口气把事情的原委向母亲倾泄为快。

倾吐完毕，母女二人双双泣泪。

等到很晚，这位文学前辈醉醺醺地回来了，因为他大小也算是一位名人，外边的应酬自不在少数。所以，刚一进门，就镇定自若地大撒其谎："太累了，晚上请几个评委吃饭，一闹闹到这个时候。"

他不说这番话还好，如此一说，老伴火冒三丈。

不等他明白发生了什么事情，老伴已经怒不可遏地冲过来，一把夺下他的电话，解开密码，想都不想就按下了第一组号码。

果然是女人接的。

"喂？"

"去你妈的，"对方刚一开口，就接收了文学前辈的老伴的谩骂，"你个狐狸精，骚货，不要脸，大破鞋……"

对方被骂得一头雾水。

待反应过来，竟也回骂："你不要脸，你才是骚货，你才是大破鞋……"

此女非彼女，文学前辈的老伴骂炸锅了，被骂的女人虽然也与文学前辈暧昧，但毕竟没有陪他去看电影，至于谁陪他去看的电影，大概她也想看个水落石出呢。

几方这么一闹，事情变得公开了。

不知道文学前辈会使用什么样的智慧，才能令事件平息，或者就此糟糕下去也未必就是坏事，我突然有一种想见他的冲动，特别想听一听他经常跟我们讲的，也是他讲得最多的——人生。

（原载《天池小小说》2017 年 1 月号）

生 日 快 乐

赵　欣

"生日快乐"是那个酒吧的名字，那里专门庆祝生日。紧邻着妇产医院，不知是巧合还是有意。

几个同学就在这里给她举办了一场小型 party。这个生日还有特别的意义，一个月后她就成为一名大学生了。她们尽情畅饮，频频去洗手间。路过隔壁房间，透过门玻璃，她们注意到一个中年男人在独自饮酒。自己给自己过生日？真是奇葩。

她调皮而大胆。再次偷窥的时候，不小心把门撞开了。男人站起来，迎过来。她道歉，慌乱中遗落了一张名片。她兼职一家保险公司，名片是为了联系业务。男人很高很帅，目光中透出酸涩。

走进大学校园之后，她时不时还会想起这个人来。

岂料，这个男人出现在讲堂上，他竟然是一门课程的老师。不知老师对她没有记忆，点名的时候调侃说，嗬，我们班还潜伏着特务！她叫戴笠，与那个中华民国情报机关的头儿同名。老师阳光、风趣、博学，深得同学们的喜爱。

又到了戴笠的生日，还是在那个房间。她特意留意隔壁，里面热闹非凡，却没有老师的身影。她知道是不可能的。她已微醉，再次路过的时候，竟然发现了老师。原来那伙人撤了，老师刚到。她双脚不由自主地走进去，说了一大堆话，和老师连干了几杯啤酒，最终不胜酒力歪倒在老师的怀里。失恋的痛楚开始泛滥，她搂着老师哭泣起来。

事后，她才知道很失态。她还要和老师亲吻，但是老师没有乘人之危。老师安慰她好半天。她对老师提出一个要求：以后的这一天，一起来过。

再次见到老师，一切正常，她的心态平静下来了。新学期开始了，老师去教别的班了。偶尔在校园里遇见，老师仅是微笑致意。她知道老师的手机号和微信号，但是他们没有联系。

这一年的生日，同一个地方，只是那几个好友都各奔东西，她也是一个人。她拒绝了新的朋友的参与，因为记得那个约定。结果令人兴奋，老师真的来了，他们一起吹蜡烛、许愿、切蛋糕、喝酒。一开始她还拘束，后来就放松了。老师很呵护她，像父亲，更像男友。她问老师记不记得第一次见面，老师笑笑。她说，老师，我要永远陪你过生日。老师又笑笑。她发誓说，无论什么情况，我们都要守约。她伸出手，老师犹豫了一下，还是和她拉了钩。

再次遇到老师时，她和男友逛街，老师的目光满是祝福，而她反倒感到不安。

生日那天早晨，刚睡醒就收到了老师的短信：祝福你！取消约定吧！她回：必须守约！于是他们又在那里相聚。老师关切地问她毕业的去向，又给出了一些建议。

她结婚了，怀了孕，享受着婚姻的幸福。那天上午老公带她去妇产医院做检查，变戏法般拿出一束鲜花，她才突然想起她的生日，想起老师。车子经过"生日快乐"酒吧，她要进去，老公说，你这个样子怎么去，也许老师也不会在呢。她给老师发了短信，老师恰在外地。她心里才感安慰。

孩子渐渐长大了，考上外省的公务员，老公外边另有了女人，她很孤独苦闷。生日那天，她纠集朋友们去了"生日快乐"。老板认出她，告诉她说，那位先生每年这天都会来到这个房间，并预备两个人的餐位。她一边流泪一边拨打了老师的手机，却提示是空号。宴会开始了，她希望有奇迹出现。等了好久，她确信老师不会来了，因为老师知道她爽约了。她们嗨起来的时候，门口人影一闪，她奔出去，正是老师。老师苍老了许多。她不敢相信，也不愿相信，但一数算，自己都中年了。老师显得格格不入，尽管她不断给老师搛菜倒酒，动员老师唱歌跳舞，最终老师还是找了借口离开了。她痛哭失声，不知道是为自己还是为老师。她忘了问老师的号码，但下定决心，绝不会再失约了。她请老板到时给个提醒。

儿子要结婚了，作为母亲，她必须赶过去。婚礼结束，才看到酒吧老板的来电，她再一次爽约了。

这个生日来临的时候，头一天晚上她没有睡好，她给老师准备了一个礼物——一根拐杖。老师那颤巍巍的样子让她担心。一早上她就等在那个房间，但是直到黄昏，老师也没有到。老师必是知道来了也是白来，所以就不折腾了。正要离开，几个人抬着担架走进来，躺着的正是老师。老师在养老院里得了脑血栓。她扑过去伏在老师身上号哭，老师的一只手还能活动，轻轻敲打着她，她这才看清老师的手里捏着一张名片，正是当年她遗落的那张，背面写着：特务，生日快乐！

（原载《小说月刊》2017 年第 2 期 ）

潜　规　则

赵　欣

吴老师这学期教新生，有一个叫师琪的女学生引起了他的注意。这个学生寡言少语，反应也慢，似乎有一点智障。他刻意提问过师琪，师琪每次都是疑惑地站起来，前后看看，然后吞吞吐吐地回答问题，总体还不赖。每次的作业也能够按时完成。

吴老师业余在电台兼职，是一个情感倾诉热线的主持人，晚上工作。这天，就在节目即将结束的时候，打进来一个电话，声音犹疑，但还是袒露了内心的苦闷。隔了一段时间，这个人又是在同一时间打来几次电话，仍旧是同样的问题。照理这类问题是司空见惯的，这样的听众也不少见，但是吴老师的心里紧了那么一紧，他录下了这几段对话的语音。有时候上课，吴老师会因为这件事定定地注视讲台下方走神儿。

这学期的课程快结束了。下课的时候，学校走廊里有一位中年女人喊住了他，一个漂亮的女人，讨好地笑着。

您是吴老师吧？吴老师点点头。

吴老师好，我是师琪的妈妈。

师琪的妈妈？吴老师不由得多看了她几眼，感觉两个人几乎毫无相似之处。您好，有事吗？吴老师问，做出要离开的样子，因为下节课马上开始了。

女人左右看看，脸上掠过一抹红晕，小声说，吴老师，是这样的，不是要考试了吗，我想让师琪能及格，这孩子您也看出来了……她说着忽然走近，把一个信封塞到吴老师手里，说，这些钱您收下吧！

吴老师愣了愣，急忙拒绝，坚决地说，这个不行！这个不行！

您就收下吧！一点心意！女人央求说。

您对别的老师也是这样做的吗？吴老师问。

您是第一位，明天我会去拜访其他老师，大家都有份，您就放心吧！说着又把手塞过来，吴老师拒绝的时候，不小心手触到了女人的胸部，忙触电般收回。女人的脸更红了。

吴老师想了想说，这样吧，如果您方便，我下课的时候您来找我吧，不过时间会很晚。

的确，北方的冬季不到十七点就黑天了。说完，他挥挥手就离开了，而女人望着吴老师的背影若有所思地看了好一会儿。

授课结束，吴老师回到办公室的时候，女人正在等他。远远的他就闻到了香水味，灯光下，女人穿着另外一套衣服，还化了妆，显得很妖冶。吴老师的某根神经颤了颤。

请进吧！吴老师客气地指着沙发说。

女人坐了下来，目光柔柔地看过来，似乎明白某种规则并已经做好了准备。她说，我们一家人很可怜的，师琪的爸爸在监狱服刑。如果考试不过关，我和她怎么向爸爸交代呢？她的表现会让爸爸更好地改造自己，早日减刑回家的。女人的眼圈了蓄满了亮晶晶的泪水。接着她站起来，垂下目光说道，吴老师，您就帮帮我们吧！为了孩子爸爸为了孩子我什么都愿意做！

您这样做，师琪知道吗？吴老师问。

女人忙摆摆手，说道，当然，有些是不能让她知道的，但是给每位任课老师一点钱，她应该知情。要不她能怎么办，你相信她会及格吗？见吴老师没吭声，女人的声音嗲了起来，说，吴老师，您就别推辞了，您这个时间让我来，一定是想帮我的，对吧？

吴老师似乎明白了女人的意图，慌忙站起来，摆摆手说，别别，您误会了！您等一下，我给您播放一段录音。

很快吴老师就把一个 U 盘插到电脑上。一段录音之后，吴老师问女人，您能听出是谁吗？

女人愣了片刻，突然抽泣起来。她说，师琪呀，我的女儿！从她爸爸进了监狱，她就几乎不和人交流了，包括我在内。嗐，没想到她这么有观点有原则。

吴老师叹口气，说道，你这样做，师琪无可奈何，只能听之任之，但这样，她的自信心就彻底流失了，你知道吗？

女人站起来，抹着眼泪，感激地说，我明白了，不管她能否及格，她自己努力了，这就是成绩，她爸爸会欣慰的！是我当母亲的不够合格！我走了，打扰您了，谢谢您！说着就要告辞，吴老师站起来说，等等。

女人疑惑地扭身望着他。您想……？

吴老师笑了笑说，别让师琪知道我就是电台的那个主持人！我们一起努力，好吧？

女人眼里再次蓄满泪水，深深鞠了一躬，说，吴老师，我明白的，太好了，太谢谢您啦！

女人走了，吴老师看看时间，去电台已经迟到了，是要被扣薪水的。但他觉得主持情感热线节目以来，这是最有实际意义的一次工作。

（原载《小说月刊》2017 年第 8 期 ）

犬 三 爷

犬三爷这个名字，一看就是外号。这外号叫了足有三十年。

外号最早是一群孩子给他起的，起初叫狗三爷，后来有些大人为了委婉，就把狗改成了犬，但意思和意味一点没变。

只要人们看到犬三爷，就会看到狗，犬三爷整天与狗形影不离，那些狗还像他的拐杖，似乎离了狗，他连动弹也动弹不了。他身边的狗，老的、少的，公的、母的，土的、洋的，爱叫的、沉默的，肥硕的、干瘦的，应有尽有。

犬三爷的所有事务似乎也都与狗有关，不是给这个喂食，就是给那个挠痒；不是带这个遛弯，就是陪那个晒太阳。犬三爷收留的流浪狗越来越多，光喂食一项，就要很多银子。

为降低成本，犬三爷给淮城城中最大的一个酒楼收拾卫生，不要工钱，只要他的一日三餐以及那群狗的口粮，退一步讲，不管他三餐也行，但得保证狗的口粮。可喜的是，大酒店每天倒掉的肉、骨头和饭，完全供得上犬三爷家的狗，在此数量上再增加几条，也喂得过来。

街坊四邻对犬三爷的行为十分好奇，他们不知三十年前，犬三爷为何突然爱上了狗。大伙儿背后常议论，三十年前，犬三爷不仅家里没有一只狗，而且在巷子里见到邻居家的狗，他也从未面露喜色。

原因没人知道，但犬三爷的一个相貌特征，没人不知道，这个特征也是其外号的重要依据。犬三爷的右眼比左眼大，且右眼的瞳孔小、眼白大，而且没有一点神，眨动时也显得极其生硬。这个右眼并非原配，是个狗眼。但犬三爷当初因何瞎了眼，人们再次变得糊涂。

邻居倘对犬三爷的狗友好，嘘寒问暖，犬三爷便和那邻居亲近，反之，犬三爷只会与其势不两立。有群小孩，常趁着犬三爷回屋的间隙，爬上院墙，用小石子打狗，被打的狗刚叫唤，犬三爷就条件反射似的抄起笤帚向院外跑去，可小孩早已没了踪影。

外人欺负狗也就算了，哪知，犬三爷的儿子和孙子也与这群狗不和，或许多少是缘于犬三爷几乎把所有精力都投放在狗的身上，对儿孙疏于关心。

儿子也不知道犬三爷为何如此爱狗，他比邻居多知道的，也只有一个细节，即三十年前犬三爷换狗眼的原因。那是个清晨，犬三爷开着化肥厂的小货车去邻县进化肥，路上满是石子，是附近工地的卡车漏下的。货车一路颠簸，犬三爷的心脏不太舒服，正抱怨这些该死的石子，眼前飞来一粒石子，犬三爷下意识地闭着双眼死踩刹车。

等醒来时，他已经躺在医院，床边只有他的儿子。原来那天，犬三爷忘带厂里的介绍信，儿子发现后，紧忙追他，哪知追到后，钱没能替厂里进货，而是用在了医院。万万想不到的是，犬三爷的右眼珠被石子击碎了，更不可思议的是，根本没人埋伏，是犬三爷自己的车轧起一粒石子，穿透右窗，击碎右眼珠，这在交通事故案例里很少见。

有人猜想，是不是换上狗眼珠，就自然拥有狗的习性，甚至是眼光，所以才和狗亲密。仔细想想，这个理由并不成立，因为那个年代，医疗条件和人们的收入都很有限，眼睛遭到意外，换狗眼的不乏其人，淮城就有几例，但没一个像犬三爷这般对待狗的。

又过了几年，犬三爷患了重病，眼看着吃不上来年大年初一的汤圆了。他对自己的身子并不担心，唯一担心的是院里的一群狗。有天夜晚，趁着夜深人静，他把儿孙叫到里屋，跟他们讲了个故事，并嘱咐他们无论如何都要养好这些狗，此外，对待别人家的狗也不得有恶意。

原来，犬三爷小时候住村里，他最爱拿弹弓裹石子击打狗的眼睛，一时间，村里的很多条狗都成了独眼龙，但大伙儿始终不知什么原因。后来，同村村民不约而同，谁也不养狗了，他们认为这地儿有邪，忌讳养狗。虽然眼睛被击碎并不一定是因果报应，但在犬三爷心里，这着实是个心结。

儿孙连连点头，让犬三爷放心，就在这时，犬三爷满足地笑了笑，随即咽了气。儿孙悲伤地看着那张脸，只见左眼闭上了，右眼，那个狗眼大大地睁着，仿佛仍要看护院里院外的狗。

（原载《海燕》2017 年第 10 期）

西城菊叟

马　犇

中国人自古爱菊，养菊、赏菊，历史悠久。就是以"菊与刀"为文化和精神符号的日本，其菊花，亦源自中国。

淮城人爱养菊花，即便不是自家种植，到了秋天，也会去花市买上几盆，三两个品种，花色各异。秋天，淮城成了菊花之城，菊香四溢，菊色缤纷。

但最有名的，还数西城的黄家，他家的菊花，种植面积全城最大，黄家老大更是被称为"西城菊叟"，但他并不是淮城第一个菊叟。

清朝时，淮城出过一个菊叟，即清朝著名学者、收藏家蒋清翊。蒋氏的逸事颇多，比如嗜好金石的他藏有两块唐碑，曾专为之建了座"双唐碑馆"。蒋家地大，家中有个大园子，名为"怡园"，园里有亭，名曰"十稔亭"，怡园里种有五千余株秋菊，蒋氏最爱在"十稔亭"赏四面的秋菊。在淮城，蒋氏"东城菊叟"的自号，可谓家喻户晓。

黄老大是民国生人，黄、蒋是两个姓，但淮城人都把黄老大看作蒋清翊的传人，至少种菊是一脉相承的。民国末期，官府相中了黄家的菊地，想建一个训练营。

"黄老大，菊花占地如此之多，浪费，浪费啊。"官府的人来黄家，根本不绕弯子。

"地是我黄家的，不违律法，我黄某人可自由支配。到哪儿，都是这个理吧！"黄老大也没让他三分。

"理是如此，但此地要建训练营，上有此意，你总不至于抗命吧。"来人撕破了脸。

黄老大没接茬，不想与之再做争辩，便命家人将之轰走。

这个情形，官府完全没想到。软的不吃，就整点硬的，于是官府找了几个混混，想吓唬吓唬黄老大。

没有什么对话，没有什么打斗，黄老大站在植有万株菊的地里，面前置有一把四尺长的大刀，横眉冷对。意图很明显，除非官府杀了他，否则就别想打菊花的主意。官府没辙，只好先带混混走人，再寻他法。

有一日，晴空万里，黄老大带着几个人在地里打理着秋菊。他种的菊只有两种颜色，白菊和黄菊，黄菊更多一些。到了晌午，他们刚准备回家吃饭，只见菊地四周围了一圈人。四个角上，更是站着几个臭名昭著的恶霸。这是官府派来的援兵，黄老大领着的那几个人先愣后傻，似乎已想逃离，因为在他们看来，如果跟着黄老大硬挺，别说这些菊花，就是人，也必定凶多吉少。

黄老大让身边的几个人退下，自己却在菊地的中央纹丝不动。那一圈气势汹汹的人有些傻眼，他们不知道该如何应对一个不言语、不惧怕、不退让、不自卫也不进攻的人。呆立肯定不行，几个恶霸便向黄老大走去。就在围观的人屏住呼吸时，不知哪儿来的乌云，驱散了晴空。雷声轰隆，大雨倾盆。不一会儿，菊地就成了水塘，雨帘"生烟"，几个恶霸两两不见，更别提黄老大了。

人心可改，天意难违。官府、民间，都把这场罕见的雷雨视为天意。此后，再没有人觊觎西城菊叟的菊地。

解放后，淮城要建一个福利院。建不难，选址难，但后来，多数人都建议在西城离运河不远的地方建。但西城，不是大片的水塘、农田，就是民宅，没有现成的荒地。

而此时，菊地成了淮城一景，游人如织。有些人想过菊地，但基于菊地的过往，没人敢说出口。黄老大老了，但他并不糊涂，他知道淮城当下最热门的这件事儿。

黄老大到菊地的频率比往常高很多。他甚至让家人在菊地里搭个窝棚，他独自住进了窝棚。多数人都以为，黄老大会以死相逼，与菊地共存亡。

出乎意料的是，黄老大只住了一周。他从窝棚撤出后，菊地的大部分菊花都被送至南方的一家国营药厂，剩下来的菊花被移植到城中的公园。半年的光景，淮城福利院就建好了，孤寡老人、孤儿、重度残疾的人多被安置于此。

细心的人自会发现，福利院的公园里以菊花为主，楼前的空地中心有一尊半身的石像，菊花白黄相间地围成一圈。石像的底座上，生卒年的上方落着四个刚劲的大字——西城菊叟。

每到秋日，淮城满城菊香，但最香的还是位于西城的福利院。缘何最香？有老菊地的因素，更有菊叟精神的缘故。

（原载《小说林》2017 年第 5 期）

给烦恼做个小手术

纪洪平

马小灰最近情绪十分低落，傍晚又给曹晓驴打电话，和前几次一样，曹晓驴只好再从家里出来陪他喝酒解闷，菜还没上齐，马小灰就把心中的烦闷，叨咕了一遍。曹晓驴耐心听完，感觉和前几次没啥大区别，还是老婆怎么看他都不顺眼，冲他说话的嗓门高得让人愤怒，同事小周背后又嘲笑他弄的文案被老板改得一塌糊涂……这些小事儿根本没啥了不起，谁都可能遇到，只有他作茧自缚，被自己的坏情绪弄成凄风苦雨、日月无光，好像全世界只跟他一人过不去。

这次曹晓驴没有直接规劝，知道劝了也白劝，于是给自己倒上酒，也不管马小灰如何自怨自艾，只管轻松喝起来。

哎，你咋还喜气洋洋地喝上了？曹晓驴不紧不慢又喝了一口说，看来非得手术不可了。你说什么呢，啥玩意非得做手术？你的病呗。说着，曹晓驴又低头喝起来。啥，我有病？

曹晓驴这时好像对花生米产生了兴趣，他不停地一粒一粒地往嘴里送，整个动作单一，速度均匀，来来往往把马小灰惹毛了，他把酒杯使劲往桌上一蹾，你说话啊，不会连你也嫌弃我吧？

怎么会呢？曹晓驴给马小灰倒了一杯酒。不过，你得去联合医院做个小手术。我好端端的做什么手术啊？马小灰把酒杯端起来，蹾了一下，溢出了一些酒。你还没意识到，这就是发病的症状。哦，我蹾了一下杯子，就得挨刀？其实道理非常简单，你脑子里有一个烦恼肿瘤，虽然目前还很小，但已经开始发作了，你要尽快做手术，如果耽误了可别怨我没提醒你。说着，曹晓驴喊服务员，张罗要埋单。马小灰赶紧阻拦，别着急啊，咱俩再聊聊，我得明白怎么回事儿再决定吧？

马小灰术后睁开眼就看到曹晓驴，他抱着一个布娃娃站在床前，还伸出两个手指头，僵硬地摆动，马小灰被他装萌的样子逗笑了。曹晓驴高兴地说，你的手术非常成功，从此你再无烦恼了，不过，医生叮嘱，这个病有个副作用，就是以后再不能对任何人和事往坏了想，只能往好了想，如果不然……

不然会怎么样？曹晓驴摇了摇头，说，后果有点可怕，你会很快衰老下去，老得连你自己都不认识。马小灰立即紧张起来，他摸着脑袋说，你说对了，这种手术真好，连微创都谈不上，一点痕迹也没留下。曹晓驴接过话，是啊，我每次在公共场所，都看见你对着镜子认真打量自己，所以相信你一定在意自己的形象，保持一颗纯真的心，别忘了我俩可都是小字辈，甭管多大岁数，都还小着呢！

很长时间里马小灰再没给曹晓驴来电话，难道这个根本不存在的手术真成功了？那天马小灰在医院只是被催眠了而已，他心中的烦恼果然被善意的谎言摘除了？就在曹晓驴犹豫之际，他被电视里的本地新闻一下子吸引住了。一段市民拍的视频被播出，银行门前，一个持刀歹徒正把刀尖对着一个男人，这个男人正是马小灰！虽然手机拍得不稳定，画面不停摇晃，但马小灰面带微笑，始终不卑不亢，反而歹徒的手却抖得厉害。

马小灰镇定地说，朋友，你一定有什么难处了，不然也不会出此下策，不妨跟我说说，我也许会帮助你……

少啰唆，你在故意拖延时间是不是？

不会的，他不会害你的，他不会害任何人，就算你用刀伤了他，他也不会害你。

你怎么知道呢？

我是他爱人，我当然知道。画面中，马小灰旁边又出现一个表情淡定的少妇。

朋友，你缺钱一定是为了买苹果手机玩吧？马小灰问。

我，我怎么会为了买手机呢？

那为什么啊？

我母亲病了，需要住院，可我，没有钱……

哦，你还是个孝子啊，放心，我现在就给你筹钱。说着，他让媳妇把钱全掏出来，随手又打起了电话。喂，小周，快点给我送五千块钱来，有急事，到咱们对面的建行，对，越快越好。

歹徒哭了，手中的刀也离开了马小灰的脖子。马小灰依然理直气壮，你母亲的事儿我帮你办，去公安局自首还得你个人去。

曹晓驴禁不住骂起来：这小子，为了不衰老，为了保持形象，连死都不怕了。

（原载《天池小小说》2017 年第 10 期）

差点成为爱情

纪洪平

老高是我最近这几年才认识的朋友。

他不仅姓高，身材也高大，在古玩行还是绝对的高手，另外，他还有很高的成分，原来，他姥爷竟然是伪满洲国的高官，在日伪统治时期，权重一时，鼎鼎有名，至今还是一些电视剧中经常被提及的人物。

我们相识因为共同爱好，当然，我只是个收藏爱好者，他早已是业内的专家，担任刚成立的市文联所属收藏家协会的副主席，我因为在文联担任杂志的编辑，工作上有交集，使他不能把我当成一件普品，随便忽略。我们真正交往源于一次公益活动，免费给市民鉴宝。这个活动是这座城市有史以来第一次，所以涌来的市民很多，需要鉴定的藏品更多，而且精品不断出现。在人山人海的包围中，他高声地断定藏品的真伪，还对真品进行点评，讲解古代艺术的精妙之处，以及历史渊源，专业的犀利和渊博的知识，使众人为之倾倒，受到了众星捧月一般的敬仰。

我们再次相见，他竟然一点倨傲的神情也没有，对我甚至有点过于客气，这使我的虚荣心得到了极大满足，很主动地与他交往起来。慢慢地，我从他身上看到了更广博的东西，他从我身上，也读到了文字的艺术魅力，一路惺惺相惜走下来，我才有机会知道他的故事。

当有一次他喝高兴了，说出他姥爷的名字，把我吓了一跳，这个伪满历史躲不过去的人物，跟他有着这样近的血缘关系，让我震惊，更让人兴奋的是，他说出了书上读不到的一些细节。比如说，有一次伪满洲国开一次重要会议，主持人是甲级战犯本庄繁，轮到他姥爷发言，刚讲了几句，就被一个日军大佐给打断了，等这个家伙插话过后，本庄繁示意继续讲，可没讲几句，又被这个大佐给打断了，他姥爷很不高兴，大佐说，别说您啊，就是皇帝陛下讲话该打断也要打断，他姥爷招手向大佐说，我告诉你为什么不能打断，大佐探过头来，想仔细听听，哪知他姥爷伸手就是一个大嘴巴。以后，日本人都尽量躲着他姥爷，知道他脾气不好，连日本人也敢打。

还有一个事儿也挺有意思，他姥爷家住长春的贵阳街，一次乘车回家，看见道路被日本宪兵封锁了，所有中国人都不许通过。他姥爷命令司机，开车冲过去，谁拦就撞谁。日本宪兵都认识这辆车，没一个人敢阻拦，任他姥爷的车大摇大摆开走了……这些故事，跟藏品一样久远，因为时代，透出几分神秘。我终于明白，他说造假者最难仿的，就是器物的包浆，在我眼里，他和他的藏品，包括他的故事，很真，大开门的真，一听就有岁月感。直到最近这几天，我才听到他另一个故事，这是他年轻时的真事，当时一切都很新，新得让人心碎。

老高年轻时一表人才，一米八十多的个子，长得十分帅气，当时是市歌舞团的演员。与他在一起的年轻女演员很多，很多人都对他很有好感，他经常不知道是谁帮他洗了衣裤，其中有个女一号对他更上心。她长得非常漂亮，与他同岁，家庭条件优越，她本人每月的粮食定量为 62 斤，我认识的汽车厂的一个工人仅为 42 斤，国家以舞蹈演员为最大强度体力劳动者，所以才会定这么高的额度。

她吃不了就给老高，当时最好吃的东西几乎都给过他，他是被自己的胃牵引到她身边的。有一天她问他，我们是朋友吗？他说是啊。她的脸红了。他还有些木木的，但从她以后关心的力度上，也察觉出了异样，似乎明白了些什么。一天，他回到宿舍，那时没有其他娱乐的东西，大家就无所事事地闲聊，话题始终被一个将近四十岁的没结过婚的老演员掌控，剩下都是没见过世面的雏儿，就听他一个人夸夸其谈地说女人。他说的第一个刺激的问题是，女人乳房大的都不是处女，因为大奶子是养过孩子的。第二个问题更可怕，凡是使用"干豆腐"的女人都不是处女，那个年代没有卫生巾，女人们都是用一种粗糙的粉色的卫生纸，像北方叠干豆腐那样叠成一种对应的形状……

一天，他跟她出去逛街，她要去厕所方便一下，随手就把拎包交给他了。他闲着没事，就把包打开了，他一眼就看见了粉色的"干豆腐"，脑袋"轰"的一下，随手就把包给扔了。她回来看见包在地下，有些吃惊，再看他脸色苍白，更加诧异，可是怎么问他也不说话。

从此，他故意躲着她，一直躲到她嫁人。数十年后，两人再次相逢，已是厅长太太的她，单刀直入问他，当初因为什么？

我猜想，那一刻，他脸上一定堆满了包浆。

（原载《天池小小说》2017 年第 4 期）

一 帆 风 顺

付 慧

六子家有兄弟六个，他是老疙瘩。爹娘就为要闺女一鼓作气生下了六个和尚，到底也没捞来个闺女。

六子叫贾鸣风。名字是他当过私塾先生的三舅姥爷给起的。三舅姥爷可是屯子里的名人。谁家的大事小情、婚丧嫁娶的都找他给掐算，他一算一个准，因此得名"三神仙"。

在六子出生的某年某月某一天的某个时辰，头半晌还是晴空万里，到了下半晌时开始刮大风，一会儿工夫，大雨点就把窗户纸砸得噼里啪啦响，小六子响亮的哭声掺和在风雨中，热闹得就像唱堂戏。"三神仙"晃着脑袋掐着手指头，对六子爹说："这孩子不简单，他这一来把老天爷都惊动了。嗯，排行老六，六六大顺，将来一定是一帆风顺，当个文官武将也说不准呢。"

听了"三神仙"的话，娘的心里喜滋滋的，联想起刚刚怀上六子时，真做了不少好梦，不是下河捞鲤鱼，就是抬头见棺材。庄户人信这些，鲤鱼跃龙门，棺材是"官、财"，都是好彩头。祖祖辈辈土里刨食，谁不盼着能出人头地。

五个哥哥个个壮得像牛犊子，只有六子长得细皮嫩肉，像个白面书生，这让爹娘更加笃信"三神仙"的话，哥哥们早早辍学务了农，只有他从小学、初中、高中一直念到大学，一天农活都没干过。

"三神仙"掐算得还真挺准，六子从小学开始就一帆风顺，学习成绩在班里总是数一数二的。大学毕业后，他参加了县里公务员考试，在一千多人中他考了第一名。屯子里第一个状元郎，飞上枝头变凤凰。爹娘脸上的皱纹就像山菊花一样，瞬间开得阳光灿烂。

六子起早贪黑拼命干，几年的工夫，就当上了县政府办公室副主任。

一帆风顺的六子也有不顺心的事，啥事？就是媳妇呗。

六子的媳妇叫金凤，长着杏核眼睛樱桃嘴，脑后扎着一条乌黑的大辫子，在屯子里也算是个漂亮姑娘，早在读高中时，六子就喜欢金凤。上大学临走前，六子让爹娘去金凤家提亲。

六子是屯子里第一个大学生，能有这么个女婿，真是攀高枝了。金凤家自然是乐坏了。

金凤比六子高出了小半头。娘说："六子打小身体骨就单薄，金凤长得壮实，他俩正好在一起。再说了，俺这辈子命里缺水没有丫头命，看看金凤那身体，准能生个胖丫头。"

两家合核完就订婚了，过完小礼后，金凤有空就去六子家洗洗刷刷打柴做饭，给六子娘当上了半个闺女。六子工作后不久，两人结了婚，隔年真生了个大胖丫头，把爹娘乐得合不拢嘴。

日子久了，金凤的脾气也越发见长，有时候说话不管不顾的。办公室管的事杂，六子加班是经常的事，刚开始金凤挺支持，可是总这样，金凤也烦。一次六子领着下属给会议赶材料，干了两天两夜没回家，金凤的电话打过来："你又死哪去了?!"声音大得像高音喇叭。六子急忙压低声音说："喊什么，在单位写材料呢。""有本事你跟工作过去!"电话啪的一声挂掉了。看着同事们假装没听见的样子，六子尴尬极了。

六子常想，在乡下，金凤真是个持家的好手，里里外外拿得起放得下，可现在，唉。

办公室新来个女研究生叫林玉婷，年轻漂亮嘴也甜，六子外出办事时就喜欢带上她。林玉婷特别会办事，在人前毕恭毕敬喊主任，背后却叫风哥哥，听得六子心花怒放。

一天，六子大学的几个哥们聚会，组织聚会的老班长特意强调每人必须要带上女朋友，顾名思义，老婆不能算。当晚，六子拉着林玉婷一起去了饭店。觥筹交错间，林玉婷给六子赚足了面子，论长相论说道论拼酒，林玉婷真够厉害了，几个回合下来，把几个老爷们都镇住了："六子，还是你行，这女朋友厉害!"弄得另外几位女朋友，羡慕嫉妒恨全来了。六子窃喜，带她来真对了。

酒足饭饱，大家去了卡拉OK，半明半暗的霓虹灯下，林玉婷娴熟的舞步轻盈的身姿，让众人看傻了眼。六子汗津津的双手紧搂着林玉婷，一曲华尔兹，转得六子晕头转向。

县里最上档次的龙跃宾馆1004室，林玉婷身穿薄如蝉翼的睡裙，六子张着嘴，两眼都直了……

他想，以前真是白活了。和金凤这么多年只能叫过日子，和玉婷在一起才能叫生活，有声有色。

　　林玉婷能说会道，办事能力强，六子把办公室采购的工作交给了她。几个月后，主任突然来到他的办公室，劈头盖脸朝六子喊："这是怎么回事，你自己看！"把账本往六子办公桌上一摔，扭头走了。

　　六子一下摸不着头脑，他急忙打开账本，一看，吓了一跳，经过林玉婷购置的各种用品的价格就像打了激素的小鸡崽，一天天地疯长着。真是太不像话了。六子气不打一处来，拿起电话："你来一下。"

　　一进门，没等六子开口，林玉婷梨花带雨，咄咄逼人："风哥，我要嫁给你……"

（原载《北方文学》2016 年 11 月增刊）

晓兰是保姆

付　慧

　　墓地里，风有些凉，一老一小的身影被斜阳拉得很长很长。"淑贤，我现在身体很好，有晓兰照顾着，你就放心吧。"

　　葛老夫妇都是高级知识分子，膝下一儿一女，儿子子轩大学毕业后去美国读研，毕业后娶妻生子定居在美国。女儿子宁也是大学毕业后远嫁到江南。儿女都不在身边，葛老的生活中似乎缺了一点什么。尤其是老伴去世后，葛老更是形单影只。儿女几次想接父亲同住，可葛老始终不答应："你们都忙自己的吧，我能照顾自己，我要陪着你们的母亲，她害怕孤单。"

　　葛老的家在净月潭边，是一幢独门独院的小别墅。购房时，子轩特意帮父亲挑选了一套临水的小院。他说："这房子依山傍水空气好，环境又安静，正好适合爸爸的创作和养生。"

　　"爷爷，我来照顾你好吗？"晓兰诚恳地说。

　　"好，好。"葛老点了点头。子轩终于松了口气，父亲同意留下保姆晓兰。

　　一切都安排妥当后，子轩、子宁返回了自己的家。

　　在窗口暖暖的橘色中，常常映出一老一小的身影。晓兰在爷爷的指导下，文字日趋成熟，先后在报纸杂志上发表了很多文章。

　　转眼间，三年过去了。

　　一天夜里，子轩被一阵急促的电话铃声吵醒了，父亲在电话里兴奋地说："我要结婚啦。"

　　"结婚?！"子轩惊愕地重复着。

　　"我要和晓兰结婚。"子轩大吃一惊，怀疑自己听错了。父亲完全可以做晓兰的爷爷，怎么可能结婚？倏地，他想到了一件事，父亲曾经对自己说过："晓兰的家境很困难，弟弟上学都是乡亲们凑的钱。"

　　这肯定是一个阴谋，晓兰对父亲做了什么？越想越可怕，他赶紧抄起电话打给妹妹子宁："父亲要娶晓兰了！"电话另一端，子宁没听清楚："你说什么？"

"父亲娶晓兰！"

"不可能。"子宁不相信。

"是真的，父亲刚刚打过电话来。"电话里突然没了动静，过了好一会，子宁突然大喊一声："真是胡闹！"

几天后，子轩和子宁回到了家。看见父亲红光满面谈笑风生，兄妹俩放心了。

子宁仔细查看着家中的一切，房间里窗明几净一尘不染；她又来到院子里，原本杂草丛生的院子，被晓兰拾掇成了小菜园，朝天椒、西红柿红彤彤的一片，这是父亲每餐必备的菜肴。

卧室里，子轩问父亲："晓兰逼你娶她？"

"你住嘴！不许这样说晓兰。"葛老身体有些颤抖。

"你想过没有，她只是个雇来的保姆，别人会怎么看。"

"我自己的事，管别人干什么。"

"她肯定是为了房子和财产！"子轩愤愤地说。

葛老盛怒，用手指着子轩："你，浑蛋！！"

几天后，一个月光如水的晚上，葛老沉沉地睡去了，享年85岁。

火葬场旁的小树林里，晓兰哭成了泪人。

当子轩再次翻看父亲的遗嘱时，才发现抽屉里的一封信，子轩抽出了信纸："能够成为爷爷的学生，就是他老人家留给我的一份最昂贵的精神财富，我拥有的已经太多了，又怎会觊觎他的财产。如果不签遗嘱，爷爷就要解除主雇关系，我舍不得离开爷爷……"

子轩的手在颤抖，一直抖个不停。

（原载《作家周刊》2017 年 3 月）

霜　降

李忠元

　　霜降就快到了，天气骤然转冷。车旦车老汉经过一番艰辛，终于住进了崭新的大瓦房，他这才长长地出了一口气，但心里还不落忍，总感觉这幸福多少有点虚幻。

　　儿子车生呢，还真是个干事业的，他收拾完一切，又在一间房子的窗玻璃上开了一道带标牌的收费口，就等着大把大把地进钱了。为了招揽顾客，车生还特意将泥草房改建成大瓦房的消息专门做了宣传广告牌，挂在马路旁的大树上大肆宣传。一切准备齐全，车生就坐在了收费窗口。可车生坐在收费口前苦等了三个月，也没见一个人影。

　　车生感觉莫名其妙，自己修了一座漂漂亮亮的大瓦房，可那些"长枪短棒"却不知去哪了，他们怎么不来了呢？难道是父亲制造的一场骗局？

　　事情还得从头说起。

　　今年一开春，泥草房改造工程就开始了。在国家财政的支持下，村民纷纷扒掉原有的泥草房，只需掏一半工程款，就可新建统一模式的砖瓦房。经过一番紧张运作，房舍很快修好了，一座座新房鳞次栉比，蔚为壮观。可村子西头还剩下一座泥草房，突兀地立在那里，在村落里显得非常扎眼。

　　房子的主人就是车旦，家里就剩下一对空巢老人，都干不了重活，除了一点低保，再没有什么经济来源。儿女们都在早年一个个出了门，分家另过。如今，也都欢欢乐乐地住进了统一兴建的新房。

　　为了这座泥草房，村长多次来找车老汉，也找过他的儿女，想让他们出钱翻盖一下，不然影响村容村貌，上边来检查也不好看。听说要自己出钱为老人翻盖新房，儿女们一个个头都摇得跟拨浪鼓似的。就这样，车老汉就成了薯花飘乡唯一一个破落户，全村上下就剩下这最后一座泥草房了。

　　车老汉看着人家清一色的大瓦房，特别是几个儿女一家比一家气派，一家比一家洁净，再看看自己这破房子，无论怎么修怎么弄都是破狼破虎的。车老汉一想到自己的房子，就有些抬不起头来。每每这时候，车老汉唯一能向人表达的，就是一声声叹息。

车老汉记得二十多年前，孩子们还在求学，因为人口多的缘故，原有的两间土房已经住不下一家七口人了，迫切需要改建。于是，他就张罗建起了现在住着的四间土平房。虽然是土房，但一下子就建起四间来，在本屯里也是说得出来的，惹得屯邻非常羡慕。那时，车老汉人前背后总是津津乐道地说，这是给我养老儿盖的，盖上房就等我养老儿养老喽！说这话时，车老汉总把眼睛望向还未成年的老儿子，目光里充满了期待。可儿女先后出了家门，只留下自己和老伴儿孤立地生活，年逾六旬也没能完成养儿防老的宏伟计划，可当年引以为豪的老屋却因为岁月的侵蚀而东倒西歪，不成样子，成了让人看着就心惊肉跳的危倒房。面对着千疮百孔的住房，车老汉深感担忧，害怕万一哪天雨水大，泡塌了房子，老两口再有个什么不测。

时光荏苒，岁月如梭。一转眼，就到了秋季，车老汉还在院子里望"房"兴叹呢，没想到这时却来了两个手拿"长枪短棒"的人，一进当院就咔嚓咔嚓照了起来。

车老汉一看，顿时急眼了，我这一个破房子，碍你们眼了？碍眼也就罢了，还照相埋汰人，真是欺负人欺负到家了。

车老汉这一急眼，两个人却不慌不忙，分别从兜里掏出一张红票票，塞给车老汉。车老汉生活困苦，盼着这票子如同盼星星盼月亮，只是照照相，又不搬走房子，车老汉将钱揣入腰包，就站在院子里远远地看着，同时从怀里掏出旱烟袋，吧嗒吧嗒抽了起来。一直到两个人照完离开了，车老汉才高兴地回屋向老伴儿报喜去了。

令车老汉大感意外的是，那两个照相的走了之后接下来的日子，总是有人挎着相机登门造访，摆出不同的陈设和造型，纷纷为老房子拍照。当然，让车老汉心满意足的是他总能得到一张、两张红票票作为回报。

有了来钱道，车老汉的腰包渐鼓，生活也越发滋润起来。

车老汉的儿女听说父母的破房子竟然成了摇钱树，纷纷来看稀罕，当他们亲眼看到这个不争事实的时候，实力雄厚的老儿子车生当即做出一个决定，立马出资修一座新房，来进一步满足广大摄影爱好者的需求，谋求利益的最大化。

车老汉见儿子主动给自己建房，不知老儿葫芦里卖的什么药，但也不好说什么，只能是笑纳了。

车生呢，一不做二不休，快速扒掉了泥草房，风风火火地建起一座崭新的大瓦房，在村子众多的房子中鹤立鸡群，气魄相当雄伟。

房子建好了，车生主动把父母安排住进了屋里，车老汉终于住进了大瓦房，心情舒畅了许多，不过他的心里总担心这是一场难得的美梦。

也难怪车老汉担心，事情还真的出了岔头，房子建成了，那些挎着"长枪短棒"的却消失得无影无踪了。

车生一打听才知道，这些拍照的都是外乡的民政助理，他们为了骗取国家泥草房改造补助款，需要崭新的老房子照片，上报县民政局，然后才可以获得拨款。可是附近十里八乡都已完成泥草房改造，没有泥草房可拍，用旧照片又能看出来，他们就到处寻访，终于发现了这最后一座泥草房，如获至宝地狂拍起来。可好景不长，当利欲熏心的民政助理再次坐车来拍照时，却在路边看到了车生的广告牌，得知泥草房被改建的消息，他们顿时扼腕顿足。

了解了事情的来龙去脉，车生悔得一下子坐在了地上，屁股被撞得针扎一样疼……

（原载《小说月刊》2017 年第 10 期）

小 区 鸡 鸣

李忠元

　　张三一忍再忍，可一连十几个"凌晨两点"他都被这可恶的鸡叫声吵醒，张三坐卧不宁，甚至怀疑自己患上了顽固的失眠症。

　　自打买了新楼房，张三就痛快地搬了进去。还是新房子好啊，躺在床上软绵绵的，真舒服，张三的脸上流露出难以掩饰的喜悦，不知不觉睡着了。

　　可这醉人的安适却是一忽的事儿。睡着睡着，张三突然觉得有声音，就扑棱爬起来，他栽耳细听，声音却是传自楼外。张三披衣下地，来到阳台细心查看，这回终于听清楚了，只听一声声沙哑的鸡鸣由远而近，很是吵人。

　　张三顿时睡意全无，张三想不通，是谁这么嚣张？竟在这时尚小区里堂而皇之地养上了公鸡！

　　这天，实在忍无可忍的张三天还没亮就起了床，悄无声息地下了楼，循声找去，却见对面一楼的一户人家窗前架着一个铁丝鸡笼子，一红一黑两只大公鸡正比赛似的扯脖子欢叫呢！张三这个气啊，可恶的畜生，看你把老子折磨的！

　　张三捡起脚下的一块石子，想惩罚一下这两个可恶的东西。没想到石头还没出手呢，就听耳边嗷一嗓子，把张三吓了一大跳。

　　张三一抬头，只见一个白发老头正对他怒目而视，张三一时像个做错事的孩子，羞红了脸，挺着脖子却不知该怎么搭话了。

　　你干啥，想杀生？老爷子精神矍铄，说话很有霸气的。看样子你也是农村出来的，怎么这么不爱惜生灵呢？

　　张三低了头，打量了一下自己。农村人？我哪里还像农村人？从买楼那天起俺就成了正儿八经的城里人了！张三不服气。死老头子，看我不告你，两只破公鸡还动不得了，宝贝似的，俺找说理的地方去！

　　张三气嘟嘟地，一溜烟似的跑到了物业办。

室内乌烟瘴气，满地垃圾，两个自动麻将机边坐满了打麻将的，吆五喝六，战得正欢，根本没人理睬张三。看这没人理的场面，张三怯怯的，心中的怒火顷刻间被浇熄了一大半儿。

张三悻悻地出了屋子，但张三还是满怀希望的，毕竟这半夜鸡叫是人人愤慨的事，难道他物业的就不嫌吵闹吗？

张三在小区里也撺掇邻居一起去告公鸡扰民，可他话一出口，别人都无奈地摇摇头，走掉了，谁也不爱理睬他。

回楼后，张三越想越窝火，现在的城里人真是太麻木了！

张三盼着物业早日解决，心下就一忍再忍，希望事情尽早出现转机。

这天晚上，张三早早地躺下来，安心地进入了甜甜的梦乡。后半夜，睡得迷迷糊糊的张三又被鸡叫声惊醒了。那可恶的鸡叫很有穿透力，由远及近，划破长长的夜空，一遍又一遍，让张三翻来覆去，难以入眠。张三睁着惺忪的睡眼，看天还没亮，就无奈地拿起一本杂志看起来，可这恼人的鸡叫竟没完没了，让张三难以静下心神，看书也是心不在焉，一目十行。

第二天一大早，张三下楼时竟意外地发现难得一见的开发商刘金正在给那两只公鸡送食吃。

这一发现令张三吃惊非小，他更来气了。

一打听，张三才知道，那个养鸡老头竟是刘金的父亲！我说这事儿怎么迟迟得不到处理呢！

没有犹豫，张三又单枪匹马杀到物业办，去兴师问罪了。

正好刘金坐班，张三就像个开了火的机关枪，一通嗒嗒，把心里的怨气竹筒倒豆子一样倒给了刘金。

张三，这楼里住着千八百户，人家都不吱声，你凭什么来此叫嚷啊？

张三听刘金竟这么质问他，腾地火了。他不吱声，我也不吱声，大家都漠然置之，难道任凭这两只公鸡搅得一辈子不得安宁，还要我们忍气吞声吗？

本来，张三是奔干仗来的。没想到自己唇枪舌剑，却换来了刘金"扑哧"一笑，张三立时懵懂了。

张三还没回过神来，刘金又是一拍桌子，张三吓了一跳，以为刘金要动手呢！

没想到，刘金不慌不忙，从夹包里掏出一盒大中华，衔在嘴里，随后啪的一声用打火机点上了，吞起云吐起雾来。

张三，你不是一直没工作吗？今天，我正式通知你，你现在就是这个小区的物业办主任了，这里的一切事务由你全权负责！

张三一时愣住了，什么、什么……

张三，我忙于北京的楼市开发，这里根本无暇顾及，管理一团糟。为寻找一位认真负责的人来管理小区，管好小区，我家老爷子，就特地从农村买来两只爱打鸣的大公鸡，没想到激怒的是你！

（原载《微型小说月报》2017 年第 7 期）

底　线

朴连生

最早听到心爱的女人乐乐有杂音的是丈夫大兵，那是一次酒局上喝高了扫了点耳音，说是乐乐跟校长似乎有一腿，又似乎处得很默契，而且那校长还帮她满足了中级职称愿望。狗屁！那中级职称只不过学校正常上报罢了，至于审批，那是上级人事部门的事情，根本就扯不上关系。

其实，争取中级职称是大兵提出的，因为和校长是朋友，铁哥们，大兵三十，校长也三十，乐乐跟他俩同岁，生日最小，人长得漂亮不说，小体形前凸后翘，秀气中带着一种气质的美，虽然算不上人见人爱，小模样足以让年轻男人个个眼热。

大兵和乐乐是大学的同学，彼此十分了解，也是在困境中结合的，那会儿，同甘共苦的日子使得两个人患难与共，就是双方哪一个出去应酬，而且与异性关系密切，都互相不猜忌，晚上回来亲热时就两个字：放心！因为都是教书育人的职业，是小学生的表率，因而夹着尾巴做人的心理还不曾泯灭，偶尔有男性主动跟乐乐练个拥抱什么的，乐乐既大方又文雅，绝对没有想入非非的一丝冲动，难怪那些眼热的男人总是不甘心。

然而随着时间的推移，让大兵不解的是，自打乐乐评上优秀班主任之后，穿着越发时尚，体形也更加妩媚，甚至有两次在跟校长等人聚会时半夜才回家，说是光喝酒没劲，不解渴，后来又去了歌厅，忘了时间。见鬼！大兵每次一提及起来，总免不了心里一个疙瘩，过后问女人乐乐，是不是开房去了？乐乐一笑，反问道："你说呢？"天哪！这个"你说呢？"让大兵几天久久不能正常入睡。后来乐乐对他说，你一个大老爷们心眼太小，你心爱的女人什么样都心里没底？现在开放是开放，也不至于个个都像你想象的那样，相信世上毕竟好人多，我不说红杏出墙和有外遇就是人有问题，你说呢？大兵说事是那么回事，但真的放开一把也没有什么记号，乐乐说你真的是不可救药，校长肯帮忙是哥哥一样的哥们，也是你的主意，况且……乐乐想说况且我们之间的心思不像你说的那样对不？打那，大兵再也不作声了，他想，女人如果真的那样，你盯梢也盯不住，还是顺其自然吧。

于是，大兵一有时间，总是偷三抿四地尾随乐乐，希望能有一丝收获，哪怕真的有一次意外惊喜也好。半年下来，不是不尽如人意，就是垂头丧气。看来真的是自己心太细了，每次假惺惺溜回家，除了给乐乐做一顿好吃的之外，再就是老生常谈的那句话：这世间不怕没好事，就怕没好人！

后来，在一个乐乐和大兵共同参加的酒局上，一位姓郑的女同事发自内心地掏出了一段肺腑小插曲。她说她有一次听校长亲口说过，无论什么事别把男人都想得那么坏，其实帮朋友之间办点事、评个职称什么的是分内帮忙的事，为什么必须就要有一腿？记住，别人我不知道，男人是有底线的，我的底线是：这么多年了，为什么至今没有要小孩？往下我就不说了，让大家自我感悟去吧……

乐乐听着，静静地看着大兵，不知是酒的力量还是其他什么原因，大兵的脸猛然一阵红、一阵白。

（原载《参花》2017 年第 2 期）

请给我一个拥抱

亚　明（壮族）

　　事情起因源于饭局上的一个玩笑。那天，袁文文约了个老友吃饭，席间谈话间说到他做管理做腻了，想改跑销售。他们公司里跑销售的人脉广得很，又能挣钱，很让人羡慕。

　　你跑销售？朋友笑了，调侃道，你看看你这副模样，比李逵还李逵，谁敢跟你打交道。朋友们说得是实话，袁文文名字虽文气，但模样跟"文"丁点也沾不上边。五大三粗的，看人时目光就像一把寒剑，下巴还长着一大把络腮胡子……

　　以貌相人，不可取也，不可取也。鄙人人粗心善，只要别人跟鄙人有了接触，定会被鄙人热情所感染的。袁文文摇头晃脑，满嘴文雅。

　　恐怕是，你这副模样别人还没跟你聊就已被你吓跑了。朋友看了一眼袁文文，继续调侃道。

　　鄙人的模样真有那么可怕？袁文文心有不甘。

　　不信你到大街上找陌生人求个拥抱试？若是你能在一周之内得到三个拥抱，我请你吃顿大餐。朋友跟他打了赌。

　　就因朋友这个赌局，那天晚上吃完饭后，他当即就跑到街上，向陌生人索要拥抱去。大街上，灯光璀璨，行人如鲫。上了大街上，袁文文有点后悔了，他发现来往的男女老少，一旦从他身旁路过，只要掠一眼他，都会赶紧避开几步距离。但朋友就在一旁笑嘻嘻地看着他，他能退缩吗？此时有一个女人一边看着手机，一边向他走来。他看清了，这是一个四十来岁，长得不咋样的女人。他豁出去了，拦住了女人，结巴着说，大……大姐，你能……能给我个拥抱吗？女人抬头看了他一眼，吓了一个哆嗦，绕开他头也不回地走了。他的身后落下这么三个字：神经病。由于紧张，他额上已冒出一头的汗。他擦了擦汗，抬头看了看站于一旁的朋友。朋友笑嘻嘻地看着他说，我说得没错吧，你这模样……

我就不信了。袁文文的斗志彻底被激发了。此时来了一对情侣，男的很高大，女的娇小玲珑。袁文文不管不顾地拦住这对男女，说，你们好，可以给我一个拥抱吗？

情侣站住了，男人冷眼看了袁文文一眼，吼道，走开，别挡着我的道。

袁文文说道，你们别误会，我就想向你们讨个拥抱。

你是不是想找揍？高大男人有点恼了，声音大了起来。

袁文文只好让出了一条通道。高大男人走远了，还不忘扔下一句，这狗模样，还想讨拥抱，找打啊……

一旁的朋友大笑起来，兄弟，我看算了，你是不可能得到陌生人的拥抱的。

结果呢，这一晚，袁文文除了挨了几声骂，什么也没得到。第二天一下班袁文文就跑到附近的地铁口去讨拥抱，结局自然不言而喻。一整个晚上，他讨到的依然是几声骂。

连续三天，袁文文也讨不到一个陌生人的拥抱。朋友说，老兄啊，你现在知道难了吧。我劝你还是放弃算了，现在的人啊……

袁文文是那种一根筋的人，第四天是周六，他一大早就跑到附近的公园去，那儿有许多晨练的老人带着孩子出来晨练。大街上的人警惕性高，不信任他很正常。老人和孩子容易接近。袁文文一边在公园里闲逛，一边物色能给予拥抱的对象。很快，他锁定了目标。这是一个看起来只有五六岁的女孩，不怕生，在四处跑。

袁文文来到小女孩面前，张出双手，对小女孩说，小朋友，你真可爱，来，给叔叔一个拥抱好不好？小女孩看了他一眼，突然地，毫无防备地哇一声大哭了起来。很快，袁文文的身边聚集了一大群人。

你干什么？想拐骗孩子……

对，看这模样就是一个人贩子……

人们七嘴八舌地责骂着，将他的双手牢牢钳住了，扭送着他，往派出所去了。

我真不是人贩子，我只是想讨一个拥抱。袁文文边争辩着，边扭动自己的双手，想挣脱身来。

但没有一个人相信他，他的手被众多的手抓得死死的，动弹不得。

（原载于《岭南小小说》2017 年第 2 期）

九　娘

朱守林

　　虽然二哥家的院子里站了很多人，我还是一眼就看见了人群中间的九娘。九娘还像四年前那样精神，蓝色的短褂，黑布裤子，朴朴实实，又利利索索。如雪的白发挽成的鸡蛋大小的发髻规规矩矩伏在脑后。我向和我打招呼的老亲、老邻们匆匆地点点头，直接向九娘走去。

　　我和九娘有着深厚的感情。

　　九娘是我的本家，不远，也不近，没出五服，只因两家东西院住了几十年，又多走动，才感亲切。从我记事时起，九娘就和二哥两个人生活。听说九伯和九娘赌气出去做买卖，一去没了音信。九娘还有一个儿子，也就是我本家的大哥，抗美援朝时牺牲在了朝鲜，九娘成了烈士家属，乡政府和各单位学校经常来看望九娘，逢年过节还会带来一些好吃的。看望她的人一走，九娘就站在门口，冲着我家喊："小林子，过来。"听到喊声，我就会放下作业或游戏，撒着欢地跑过去。九娘就把刚送来的蛋糕、月饼或苹果、橘子拣出一些让我吃。在那个长年见不到糕点水果的年代，能美美地吃上一顿，比过年吃饺子都香。二哥下地干活的时候，九娘有什么事也会站在门口喊我："小林子，你来。"像军人听到命令，我会立即赶过去，帮九娘拎桶水或是上街买买酱油、盐什么的。我很愿意为九娘跑跑腿，不仅是因为吃了九娘许多好吃的，更是为了还能吃到更多的好东西。

　　一次，我问九娘："九伯长得什么样呀？"

　　九娘说："别提他，老死鬼。"

　　后来，二哥告诉我："以后别再提我爹了。我娘恨死他了。"

　　大学毕业后，我在城里找到了工作，每次回家，我都忘不了给九娘带些礼物。四年前，我把父母接到城里，就再也没回去过，要不是接到二哥的通知，他的大孙子结婚，我还是很难挤出时间回来。

我把带来的东西放到地上，一把握住九娘的手，亲切地叫着："九娘！"

九娘看看我，脸上挂着笑："你是谁呀？"

我一怔，九娘怎么能不认识我呢？"我是小林子呀。"

"小林子？"九娘一脸的迷茫。

二哥赶过来，对九娘说："妈，他不是小林子嘛！在咱东院的小林子，六叔家的。"

九娘似明白非明白地点点头："啊、啊。你是来参加小友子的婚礼吗？"

"是。"我说，"九娘，这回你可要当太奶婆婆了，高兴不？"

"高兴。"九娘拍拍我的手，"你进屋歇着吧。"又转身朝客人中走去。

我问二哥："九娘怎么了？"

二哥说："两三年了，老的，谁都不记得了。"

二哥拿起我带来的东西："咱进屋吧。"

五月的阳光暖暖地洒下来，院子里的人们像墙外吐绿的杨树一样充满了朝气，三五一堆地谈得火热。

我说："好久没回来了，我过去看看大家。"

见了几个人后，又见到了九娘。九娘满脸幸福，在人群中这走走那看看，不时地与人们打着招呼："来了！"人们却无视九娘的存在，很少有人回应，我的心头便有些凄凉，有些不忍。我走过去："九娘，您进屋歇一会儿吧。"

九娘怔怔地看着我："你是谁呀？"

"我是小林子。"九娘真的老了，刚见面就忘记了。

"啊、啊。"九娘边点着头，边朝屋里走。

为了让九娘加深对我的记忆，我有意提起我小时候的事："九娘，你还记得我小时候，你给我烧土豆的事吗？"

九娘看看我。

"你只顾给我烧土豆了，猪把院子都拱了。"

九娘摇摇头："不记得。"

"那时，你一有好吃的就叫我，记得不？"

"好吃的？哪来好吃的呀？"

看来，九娘是彻彻底底地失去了记忆。

院子里人来人往，大姑娘小媳妇们帮着摆桌子放凳子，端菜，小孩子在人群中钻来钻去，快乐地嬉闹着。

这时有几个小青年跑进院子："来了来了。"

院子里立刻响起了清脆的鞭炮声。

九娘起身向外望着："谁来了？"

"新娘子来了。"

九娘坐回炕上，自语道："要是你九伯在就好了。"

我一惊，失忆的九娘怎么会想到九伯呢？

"这个死鬼，不知跑哪去了，重孙子都娶媳妇了，也不回来。"

这时二哥走进来："快吃饭了。"

"九娘还记得九伯呢。"我告诉二哥。

二哥一下愣住了……

（原载《参花》2017 年第 2 期）

破　冰

几场大雪，群山披上了冬装。

东北的腊月，滴水成冰。就连一天到晚叽叽喳喳的麻雀也被冻得闭上了嘴巴。村委会的大喇叭突然打破了山村的宁静，老支书沙哑的声音，在这冬季的村庄上空，显得格外响亮。震动了树上的雪末，碎玉似的洒下来。

"老乡们，老乡们。今天，我和大家商量个事。请大家想想，我说得对不对……"传来老支书咳嗽的声音。男人们停下了手中的麻将，女人们停下了手里的豆包。"老乡们，现在的道路太滑了。我听说，就咱们村，今冬已经有五个人摔伤住院了。所以，我和大家打个商量。咱村是抗联老区，咱们不能丢了抗联的脸，大家一起去把路上的积雪和冻冰清理一下。让大家安安全全出行，快快乐乐过年。大家听听，是不是这么个理？同意的，一会都到村口集合。"

晴朗的天空，大喇叭的余音惊飞了几朵白云，留下了满村的闲言碎语。

"快打牌，想什么呢？九万，要不要？"三狗子没等老支书的话说完，就催促上家大毛。

大毛迟疑了一下，满屋的人就笑了："快去吧，你爷爷在叫你扫雪去呢！"

麻将继续着。老支书的话像一阵冬天里的西北风，呼呼地吹过耳边。

"这老爷子，也真是爱管闲事，吃饱了撑的吧。"二毛媳妇不屑地说。

"唉，老爷子说的是好事。省得大家出门，走在冰上，一步一滑的。"大栓媳妇读过书，倒是响应老支书的话。

"快包，快包！别耽误晚上去跳广场舞。"

吃晚饭时，大家纷纷回到自己的家，一眼就瞥见老支书一个人在寒风中挥舞着铁锹，正在吃力地铲着路上的积雪和厚厚的冰层。

晚饭时，儿媳翠花给老支书倒好了酒，小声地说："爸，你就别逞能了。路上这么滑，你要是摔着碰着，我怎么和三儿交代呀？"老支书端起酒盅，吱喽一口酒，抿了抿嘴巴："不是爸要管，你也不是不知道，这一冬，咱村上摔多少个了？个个伤筋动骨，咱这是做好事积德呢！""积德是好事，可您也知道，现在人都等着过年呢。哪有人肯出来干活呀！还没有人给工钱。"翠花还是轻言细语地劝说着。

"钱，钱，就是钱！难道没有钱就不办事了吗？自己的路，自己修，要什么钱！他们不修，我自己修，我是共产党员。"老支书火了。酒杯往桌子上一撂，转身回自己屋了。

翠花急忙收拾了桌子，给远在省城的三儿打电话说明了情况。三儿说："没事，你又不是不知道爸的牛脾气。我给姐姐打电话，让姐劝劝他。爸最听姐的话。你放心吧！"

第二天一早，太阳还没冒红。早起的人们听到道路上咔咔的铲雪声，就都一愣。愣归愣，吃过饭，男人照样聚集在麻将桌上，女人依旧在包豆包，放假的孩子们也照常玩耍着。

寒风中，咔咔的铲雪声，不绝于耳。老支书的头上脸上，呼呼地冒着热气。吹一口气，一直飘出好远。道旁杨树上的积雪扑簌簌地飘下来，落在老支书花白的头发上、胡须上。

麻将桌前，有人说："老支书的身边多了一个人，好像是支书的女婿，也跟着在铲雪。"

"是吗？是吗？又一个多管闲事的！"

"是的，我看见了。就是老支书的小女婿！"

三狗子把牌一推："不玩了。没意思。"

大家就怏怏地散了。

第二天，大毛早早来到麻将桌前等候着。栓柱媳妇说："大毛，今儿这么早！""唉，想要玩，也得早点才行。我一年到头在外开推土机，哪有空玩呀，趁着年，多玩几天。"栓柱媳妇说："也是这个理！不过他们今天都上道铲雪去了，可没人陪你玩了。""不会吧，昨天怎么没人说呢？""还昨天，就刚才的事，他们来了，又回家拿工具去了。你还真以为你是第一个来的呀！"栓柱媳妇打趣说。

大毛闷闷不乐地回到家，媳妇说："怎么，今天没玩上呀！""没人玩，他们都上道铲雪去了。我先睡一觉。"说着把身子歪在了炕头。媳妇一把揪住大毛的衣领，嗔怪着操了一下："你还真睡呀！人家都清雪，你不去！"

大毛一骨碌爬起来，来到院子里，发动了推土机，轰隆隆地朝着雪野中开去……

（原载《昆山日报》2017 年 7 月 30 日）

青 囊 遗 恨

曹景常

三国神医华佗，行医几十年，大小病人不知治好了多少。他无论出诊看病，还是上山采药，都随身带着一个青布囊，随时将治好的疑难杂症、采到的奇药记下来存入其中，后来编成一部著名的医学典籍——《青囊书》。

这年，曹操头疾发作，命人请华佗前来医治。华佗仔细诊脉之后，提出了开颅取出风涎的治疗方案，而生性多疑的曹操怀疑华佗是乘机想害自己，大怒之下将华佗投入大牢。

华佗入狱后，自知生还无望，他见狱卒吴押狱本性敦厚善良，便将凝聚他一生心血的《青囊书》交给吴押狱，并严肃地说："吴押狱，老朽生还无望矣，我死不足惜，只是耗一生心血所成医技，唯恐不能传于后世。老朽意将此书传于押狱，还望押狱不负老朽之厚冀。"吴押狱颤抖着接过《青囊书》，说道："先生放心，小的定将此书传于后人，以显先生大德。"华佗叹口气："此书能流传后世，可稍减世人病痛之苦，至于其他倒无所求。"

几天之后，华佗死于狱中。吴押狱悲痛之余，欲离职归隐，专心研习《青囊书》，以继承华佗遗志。谁知，吴押狱的妻子说什么也不愿意，她担心地说："你得此书，能为民医病本是好事，可藏匿华佗遗物，必然会开罪曹丞相。曹丞相何等样人，你跑到天涯海角也难以活命，自身不保，又何谈医治他人？"吴押狱想想妻子的话也有几分道理，便藏匿起《青囊书》，对外扬言："可恨我妻子这妇道人家，头发长见识短胆子小，竟将《青囊书》一把火烧了！"不久，他暗中将《青囊书》高价卖给江南一个叫钱匡的名医，发了一笔大财后，和妻子悄悄离开许昌，回到老家逍遥自在去了。

却说钱匡乃中医世家，钱氏家族九代行医，家道殷实。钱匡更是得祖上真传，他又遍访名师精研医书，其医术十分了得。钱匡医术高超，性情倨傲自负目中无人，就连神医华佗也不放在眼里，自以为医术比华佗更胜一筹。

钱匡高价购得《青囊书》后，欣喜万分，就想把自家医术与华佗的医术糅合在一起，独步天下称雄一世。

钱匡精心研习《青囊书》，渐渐为华佗精湛高超的医术折服，一直闭门研习数月，方才开始出外行医。一出手便将一个垂危病人治好了，名声更大了。人们交口称赞钱匡医术高明，将其誉为"赛华佗"。钱匡听了赞誉之声表面上春风得意，可内心怎么也高兴不起来，他总是担心别人知道他的医术精华来自华佗的《青囊书》，说他堂堂一代名医竟是浪得虚名。到那时，不但他的一世英名付之东流，钱家九代的名声也将毁于一旦，不仅无颜面对数百弟子，更无颜将来面对九泉之下的列祖列宗。

"所幸的是吴押狱已回故里辽东，与江南相隔数千里之遥，他怕别人知晓自己与华佗有关，怎能泄露天机。只要我钱匡自己不说，绝不会有人知道我手里有一部《青囊书》！"钱匡前思后想之后，觉得万无一失。但他对此事依然十分小心，一部《青囊书》在手，得意弟子和妻儿竟也被瞒下了。

两年之后，钱匡声名更加显赫，大江南北，无人不知他医术博大精深，无人不奉他为杏林泰斗。这天，钱匡的弟子、也是江南名医的李玉光身染怪病，医治数月，仍不见好转。李玉光万般无奈，只好差家人请师傅钱匡。钱匡得知弟子有病难治，对来人说："你先回去，我马上动身，随后就到。"钱匡收拾一番，提着药箱来到李玉光家。

钱匡进了李玉光内室，诊过脉后点出了病因。李玉光听罢，长叹一声说："不瞒恩师，玉光不才，也早知病因，只是依照恩师所授之方下药，吃了十几服，依然沉疴难除。想是弟子已到大限，今日劳动恩师，心中着实不安。"钱匡微微一笑，满脸得意之色，一副教训的口吻说："玉光贤契，为医者当相机而行也，华佗《青囊书》曾云：'同病异治，异病同治，病因虽同，下药可略异也！'"李玉光一听，惊讶地说道："恩师，弟子早听说华佗有一《青囊书》，博大精深乃绝世之作，难道此书在恩师手中？"随后李玉光又贺道："恩师得《青囊书》之助，医道大进，可喜可贺！"钱匡本是得意中失言，听了弟子的话，触动心事，浑身一颤忙说道："哪里，谁人不知《青囊书》已被烧毁，为师怎能得到？好了，不说也罢。依为师所见，一服药便可去疾大半，几服药必能痊愈，你且宽心安养。"说罢，起身到客厅开方去了。

钱匡面对文房四宝，心中兀自惊悸不已，提起笔来，顿起杀机。他笔锋一转，开了一个方子，对李玉光的妻子说："玉光贤契已病入膏肓，时日已然不多，老夫与他师徒一场，定当竭力挽救。只是性命可保，离榻却是无望矣。"说罢，还落下几滴泪，将方子交李玉光的妻子："快去抓药吧。"

李玉光的妻子熬完药，给丈夫服了下去，不一时药力显效，李玉光容光焕发，可半日后，便筋骨酸软，手脚不能动，连话也说不出来了。李玉光躺在病榻之上前思后想了几日，终于明白《青囊书》就在师傅手中，师傅怕他泄露此事，开下虎狼之药灭口。但事到如今，自己说不出动不得，连写也不能。李玉光躺在病榻上暗自垂泪，不到两个月，就抑郁而死。

李玉光死后，钱匡马上将《青囊书》烧掉了，他看着面前灰烬，"哈哈哈"一阵大笑，自言自语道："《青囊书》我已倒背如流，而玉光已去，再无人知晓老夫之秘密，从此可高枕无忧矣！"

谁知此后，自以为可以高枕无忧的钱匡，却夜夜噩梦不断，经常梦见李玉光向他索要《青囊书》。说来也怪，他每晚做完噩梦，《青囊书》中的妙方便会忘记一些，不上仨月，钱匡对原本倒背如流的《青囊书》，竟一点儿也不记得了，噩梦也不再惊扰他了。不做噩梦之后，钱匡心病却又上身——害死徒弟，毕竟心中不安。渐渐地，钱匡忧思成疾，不到一年便在惊恐中离开了人世。

从此，华佗的《青囊书》就真的失传了。

（原载《青年文学家》2017 年第 1 期）

分　寸

顾文显

　　肖群回到老家，文友们知道消息，必定要请他喝得地动山摇才算满意，这些文友都是他多年的追随者，如今肖群调到省协会主持工作，何等荣耀。肖群觉得大家请请比较正常，人往高处攀，水往低处流嘛，何况友谊原本不差。

　　文友们他最得力的要数于军，聪明、稳重、义气、大度，这些长处全让他占了，肖群特别器重他。于军多次把一位叫徐拴平的文学爱好者举荐给肖群。肖见过几面，认为小徐功底不错，是块料，也就不断地指导。不久，小徐果然在各报刊发表了不少作品，徐拴平感激于军伯乐之功，于军欣喜于他的收获，俩人比其他文友关系自是更不一般。于军是市作协理事，酒桌上常常对肖群说："肖主席，您看徐拴平成果多显著，有机会您怎么也得提拔他，至少让他早日入会吧。"肖群有些忙，只顾点头，过后却给忘记了。这样，于军越发把小徐的事提得勤了，肖群呢，歉疚完了，下次还忘。

　　这回肖群调到省作协并主持协会工作，徒弟们更是前呼后拥。于军便借自己格外得宠的优势，单独安排小徐请肖主席一顿，于军作陪。敬酒的时候，于军半开玩笑地抱怨："肖主席对学生是越有出息的要求越严，小徐的事我提了100次了，您老人家还是在暗地里考察。"肖群心里好不惭愧，忙道歉："小徐的确不错，难得于军这坦荡之胸怀，你就不怕他有朝一日超过了你？"于军正色道："老师教导，我哪敢一刻忘记？后浪推前浪，这是人类发展的规律，我恨不能让小徐明天就把我踩倒，他冲到前面去。"肖群感觉到自己染上不少俗气，学会推三拖四了，好不尴尬，就掩饰说："我没忘记，保证给小徐当一次铺路石。"

　　肖主席这回把徐拴平的事记在了本子上，回省城后，打过几次电话问他的创作情况，虽然不及于军那么杰出，可也说得过去了，于军没举错人。恰巧，省作协换届，肖群就一步到位，把于军跟小徐两人都定为大会代表，也算给于军个面子吧。

还了情，肖主席便把这事忘掉，他忙。

又过一年，肖群偶尔回故乡一次，应酬完官场的事，忽然想起通知文友一声。结果，于军没来，小徐也不见影。肖主席好生奇怪，这两大得意门生咋忘记恩师了呢？装作不介意地问其他文友，回答，于军说小徐心术不正，两人闹翻了，于拿椅子差点没把小徐劈死。又说，于军一口咬定徐对肖主席行了贿，任小徐赌咒发誓，根本听不进去。于军还对肖主席一肚子意见，说，啥老师，天天有嘴说别人，我跟了他15年，还不如姓徐的送点财物。

这都哪跟哪呀。肖群回家憋着气，跟老婆说。老婆冷笑："你还自称写小说的半个心理学家呢，你就不该让小徐当代表，跟于军站到一个层次上去。这叫分寸，懂不懂？如果小徐永远比于军差一层，他俩现在说不定多么好了呢，你不信？——我真怀疑就你这样的写出小说来居然还获奖，那些读者智商怎恁低！"

肖群咂咂嘴，还是不明白，于军推荐小徐，都100次了，谁怂恿他来着？两人闹翻，必是有别的原因吧。

（原载《微型小说月报 原创版》2017 年第 1 期）

芳　邻

宋晓军

　　这夫妻住到老街有五年了，谁也不清楚他们老家是哪儿的，是从哪儿来的，也没见他们有亲戚来往走动，就只这一家三口，在这蔫蔫地住着。

　　这家的女主人二十多岁的样子，五官长得并不出色，但收拾得耐看精致，加上她身材高挑，气质傲人，每周都会不重样地换一套得体的时装出门，竟成了这街上一景。她那刚进幼儿园的女儿，也被她打扮得像朵小花，每周也会开出让人惊艳的亮点。

　　只是这家的男人，普通得不能再普通。长得比他老婆高不许多，面目平常，衣着普通。听说是名厨师，闲时也挤在麻将馆，只是从不打麻将；爱站在圈外看人下象棋，从不多言，有时也支几招，不过招儿太臭，没人听，他也不急，依旧还支。冷场时，找他上场凑两盘，他也不推，待到有高手来了，他自觉让位。故此，街坊们对他印象还不错，都赞他老实本分。

　　女人在金街的商场里租赁柜台卖服装，收入比打工强些。男人打工的饭店常换，有时上灶，有时切墩，收入不咸不淡。

　　两人感情极好，街坊听不到他们吵架拌嘴。街坊里的女人就拿这说自家男人，你跟人家男人学学！男人们也不示弱，一撇嘴，心说，你有人家女人那风情？

　　两年前，听说这老街要危房改造，动迁盖楼，房前有空地的人家都急忙在空地上筑起房子，想到时多拿些动迁费。

　　这家人也不例外，也张张罗罗起房。只是他家东邻的陈大个子，不准他家挨着陈家前屋起房，非要他家给陈家留出半米房檐滴水的空地，否则不准动工！陈大个子长得身高体胖，十年前曾砸破过街坊张老实的窗玻璃，八年前踢死过刘老寡妇的老母鸭，至今在这条街上无人敢惹。

　　街坊们的前门房都是墙挨墙盖起来的，马上要动迁，大家都知道这前门房就是为应付动迁，留不留房檐滴水的空地真是无所谓，这陈大个子分明就是想敲竹杠，挤油水。

半米乘上六米的跨度就是三平方米！如果动迁时等价换成楼房的面积，那可不是个小数目！这家的男人没露头，女人出了面。她请西邻的王老师去当说和人，请陈大个子喝顿酒，给二百元损失费，摆平了。

事后，街坊们都说这女人有魄儿，男人熊，再见男人时，都不再拿他当回事儿。

动迁吵嚷了两年才真正开始。街坊们两年前突击盖起的前门房，无论够不够建筑标准，开发商都按仓房给钱。仓房的价比地皮高不了多少，这么一算，不少人家的前门房都动迁不出工钱和料钱。这一下，大家都不搬了，打算和开发商争一争。

地产开发商有吃素的？很快，就有一伙人开始挨家挨户地"拜访"。这伙人有二十多个，其中有文有武。武的说是开发商的代表，十多个，多是些街上的流氓二混子。"拜访"时，这十多个人一起涌进人家屋里，嘴上句句带着脏字，手四处乱摸乱翻，眼死盯着姑娘媳妇要害，羞得妇女不敢在家。平常百姓哪见过这个，没等谈判，嘴就抖了。这时，再进来几个文的，说是动迁办的，拿出一纸合同，问，签是不签？不签，文的扭头就走，武的留下继续谈。一帮地痞流氓，能谈些什么？多是话不投机，吵！骂！捉打！闹得鸡飞狗跳。白天吵完，晚上扔砖头砸门，砸窗。往门上甩大粪，挂死耗子，各种花样。有的街坊扛不住折腾，经不起闹，早早签字搬家走人。有的托门路，找关系，签个好价，也走了。剩下的都是些无权无势、无门无路的，武将们闹得越发踏实欢畅。

街坊们觉得陈大个子平时在街上牛皮烘烘，像一号人物，都推举他做代表，出头和武将们谈谈。不想陈大个子没谈退武将，反倒归顺了开发商，他刚入伙，欲交个投名状，当晚就带路去了软柿子厨师家。

陈大个子懒得隔墙砸窗，当的一脚，直接踢门进院，众人鱼贯相随。厨师正光着膀子在院里洗头，循声拧脖歪了一眼众人，然后拧头接着洗。

进院后，众人都立在门口没动。

武将们站了一会儿，眼神怪怪地扫了扫陈大个子，鱼贯退出。

陈大个子看到厨师身上的文身，愣了。

厨师上身筋凸肉鼓，腱子肉乱窜，背上文着三条青龙，一条盘在腰上，龙头正在背心。两条盘在双臂，龙头在肩。龙头龙身上，长的半尺，短的足寸，粉凸凸的长条疤肉新旧不一地凸在龙鳞外。疤肉边，连串的缝针眼儿，使那疤肉如同生足的粉虫正扒开龙鳞，慢慢爬出！

厨师洗完头见陈大个子还立在院中，淡问，有事？

陈大个如梦方醒，连说，没事！没事！踉跄退去。

第二天，厨师坐在门前磨厨刀。文将武将们见了都远远绕行。厨师的四邻这一天得了清静。当晚传出风声，说武将里有人认出了厨师，说是几年前省城黑道上有名的狠人，一把藏刀说砍就剁。

街坊们暗自庆幸，这下总算有了出头人。

可没想到，厨师女人这天就把协议签了。

街坊们都道她男人这般霸气，一定签了好价，都怨她只顾自家，不厚道。

厨师女人拿出合同给大伙看，合同上厨师家还是亏着。

众人不解。

女人说，他走上正道不容易，我哪能让他因为钱再走回去！

（原载《辽河》2017 年第 9 期）

我 死 定 了

于艳丽

在我没有异想天开之前，这只是我从网上看到的一个段子，可偏偏就在这时，我脑袋里灵光一闪，觉得这是个不错的主意。

手机上的时间已经是深夜一点，城市的夜黑得不踏实，像一个恹恹欲睡的失眠者。此时，不知有多少人蛰伏在夜晚的角落里呓语、做梦或者为白日里需要的一切辗转反侧。

我为自己的小灵感有些激动。

我掏出手机，犹豫了一下拨通了我们经理的电话。

我按照段子里的要求，不多说一句："我在家，你来接我吧！"然后没等经理反应我就挂上了电话，并把他的电话设置成拒接。

放下电话，我开始计算经理从他住所出发开车到我家的时限，这个时间段不堵车，三十分钟左右到达应该没有问题。经理喜欢我好久了，公司上上下下连扫地的阿姨都看得出来，我之所以没有答应他，不是因为他不好，而是他有一个虽然人到中年却依旧貌美如花的妻子，我不敢拿自己的年轻拼人家老婆的脸蛋。

我的第二通电话打给我的前男友，电话接通之后，话筒里传来一个男声问："谁呀？"我沉默了一会说："我在家，你来接我吧！"然后果断挂上电话，并一样设置成拒接。

前男友是被我甩掉的，说实话，除了多金，他在我眼里没什么优点。我一直觉得他爱我甚于我爱他，有一次和他出去旅游，遇到车祸，满脸是血的他，在车卡在树上的瞬间一下抱住我，问我伤到了没有？那次，我以为我会死心塌地地嫁给他，但是感激不代表爱情，最终，我还是因为他不懂我，和他分了手。后来，我偶尔会念起他的好时，他已经有了新的女朋友。

第三通电话我如法炮制打给我一直暗恋着的那个男人，他是我们公司的合作伙伴，我是他和我们经理之间沟通的桥梁，他符合我对男人的外部审美：身材笔挺，头发浓密，宽厚的嘴唇，小得恰到好处的眼睛，第一次见他我就被他的外形迷住了。一次，我坐着他的车去分公司开会，车子平稳滑行在公路上，突然前面转弯处跑来了一只哈士奇犬，我惊叫着以为无法避免一场惨剧的发生，结果他为了躲开哈士奇硬生生右转弯，让自己的宝马车撞到了路边的护栏上。从那以后，我不可救药地爱上了这个风度翩翩、事业有成又颇具爱心的男人。但是因为越是仰望越是觉得自身渺小，我在他面前小心翼翼从不敢表白，这次，我趁着月色明朗夜晚雌激素分泌旺盛的时刻斗胆给他打了这个电话。

电话打完了，我看了一下时间，已经是深夜一点二十了，我突然想起，小区的大门这时候已经关了，没有特殊情况，外来车辆一律不准入内。

于是，我故意哑着嗓子，装出疼痛难忍的音调给小区保安打了一个电话：喂……你好，我是1001的住户，我病了，一会儿有朋友来看我，带我去医院，麻烦有找1001住户的请让他们……进来，我叫冷笑，对，冰冷的冷，笑容的笑，好的，谢谢！我麻利地放下电话，内心里体验到了儿时恶作剧的快感。

我去到卫生间，照照镜子，换上粉色蕾丝性感的家居服，靠在卫生间的盥洗台上开始想，如果他们三个都来了，我该怎么办？那就说我真的不舒服，以为他们都不会来，才会给下一个打电话。如果只来了一个呢？那就不顾一切把自己交给他，让他把自己连人带心一并娶走。

手机上时间的流淌开始变得缓慢凝滞，我侧着耳朵倾听，生怕漏掉细微的敲门声。其实，我的担心是多余的，夜晚会把一切声音无限制地放大。

或许他们一个都不会来！我看着手机上的时间，突然觉得自己有些无聊，正当我失望透顶开始埋怨自己的时候，门铃恰合时宜地响了，我几乎是飞奔着过去把门打开。

门外站着一个人，但事实出乎我的预料，那个穿着灰蓝色制服，身材略显瘦小的保安局促地望着我说，等了半天也没见人来，我怕你有什么事，就过来看看。要不，我找车送你去医院吧！

我想，我此刻的脸一定是苍白的，我虚弱地摇摇头向他表示谢意，然后坚定地告诉他说，我吃过药，已经没事了！

保安犹疑地看着我的脸，走两步不放心又回过头说，难受了就打电话，保安值班室始终有人的！

我点点头，趁他回过身的时候，把一串眼泪滴落下来，落到光着的脚背上，冰凉。

我慢慢地关上门，回到床上，拿起手机，重新看了一遍那个段子：如果在深夜，有人拿着菜刀架在你的脖子上说，给你一分钟时间让你打电话给除了你父母的任何人，说让他来接你，如果他同意来，我就放了你；如果他不同意来，我就杀了你，你会打给谁？我诧异地发现，我有可能死定了。

　　我默默地关上手机，我知道，如果没有那个保安，我已经死定了。

　　　　　　　　　　　　　　　　　（原载《天池小小说》2017 年第 1 期）

伤 不 起

王 爽

香兰没想到，对方竟如此强大。

当时，那位顾客不声不响地来到柜台前，像是闲逛。香兰打理完别的顾客，过来说："让您久等了，想买点儿什么？"

"不买什么。我是刘明宇的媳妇，叫静茹，你也可以叫我嫂子。"静茹一脸平静，"什么时候方便，我想跟你谈谈。"

这样的开场白，让香兰猝不及防。她不止一次地设想，某一天刘明宇的老婆可能来找她干架，唯独没有想到这个女人竟如此心平气和，使她的各种防范预案此时一概失灵。

香兰赶紧收摊打烊，带着这个女人来到附近一家茶馆。香兰发现，成熟沉稳的静茹要比自己大十多岁，但却不显老，正处在女人鲜花盛开的季节里。

静茹说："我看刘明宇和你的性格挺融洽的，既然这样，我想跟他离婚，成全你们。"

这再一次让香兰没有想到，她的脸红一阵白一阵。在静茹面前，她感到相形见绌，被动极了。如果静茹一上来就吵骂，甚至厮打，她心里或许会更平衡些，而且还会奉陪到底。第三者虽不光彩，但闹到最后，说不定就是这个男人的选择，是笑到最后的胜利者。但对方却不打不闹，这种异常反而将香兰震慑住了。

"是我不好，插足了你的家庭。你们千万不能离婚。"香兰诚恳地道歉，"我年轻，会另嫁人的。嫂子你告诉刘明宇，他如果执意选择离婚，我……我就选择去自杀。"

静茹没有再说什么，呷了口茶后，起身款款地走了，留下僵硬地坐着的香兰。

香兰原以为自己还算漂亮，可这点儿自信，在见到静茹后便土崩瓦解了。这女人不仅仅是漂亮，而且有着一种不寻常的魅力。自己除了年轻点儿，没有任何与其争斗的优势。

香兰清楚，让她离开刘明宇那是生不如死。刚才迷迷糊糊的像在演戏，是自己在演戏，还是静茹在演戏，或者是大家都在演戏。

当年香兰的丈夫离她而去，她带着孩子无依无靠，后来认识了个体老板刘明宇。此人通情达理，又重感情，给了香兰从来没有体验过的爱，吃的、穿的、用的……当然还有床上的激情，虽然他大她十几岁，可温柔体贴，雄风依旧。刘明宇还给香兰的孩子买这买那，给了孩子未曾得到过的父爱。香兰认为，她终于找回了自己的幸福，因此倍加珍惜这迟来的爱。

如今，香兰很害怕失去刘明宇。在静茹面前，她嘴上阻止他们离婚，而且不惜自杀，其实那是自欺欺人的违心话，内心则在隐隐作痛。她多么希望他们离婚，多么希望独自占有这个男人。

几天后，刘明宇大包小裹地带来好多东西，一阵肉体上的温存后，掏出一张银行卡给香兰，说卡里有三十万元钱，并希望她找个不讨厌的男人。

"不要！"香兰疯了似的喊，"我宁愿一辈子做你的小老婆。"

此刻，香兰好想听他说，你永远都是我的，我不许你嫁给别人。然而，她却没有听到。其实在她的生活中，喜欢与她交往的男人，并不是没有。可她对别的男人没有感觉，唯有刘明宇才让她心里起波澜。她想死死地抓紧他，可现实却让她彻底失望了。如同抓着一把沙子，越抓越少，最后一点点地全漏掉了。

刘明宇告诉她："我老婆已经定出期限，今年年底，我必须在你们俩之间选择一个。"

听到这话，香兰彻底崩溃了。她清楚，刘明宇肯定不会选择自己。五年了，他要是想离婚早就离了。唉，他老婆要是跟我吵闹一番该多好啊！我们就大干一场，决个输赢。然而，那个女人太聪明了，没有给她这个机会。那种不动声色，不愠不火的冷静，就像一把闪着寒光的利剑，仅仅是刀光一闪，就已经令香兰不寒而栗。

香兰苦思冥想着，疲惫极了。夜已深，她犹豫一下之后，还是拨通了电台里"夜话"栏目的电话，向主持人讲述了自己的经历，寻求解脱的答案。

电台主持人了解了香兰的经历后，对她说：这位女士，你知道什么是痴迷吗？痴迷就是糊涂，糊涂就是不要尊严，没有了自己。什么叫没有路？悬崖勒马，到处都是路，可你不往有路的地方走啊。有多少第三者，认为有爱就够了。等到最后，人家没有离婚，就说明最爱的不是你。即使甘当永远的小老婆，人家也得给你机会。有些人就是这样，非等人家明晃晃抬起脚来踹她，才肯放下……

香兰在默默地听着，早已泪满衣襟。

（原载《天下书香》2017年第4期）

让　路

王海森

古榆村修路的事儿卡了壳，路基上有一座坟，怎么也迁不动。

坟的主人就是古榆村赫赫有名的三爷，他父亲的尸骨就躺在路中间，说什么也不迁，让村干部们毫无办法，乡领导就把迁坟的工作派给了我，协助村干部把那个钉子拔掉。

接到任务后我急急忙忙去了古榆村，第一时间去见那个三爷。

到了三爷家的门口，伸手一拽门，没拽动，看起来三爷正在家里呢。我就在门外大声地喊道：三爷，您开门，我是乡里的，来跟您商量迁坟的事。

说完话，我就站在门外等着三爷的回音。

可是，我耐心地等了足足有二十多分钟，屋里始终没有声音，看起来三爷还是在跟我们抵抗着，更说明任务的艰巨性。

我绕过房门，走到玻璃窗前，把脸贴上去，跟屋里的三爷央求道：三爷，您老开门吧，让我进屋去，咱爷俩当面好好谈谈。

没想到，不但没听到三爷的回话，反而，窗子突然间往外一打，三爷把一个物件狠狠地撇了出来，我一歪脑袋，没让那物件砸着，瞬间，窗子又关上了。

弯腰仔细一看，原来是个烧火棍，用手一摸，摸了一手黑。

我还是没有灰心，又趴在玻璃窗上，再次跟三爷说：乡政府是为大家好，这条道修好了，外边的货车能跑进来，村里的农产品也能运出去，咱们村就能富裕……

话还没说完呢，"咣当当——"从窗户上又撇出一件东西来，这回不是随便往外撇的，而是直接砸向我的脑袋，多亏躲得及时，没被砸上。

再去瞅那撇出来的物件，我的天哪，是一个脏了吧唧的、大大的"掏灰耙"，这要是砸到脑袋上，不砸蒙我才怪了呢。

这老头真固执！

正在这个时候，村长慌慌忙忙跑过来，一把拽住我，一边拽一边说：年轻人，快走吧，你能把这老头子整明白吗？

我不想走，一定要见到三爷，说什么也不走。可是，我没有村长的力气大，他还是把我一直拽到他的家里。

门一开，一股香喷喷的气味儿立即扑鼻而来，把刚才的窝囊气一下子都驱赶得干干净净。再往桌子上一瞅，啊？我愣住了，好丰盛的宴席呀！鸡鱼肉蛋，样样都有，几乎吓坏了我。

这饭我说什么也不能吃，连忙往后缩着，说：这可不行，这可不行……

村长一边往前推着我，一边毫不在乎地说：全都是我家自产的，你就吃吧，不违反规定，又不是公款，有什么不行？

说着，就强行把我按在凳子上，另一只手抓起酒瓶子，"咕嘟咕嘟"，把我眼前的酒杯倒满了酒。

我挣扎着刚要起来，就听"呼——"的一声，门被打开了，没等我看准怎么回事儿，风风火火地走进一个人来。

啊？三爷！这个找他不给面见，不找又自上家门的三爷，进屋来什么也不说，虎虎生风地冲到桌子前，一把端起村长倒满的那杯酒，狠狠地泼到地上。

随后，两只手往桌子上一抓，眼睛一瞪，大大一用劲儿，"哗啦啦……"把桌子掀翻了，桌子上的大鱼大肉，荤菜素食，连着那瓶没倒净的烧酒，全部翻在地上。

本想前去阻止三爷的村长，完全傻在那里。

再去看三爷，做完了这一切，却威严地一转身，迈开虎步，噔噔噔，洋洋得意地朝外面走去，还发出了一阵欢快的笑声：你们吃去吧，哈哈哈……。

这，这，望着已经走出屋来的三爷，村长抖抖地跟我说，这可怎么办？

怎么办？我说，这是老百姓对不正之风的一种惩罚！掀得对，今后再别搞大吃大喝了，好好干点实事儿吧。怎么办？赶快行动，让所有机械都上路，开沟，运料，给村民们一个最实实在在的交代吧。

那三爷他爹的坟怎么办？

不用你管了。我坚定地说。

看到路上已经热火朝天，机声隆隆的场面，我又去了三爷的家，还得找他老人家谈清楚。

到了三爷的家门口，一把大锁已经把家门锁上，这回他是见都不给见了，我只好四处去找。

此时，天色已经渐渐黑下去，家家户户都散尽了炊烟。但是，修路的热烈场面还在继续。

我脚步匆匆地往路上走去，上了路基，突然发现，就在三爷爹爹的坟前，跪着一个人，看背影儿，就是我要找的三爷。

我悄悄地走上去，在三爷的背后站住了。

此时，虎虎生威的三爷完全没了虎气，他双膝跪在爹爹的坟前，已经泣不成声：爹，都两三年了，村里总说修路，他们光说不干，你迁走有用吗？

今天，我看到了，乡里来了干部，真的行动了，爹，你看，路上，已经红旗飘扬，机声隆隆，沙子，石头，都运上来了，真的是干了，咱，不能再占着不动了。

我心里一激动，眼泪已经涌了出来，刚想上去说点儿什么，三爷突然忽地站起来，撕裂人心的一声喊：爹，咱，让路——

（原载《天池小小说》2017 年 9 月）

酒桌上的玩笑

孙春平

县上要上一个工业项目，请来了省市的各路专家，帮做申报评估前的准备。来客多鸿儒，自是要招待。但上级有规定，不可大吃大喝，便将酒宴安排在县政府的机关食堂。酒宴前，林县长叮嘱主管工业的副县长杜涛，说规格可以高一点，规模却一定要小。我的意见，就由我和你主陪，给相关的各部委办局的头头们备工作餐，让他们候在外面就是了。再有，你要发挥特长，事先准备好两个精彩的段子。这些神仙经多见广，吃什么喝什么可能在其次，关键是一定要把酒桌上的气氛搞上去。杜涛点头应道，明白。

客人如约而至。酒过三巡，场面仍有些矜持。杜涛抢过服务员手中的酒瓶，又挨个将诸位杯子斟满，说我讲个笑话，笑话里含着谜面，哪位揭了谜底，这一杯我认罚，但若谁都猜不出，就得大家同乐了。杜涛是个段子高手，不仅收集广泛，且善自编，尤其是还颇具表演天赋，随便一个笑话，经他添油加醋地一讲，就另有一番味道。那天，他讲的笑话素中含荤，雅俗共赏，酒桌上的气氛果然立时便被撩拨起来。一杯酒过，北方大学一位主攻生态环保的教授要服务员送上五只酒杯，并一一斟些白酒，说这五杯，合在一起，也不差杜县长的一杯。我这就到门外去，随便诸位动过哪杯，我回来，若猜不准，这五杯我一并饮净。若猜准，那这杯酒可就得谁动的杯子谁代饮了。这个玩法新奇。杜涛立即说，好，请教授离席，我一定让你干下这一杯，不然我亏死啦！众人大笑，教授起身，杜涛就在那一瞬间晃了晃其中的第四杯，未待教授走到门旁，已将他扯回。教授五只杯子依次闻过，果然毫不犹豫地将第四只杯子单独放在一旁。众人面面相觑，惊愕莫名，大家是眼睁睁地看着专家转身时，副县长动的杯子，若能见，除非他脑后长了眼睛。

来宾中有人不服，再试，并强调教授这次一定要到门外去。专家又赢，并剑指林县长，说父母官不可光看热闹，你一试如何？林县长小有犹豫，说，好，试就试，大不了一醉方休。教授一如前例，斟过酒再次起身而去。此游戏一而再，再而三，此番且是主陪的一县之长亲自应战，气氛自然空前高涨。专家再被唤回，竟又是一箭中垛。林县长没再犹豫，端起满登登的酒杯。杜涛忙拦阻，说林县长"三高"，大夫一再叮嘱，坚决禁酒，这杯我替县长喝下如何？专家笑说，爱护领导是我们大家的共同职责，不知林县长贵恙，是我的冒犯。可我也知社会上早有段子，说酒桌上一定要小心的就是怀里揣药片的，头上梳小辫的，还有就是会说荤素小段的。此言一出，满堂哄笑。教授又说，要说三高，这桌上谁不高。即便林县长不能一饮而尽，感情淡舔一舔，总还是应该的吧。林县长闻言，果然将酒杯送到嘴边，轻轻抿了一下，笑说，教授兄台也不必激我，能请各位专家百忙而来，是我们这偏远小县的荣幸。不就是一杯薄酒嘛，普天之下，谁不知舔一舔的后面，才是要害。一言落地，眼见林县长仰脖倾杯，不带一点含糊地将那一杯酒一口闷下。在众人的叫好声中，杜涛恨恨地瞪了服务员一眼，那女孩脸一红，悄然退下了。

　　贵宾们在县里工作了三天，尽由副县长杜涛陪同。客人离去后，杜涛自是要向一县之长汇报，说专家们对县里申报前期的准备工作基本满意，尤其对用地、环保等方面提出一些问题都很中肯，并给出了一些切实可行的完善建议。林县长大喜，说那你就抓紧落实，力争一次申报，一次获批，这种事切不可拖泥带水，吐噜反账。大事说毕，副县长见林县长高兴，便又说起花边趣事，说这几天，专家们一直念念不忘那天酒桌上的玩笑，逼着让教授交代魔术后面的诀窍。教授被逼不过，一直在上高速路口前才把谜底亮出来。县长您猜，是谁帮他做的这个鬼？林县长笑问，不会就是你吧？杜涛摇头大笑，说冤死了冤死了，我要是参与做鬼还敢让你喝下那么一大杯，我不知咱家嫂子对您的禁酒令比大夫们严厉一百倍呀。林县长问，那是谁？杜涛说，真是让人做梦都想不到，竟是咱们机关食堂里的那个服务员。进餐厅前，教授已备着酒桌上可能会有人竞技拼酒，就事先向那小丫头做了叮嘱，说我一会若表演，你务必帮我一下。也不是什么高难动作，谁动了第几只杯子，你只暗中向我眨几下眼睛就行。您看看，事情原来这么简单。林县长说，其实舞台上的魔术都很简单，关键就是能不能让人想不到，猜不破。副县长想了想，又说，只是我看那个丫头片子得给她换换岗，不能再让她在一号厅干了。不过是个临时工，怎么连谁是主谁是客都犯迷糊，还暗中帮着外人使坏呢。林县长却大不屑地摇头说，不过是个玩笑，怎么还用上了"使坏"这个词儿？我倒看那个孩子不错，进退得体，周到细致。哪天有机会，你跟食堂主任打声招呼，让以后多给这个孩子机会，锻炼锻炼。副县长怔了怔，忙说，是得多锻炼。还是县长大度，宰相肚里能撑船。

　　副县长离去，林县长摇头窃笑。其实，那天，酒杯一碰唇，他已破解了玄机。那满满的一杯子，原来全是水，谁知服务员是什么时候换下来的呢。

黎 明 前 夜

陈德鸿

大勇说，娘，回吧。

娘抓住大勇的右手说，到西风口寻到你弟，就让他家来。一时走不脱，也让他寻机跑回来。娘顿了顿，又说，你爹这一没，日子眼瞅就过不下去了。

大勇抽出手，揩了揩娘脸上的泪说，娘，我知道了。外面冷，回吧！

娘蹒跚着回了屋，一会儿又跑出来，冲走远的大勇喊，路上千万当心，寻不到，就早点回家。

走到村外一片收割后的田野时，大勇停下来，在地头找到一个写着父亲名字的木橛，然后蹲在地上，用右手抓了一把土，紧紧攥在手里，嘴里喃喃自语，小勇啊，咱家有地了，是政府分的，哥使不上力，你回来帮哥种吧！

第二天傍晚，大勇赶到西风口时，长长的队伍仍在不停地过着，土道旁，挤满了一层又一层的人。

大勇挤进人群，看着队伍中一张张稍纵即逝的脸，犯起愁来，这可上哪儿找小勇啊！听说兵是从昨天开始过的，小勇也不知过去了没有。

大勇想了想，也学旁人从队伍边拽住一个兵问，同，同志，我向你打听个人？

兵停住脚，叫啥名，是哪个部队的？

叫赵小勇，是，是3纵的。

不认识。兵摇摇头，3纵还没过来，你再等等吧。

大勇舒了口气，刚在离土道不远的一个土墙边坐下来，一个40多岁的男人便挤坐在他旁边。

大勇往边上挪了挪，男人又挤过来，说，兄弟，俺姓韩，刚才你和那个官长的话俺都听到了，俺儿子也是3纵的。

那敢情好。大勇说，我是赵家堡的，你是哪的？

男人说，俺家在马家洼。

那地方我去过，有个牲口市。大勇问，那边的地也分了？

分了，分了。我这次找儿子，就是告诉他这事。这回家里有地了，俺再倒腾点牲口啥的，日子就更好了。

家里还有啥人，能忙过来？大勇问。

家里还有个小的，不顶啥事。他娘病在炕上好几年了。男人说，俺一个人，多吃点辛苦就有了。

看着男人满足的笑意，大勇忽然想起来，前年在马家洼买骡子时，曾经和这个男人打过交道。

那时，大勇相中了一头骡子，这个男人要价 15 个大洋。大勇磨了半天，男人死活不吐口。眼瞅着太阳快落山了，一个年轻人突然把男人拉到一边，互相把手伸进对方的袖子里……大勇急了，拽过男人说，15 个大洋，这骡子我要了。到家没几天，大勇发现这骡子走路爱往右边去，找来八爷一看，说是骡子左眼受过伤。听大勇讲了买骡子时的情况，八爷说，你这是让人唬了，那是爷俩，专好下扣子。

见大勇不吭声，男人说，我儿在部队表现可好了，打锦州时还立了功呢！

大勇愣了愣，问，你这次来，是想把儿子叫回家去帮你？

男人撇了撇嘴说，那哪行啊，俺就是想儿子，让他对家里放心，告诉他在部队好好干，全国都解放了再回来。

大勇尴尬地笑了笑，不吭声了。

半夜时，许多汽车和马拉的炮车驶过之后，又开始过起长长的队伍。男人问了几个兵，高兴地对大勇说，这是 3 纵的，咱俩精神点，互相帮衬着打听。

天快亮时，男人找到大勇说，兄弟，你慢慢打听着，我，我回家了。

咋？大勇一边盯着队伍，一边问。

俺儿，俺儿他没了。男人蹲在地上，呜呜哭了起来。

大勇不知怎样安慰男人，只是用右手轻轻拍着男人的肩膀。

过了好久，男人站起来，擦了擦脸上的泪，踉踉跄跄边走边说，兄弟，不管咋，俺儿这是光荣，没给俺韩家丢脸。

走了几步，男人又折回来，对大勇说，兄弟，那事对不住了。等回去，俺给你寻头好的送家去，换回那头病骡子……

男人的身影在黑暗中消失了很长时间，大勇才回过神来，泪水早已湿了眼睛。

快中午时，大勇终于看到了队伍里扛着机枪的小勇。

小勇吃惊地摇着大勇的右手问，哥，你的左手呢？

大勇含糊着说，我这只右手也啥都能干，不耽误事儿。

小勇问，爹娘都好吗？

都好，都好，地也分了，咱家分了20多亩呢。大勇说，爹妈特意让我来告诉你，家里不用你操心，在部队上好好干，不解放全国不许回家。

哥，家里的事你就多辛苦了。小勇向大勇敬了个军礼说，让爹娘放心，我一定会戴着军功章，平平安安回家。

大勇往家走时，觉得自己的脚步比来时坚定了许多，也踏实了许多。

1950年4月，赵小勇在解放海南岛战役中光荣牺牲。

（原载《北京文学》2017年第7期）

神 秘 木 棍

王福日

  木雕大师的个人作品展经过数月筹备，终于对公众开放了。前来观赏的人络绎不绝，在一件件精巧奇绝的木雕作品中间，有一件物品引起了大家的注意———一根木棍。是的，就是一根再普通不过的棍子，甚至都不算是直的，树皮未剥，茬口生硬，上面还沾着泥土。

  "能出现在这些展品中间，这一定是根不寻常的木棍，不知道背后会有什么样的故事呢?"众人纷纷猜想。

  一位艺术系老师带着同学们来参观，同学们也诧异地问老师："老师，这根棍子有什么代表意义吗?"

  老师沉吟了一下："我想，这是大师精心准备的一个环节，他是想告诉我们，这些精美的艺术品是怎么来的，他们都来自自然，带着泥土和生命的气息，一个普通的物品在他手里得到升华，就能表现出不一样的意义。"同学们听完纷纷鼓掌。

  "哪有这么简单?"旁边一位留着长发浑身洋溢着艺术气息的男青年说，"这根木棍说不定是大师经过千辛万苦得来的，所以格外珍惜，连泥土都不舍得擦去，也有可能是木质特殊，只是我们不识货罢了!"

  一位富商站在木棍面前，叫来展厅工作人员，希望能听大师讲讲其中的故事，如果故事足够精彩，他会出巨资购买一些木雕作品，也包括这根神秘的木棍。

  工作人员很礼貌地回复他："大师昨日上山收集材料，不小心扭伤了脚，今天在家中休息，所以并未到现场来。并且，这根木棍并不在可出售的物品列表里，就是说，它是非卖品。"

  当地都市报的一位记者从朋友口中听说了此事，隐约觉得这里有新闻可挖。第二天，他来到了展览馆，但是转了好几圈，都没有找到朋友口中所说的神秘木棍，他叫来工作人员询问，工作人员说，她来的时候，放在那里的木棍就不见了，可能是大师给拿走了。

记者一听，大师这是害怕有人觊觎他的爱物吗？立即驱车赶到了大师家里。

在记者说明了来意之后，没想到大师竟哈哈大笑了起来："这木棍就是前天我上山崴了脚，在路边随便捡的，用来当拐杖用；展览前一天晚上从展览馆离开时，忘在了那里，哪是什么艺术品啊！早已经被我丢到路边了！"

记者一听着急了，一整天就跑这一个选题了，如果拿不出稿子，不就白忙活了。他急中生智，对大师说："您办这个展览也是需要宣传吧？可是光报道那些木雕作品有几个人愿意看呢？何不借这个由头，咱们将这次展览好好包装一下？"

第二天，本地报纸的显眼位置刊登了一条消息，《木雕展上神秘木棍失踪》，文中详细描述了大师如何花重金收买到某处绝壁上的珍贵木种的消息，如何孤身一人涉险去采集木料，又是为何将这根木棍摆在展览的显眼位置，洋洋洒洒数千言，消息一出，立即引起了轰动。紧接着几天，《大师为寻珍木险坠山崖》《木雕大师悬赏寻找失窃木棍》《失窃木棍仍杳无音信》一系列后续报道纷纷推出，在当地掀起了一场木雕热，来参观鉴赏大师木雕的人更是摩肩接踵。

几天后，一名学生模样的人拎着一根木棍来到展览馆："这就是大师丢的那根木棍吧？我在路边捡到的！"

"怎么可能呢？我丢的那个可是珍贵木种，这就是普通的梨木嘛！"大师说。

"不会错的！展览第一天老师带我们来看过！你看，这茬口，这泥土，跟我照片上的是不是一模一样？！"

（原载于《天池小小说》2017 年第 5 期）

爱 的 谜 底

佟惠军

2040 年的某个傍晚。

夕阳的余晖映在吴语嫣满是皱纹的脸上，她的生命之火已经枯萎。张晨握着老伴的手，他要陪她走完生命的最后一刻，不远的时日他也会追去。吴语嫣浑浊的眼睛不舍闭上，她还有一个心结，希望张晨能为她解开，可是她已经说不出话了。张晨伏在她耳边说了一句什么，吴语嫣用尽最后一点精气，笑了，安详地闭上了双眼。

时间回到 2000 年的一个早晨。吴语嫣看着医生那一张一合的嘴唇，什么也没听清。她的大脑在医生对她说"恭喜你，你要做母亲了"之后，就一片空白。

怎么走出的医院，吴语嫣想不起来了，只记得出了医院，颤抖着拿出手机拨了一个号码："云鹏，我怀孕了。"说完就哭了起来。电话那端传来一个男子狂喜的声音："语嫣，你别哭，你在哪？我马上去接你。"

吴语嫣回到家中，张晨正在厨房做饭。看着丈夫的背影，心像被刀剜了一下地疼。走过去从后面抱住张晨的腰，将脸靠在他的背上，眼泪止不住又流了下来。张晨发现了吴语嫣的异样，转过身来，吴语嫣连忙把眼泪擦干。"语嫣你今天怎么了，怎么哭了？发生了什么事？"吴语嫣突然感到一阵恶心，急忙跑到卫生间干呕去了。

张晨递给她一杯水漱口："语嫣，你最近怎么总恶心？是不是胃病犯了？明天我带你去医院看看吧。"

"老公，我没事，这段时间公司的事情太多了，觉得非常累，我想休几天假，在家看看书调整调整。"吴语嫣掩饰着自己烦乱的内心，满是疲惫地对张晨说。

第二天吴语嫣来到公司，没有像以往那样，第一眼就想看那个熟悉的身影，而是来到总经理的办公室请假。刚回到家中，电话不停地响了起来。吴语嫣看着手机上的头像，那还是云鹏特意为她设置的两朵水墨并蒂莲。"云鹏，我已经跟公司请假了，这几天你不要给我打电话好吗？让我好好想想。"

"语嫣，你必须听我的，把我们的孩子生下来，你不小了，如果你不生，也许这辈子都不会有孩子了，我会比张晨更爱你的，你要相信我。张晨不能给你的我都能给你，语嫣你在听吗？语嫣……"

吴语嫣默默地把手机挂断，然后关了机。她需要安静，好好想想到底该怎么办。

墙壁上的结婚照，让吴语嫣想起她和张晨相识的二十个春秋，无数往事仿佛昨天。

昏黄色的月光透过窗纱，将吴语嫣赤裸的胴体罩上一层光泽。张晨看着妻子几乎毫无瑕疵的身体，手忍不住时快时慢有节奏地在敏感部位游走着，吴语嫣禁不住娇吟起来。使尽浑身解数想让张晨进入她的身体，可张晨腹部那道长长的伤疤露出狰狞的面孔，让她的心再次跌入谷底。张晨为了照顾久病的她昏倒在医院、这些年对她父母付出的一切、无数个共同秉烛夜读的场景冲进她的脑海，恍惚间耳畔传来张晨的声音："语嫣，我爱你。"这是张晨第一次说这三个字，一行清泪悄然滑落。她听见自己说："困了，睡吧，明天你还要早起。"

语嫣闭着眼睛，没有丝毫睡意，云鹏那张英俊的脸仿佛就在眼前。云鹏是公司的销售部经理，刚来应聘那会儿，曾引起公司不小的轰动。俊朗多金像一块强磁铁，吸引着那些待嫁的女孩。可不知怎么，云鹏独独爱上了大他四岁的公关部经理吴语嫣。吴语嫣起初一直回避云鹏的追求，越躲云鹏，云鹏的眼神越炽烈。有一次公司组织滑雪，吴语嫣站在雪场外围，羡慕地看着同事们在雪中快乐地嬉戏，因为身体孱弱，她连滑雪鞋都无力穿上。云鹏看出吴语嫣眼神里流露的遗憾，毫不迟疑地取过滑雪鞋，命令她把脚踩进去，然后跪在雪地上，手攥住她的脚，用力帮她穿上鞋。吴语嫣看着云鹏弯曲的脊背，怦然心动。不久出差上海的夜，云鹏敲响了吴语嫣的房门。和云鹏的巫山云雨，让吴语嫣第一次体会到做女人的快乐，可没承想没到半年竟然怀上了云鹏的孩子。

七天后，吴语嫣辞了职，她不敢看云鹏伤心的眼神。

弥留之际，吴语嫣放不下曾经的这段往事。张晨在她耳边说的是：如果当年你决定生下那个孩子，我会和你一起把他抚养成人，你的孩子就是我的孩子。

（原载于《微型小说月报》2017 年第 4 期）

暗　度

付桂秋

去年夏天，我调来二分局工作。当天去收发室取快递时，守门的老李去卫生间，让我帮照看下。可他刚走，外面就传来颤巍巍的叫声：大刚啊……大刚啊……

我望向窗外，见一拄拐杖的老人站在台阶上。他头发花白，动作迟缓，嘴里大刚大刚叫个不停。

我把门开个缝，见地上有个塑料方便袋，装着一把菠菜，还有几个茄子。我第一反应是迷路的老人，买完菜找不到家了，就站在门里问：老爷子，找谁呀？

话音未落，就听身后传来咚咚咚的脚步声，有人急急忙忙地说：找我的找我的……

我回头一看，见王刚王科长从二楼跑下来，一脸的歉意。我让开身，王科长闪出门，搀扶老头儿往一边走。

这时，老李回来了，趴窗户向外看，绘声绘色地叫：大刚啊……大刚啊……然后哈哈大笑，说：这老头儿没治了！总来。

见我疑惑，他解释道：你刚来不知道，那是王科长老爹，整楼人都认识他。这老头儿哇，也不管你是不是办公呢，离老远就大刚啊大刚啊地喊。王科长是复员军人，酒量又大，大家就给他起外号"大缸"了。去年老头儿还挺有底气呢，扯开嗓子全楼人都能听见。今年开春得场病，本以为这回不会再忙叨人了，可没出俩月，又立了歪斜往这儿跑。岁数大就老小孩儿。哎呀，这真是豆腐掉到灰堆里——吹也吹不得，打也打不得呀！

我也笑了，蔬菜稀烂贱，用得着挪挪蹭蹭送来吗？这老头儿就是闲的。

这以后，隔三岔五就听到那颤巍巍的叫声。偶尔，也会听到王科长的埋怨声。

到了秋天，老爷子再来送菜，就把方便袋放台阶上，含含糊糊叨念什么已经听不清了，嘴角还挂着口水。身体大不如前了。

王科长就苦笑说：实在没辙了，也不跟你打招呼，就这么偷摸地送。他告诉老李，看见老爷子来就喊他一声，不忙他就直接送回去；忙就搬把椅子，让他在阴凉处坐一会儿。

张姐笑说：看人家王科长，不光工作出色，还那么有魅力，总有人暗送秋波。

我发现，老人送的菜确实总有一把菠菜。那菠菜棵小，顶红，叶绿，一看就是旱地种的。老李说这菠菜品种好，叫红嘴绿莺歌儿，朱元璋做珍珠翡翠白玉汤的材料。

一个周五的下午，阳光明媚，见王科长端着脸盆毛巾下来，在树荫下给老头擦完脸，又把双手泡水里，坐那和他唠嗑儿。过会儿，就蹲地上给他剪指甲。他说老头儿指甲特厚，得泡软了剪。剪完，还拿小锉刀磨。

张姐看见了，感慨道：想不到我们五大三粗的大刚同志竟还这么细心呢。

王科长说：张姐呀，你兄弟当兵二十五年，十字绣我都敢摆弄，你信不？

刚入冬，王科长就见了报，说他两年来，一直义务照顾一位患阿尔茨海默病（俗称老年痴呆）的老人。老人女儿介绍说，她弟弟和王科长同名，也叫王刚，他小时候嘴角总发炎，医生让多吃菠菜，她爸就一年四季在院子里种。后来住楼房，不能种就买。四年前，老人得了阿尔茨海默病，次年，他儿子车祸去世，家里一直瞒着他。可他怎么糊涂也惦记儿子，总找大刚。一次从分局门前路过，见有人喊王刚，就把王科长当儿子了。王科长把老人送到家，了解内情后就顺水推舟，答应了。从此就经常来照顾老人。

这回真相大白了，原来那不是王科长亲爹，他是做好事呢。

去年底，王科长被评为"十佳好市民"。

今年春，王科长又获得省"五一劳动奖章"。

没几天，王科长就成了王副局长。

老头儿再来时，同事们就有了意味深长的笑容。丁科长喝了点儿酒，用手点着张姐说：头发长见识短！还什么暗送秋波，人家这叫暗度陈仓！

……

不记得从什么时候起，再也见不到老头儿的身影了。我只记得八月末的一天，早上刚到单位，就听说王局干爹去世了，明早五点出殡。还有人暗地说，这干爹真没白认，名利双收！

次日送行，整个分局的人都到场了。王副局长惊讶地说：这……咋都知道了呀？

他急忙拉着丁科长的手说：既然都来了，那就麻烦哥哥帮我招呼大家，人到就好，任何表示都不必！还有哇，哥你不知道，你兄弟我独苗啊，十八岁时候爹张罗给我娶媳妇，我就跑出来当兵了。他呢，就怄气不和我说话了。直到八年前，他病危了才说想我。可等我到家，爹已经走了……哥你不知道哇，兄弟多想听爹喊我大刚啊……

话至此，王副局长已泪流满面。

（原载《小小说选刊》2017 年第 6 期）

堂　号

袁炳发

听母亲讲，我们家从山东东平闯关东落户黑龙江时，发生过一件事。

当时父辈兄弟三人奔赴同乡至黑龙江苇子沟，立足未稳，即遭遇水灾，全镇子人陷入困顿，几乎家家缺吃少穿。

一天深夜，我家邻居、造纸厂的会计张爷，突然被鸡叫声惊醒，以为黄鼠狼乘人之危又来吃鸡，便手拎棍棒冲出门。

冲出门的张爷，月色之下，定睛一看，哪是什么黄鼠狼，是一窃贼在鸡窝行窃。此时窃贼也听见门处的动静，慌乱中丢物而逃。张爷将其所遗之物拿进屋中，亮灯一看，是个布袋子，里面装着张爷家两只芦花母鸡。

张爷把母鸡放出之后，凑近灯下看布袋子，发现上面印着三个大字"敦本堂"。张爷想起，前些日子我大伯去他家借一斗玉米，用的正是这个袋子！

当时听母亲讲这件事时，我还小，对"敦本堂"三个字不甚明白。上小学一年级后，父亲告诉我："敦本堂"是我们这一支袁氏的堂号。那时候，家族堂号是一个标识或者说符号，更是一个家族自我建设的动力，也就是家风和对外立身的信誉。

翌日一早，张爷拿着空袋子来到我们家，也不说话，将空袋子置于地上，瞥我大伯一眼，鼻子哼了一声，扭头走了。

我大伯见状，傻眼了，马上让我父亲去看下自家的布袋子在不在。

当我父亲告诉大伯，我们家的布袋子的确不在了时，我大伯当时就哭了，说，这人丢不起啊！

我父亲说，丢什么人，又不是我们干的，袋子是让人偷走了。

我大伯说，谁知道是这么回事啊？咱们百口难辩！

我大伯哭得很伤心，感觉对不起老祖宗，没有保护好家族名声。说着，就安排我父亲和叔叔收拾东西，回山东老家东平去，不在此处丢人现眼了。

我父亲急了：我们是敦厚本分之家，不能就这么不明不白地受冤屈。父亲掉头出去了。

父亲要把这件事调查明白！

事件发生时，正是阴历九月初，早晚有霜冻。夜间野兽出洞都会留下足迹，人畜如果晚间出来，踩出的痕迹也会像石膏一样凝住。我父亲在路上仔细查看，循着一趟可疑的足迹追出镇子，一追就是十几里地，追到了另一个屯子。那天半夜时分，我父亲带着两个人回来了，一个中年男人，一个十几岁的半大小子。三人直奔张爷家。

原来，偷鸡的是那个十几岁的半大小子干的，中年人是他的父亲，一起过来赔罪来了。

这件事的结果不说大家也能猜得出来，我们家和张爷家的嫌隙弥合了。这件事的发生，非但没有给我们家族抹黑，反而赢得了许多好名声，苇子沟的人一下子就接受了我们家。

我们家以敦厚本分立家，赢得了远近邻居的信任。这件事之后，张爷在造纸厂的厂长面前，极力举荐大伯哥仁到纸厂上班。

哥仁到纸厂上班后，专选苦脏累给钱多的活干，两三年间，就挣得一份不错的家业，而且，当时从山东来时，只有大伯一人娶亲，经过几年打拼，我父亲和叔叔每人都娶了一位好姑娘。就这样，我们家不仅没有退回到老家山东，倒是深深扎根在黑龙江了。

扎根之后，大伯在正堂的一张桌子上，把祖辈牌位供上，并把堂号"敦本堂"三个字的横幅挂于牌位上方的墙上。

几年后，"文革"开始，红卫兵的"破四旧"将我家的牌位、堂号掷于火堆，焚烧一尽。

当时，大伯为了保护堂号，和红卫兵们厮打起来。结果，大伯的一条腿被红卫兵们打伤致残。

从此，大伯每天都郁郁不乐。几个月后，大伯去了趟县城，家里人不知他去干什么，问他也不作答，只是从大伯舒坦的面容上，猜测他可能是到县城做了一件大事。

这个谜直到大伯去世时才解开。

那天，病中的大伯奄奄一息，我大伯母给大伯换寿衣，当大伯母除去大伯身上的旧衣时，我们袁氏家族的大人小孩，都在我大伯的前胸看到了刺上去的三个字："敦本堂"。

大伯母急忙问大伯：那次你去县城就是刺字去了吗？

大伯吃力地点点头之后，长嘘一口气，就咽气了。

......

时隔多年，回想自己为官多年，竟一尘不染，这才猛然惊觉：其实，大伯前胸上的那三个字，早已扎在我心里的最深处了。

（原载《安徽文学》2017 年第 6 期）

稻 草 人

廉世广

老师把我们男生分成若干组，每天晚上到校田地看秋。那是 20 世纪 70 年代末的事，我正在公社中学读初中。

提到看秋，我们这些大男孩们都有种莫名的神秘和兴奋。飘着成熟气息的庄稼地，幽深的黑夜，满天的星斗，也许还要与破坏生产的偷盗分子进行一场斗争。这些，都深深地吸引着我们。

在我的记忆中，每到秋天，生产队都要组织社员看秋。黄澄澄的稻田里，隔三岔五地竖起几个稻草人，那是用来吓唬偷食稻籽儿的各种鸟类的。玉米地头搭起高高的瞭望楼子，除了护秋队员，还有荷枪实弹的民兵站在上面，哨兵一样，是用来威慑偷盗粮食的人类的。每到这个季节，广袤的庄稼地里都要发生许多故事，供村民们茶余饭后品评。

我们看的是土豆地，土豆秧低矮，贴着地皮儿，一眼能望出很远。我们的班主任徐老师说："让你们看秋，不光是要看住学校的土豆不被偷，更重要的是锻炼意志，增长知识。"我们都笑。锻炼意志我们懂，增长知识，那是不是一句套话？

徐老师原来是村里的电工，学校缺物理老师，就把他请来了。本来打算让他暂时代一段课，可是一上讲台，学生们就不让他下来了。徐电工讲课生动、通俗，有许多生活经验和知识，学生喜欢他。公社里一研究，就让徐电工变成了徐老师。

我们先在地头用蒿草搭了个窝棚，打上地铺。又在地里扎起几个稻草人，张牙舞爪的，很生动。有人说，土豆又不是稻子，弄这些吓唬鸟的玩意干吗？我说，要发挥我们的想象力啊，稻草人白天是吓唬鸟的，晚上就是吓唬人的。你想啊，月光下，几个黑乎乎的人影站在土豆地里，谁还敢贸然闯进呢？大家都说我的创意好。

吃过晚饭，我们就坐在窝棚前，盼着黑夜的来临。风吹过来，庄稼叶子发出一阵唰啦啦的声响。极目望去，一片绿中泛黄。庄稼要成熟了，空气里也飘着香气。太阳缩进西山，天上便出现了星星，一颗，两颗，三颗，转眼间就数不过来了，密密麻麻的，像谁无意间洒落了那么多的银豆豆。一弯细细的月牙不知什么时候闪了出来，像一弯冰，真担心它会融化掉。不远处的村里，炊烟尚未散尽，有发黄的灯光一闪一闪的，不时传来一阵若有若无的笛声。大自然渐渐地沉静下来，被无边的夜色笼罩着，天黑透了。我们把早已准备好的木头桩子堆在一起，点起篝火。有火就有光，它是光明的，温暖的。我们拿着手电筒，每半个小时巡视一趟。快到半夜了，还没有发现敌情。

随着时间的推移，那种神秘感和兴奋劲儿逐渐淡去，疲劳和困倦夜色一样袭扰着我们几个男孩子。我体会到了徐老师说的"锻炼意志"的含义了。我们互相鼓励着，分成两组，轮番休息，轮番巡逻。木柴燃尽了再填上，篝火始终燃得很旺，就像我们年轻的心志。

天渐渐地泛亮，村里传来此起彼伏的鸡鸣，篝火淡了下去。我们感到胜利即将来临，因为在之前的无数次巡视中，整个土豆地都完好如初。现在，我们要进行最后一次巡逻了。然后，我们就可以凯旋，吃一顿香甜的早餐。可是，当我们从土豆地的这一头走到另一头的时候，我们都傻眼了。有一片新土，黑黑地亮在那里，像是和我们示威。显然，这里的土豆被偷了。那一刻，我们都要哭出来了。功亏一篑，不知道那时候我们学没学过这个成语。

我们低着头向徐老师报告。我强调，我们没偷懒，我们很敬业，我们几乎一夜未合眼。可是，最终，土豆还是被偷了。

徐老师似乎并不生气，说："我相信你们。但是，你们要总结经验，那么敬业，为什么土豆还是被偷了呢？"

我们答不上来。

接下来的事情让我们如何也想象不到，徐老师走进里屋，拎出大半袋土豆。

徐老师说："这就是你们丢的土豆，我就是偷土豆的人。"

我们还没缓过神来，徐老师又说："我是天快亮的时候去的土豆地。你们窝棚前的篝火很亮，你们巡逻得也很勤。可是，你们在明处，我在暗处，你们看着土豆，我看着你们。趁你们往回走的时候，我很从容地挖了这些土豆。"

哦，原来是这样。

徐老师说："你们明白隐藏在这里的道理吗？"

我们看着老师，似乎明白，又似乎不明白。

徐老师提醒我们，说："我看到了你们竖在地里的稻草人，那你们知道真实的人和稻草人的区别吗？"

直到今天，每当我想起看秋的往事，仍然有种神秘、兴奋的感觉，那无边无际的庄稼地里，隐藏着多少耐人寻味的故事和道理啊。

（原载《海燕》2017年第6期）

生　命

柴亚娟

每年樱桃红了的季节，我都会想起扎在心窝的那桩往事。

七十年代初，我上小学五年级，有一个星期日的早晨，父亲和母亲去村东大排地干活，我在家照顾不满三岁的弟弟铁蛋。我按照母亲的嘱咐蒸好鸡蛋羹，端到铁蛋跟前，一勺一勺地喂铁蛋吃，铁蛋吃完鸡蛋羹，小脸乐成一朵花。

这时，我同学刘美华到我家来玩。我和刘美华聊了一些班级里的事后，我就发现刘美华的一双眼睛，被我院内园子里那两棵樱桃树给勾直了。

正是樱桃红了的季节，两棵树上的大樱桃，个个丰盈饱满，鲜红欲滴。我明白了刘美华的意思，就说，美华，走，咱俩去园子里摘樱桃吃。刘美华乐颠颠地随我到了园子里的樱桃树下，乐呵呵地摘着樱桃吃。

这时，我忽略了我的弟弟铁蛋，因此发生了令我一生都无法释怀的悲惨事件。

当时铁蛋刚会爬行，我和刘美华在园子里摘樱桃吃时，铁蛋竟然会从炕上爬上窗台。夏天，窗户是开着的。这样，铁蛋从窗台上向前爬行的时候，双手抓空，大头冲下在窗台上摔到地下面。而促使悲惨事件的巧合点是，弟弟铁蛋的头落到地面时，正好扎进一块木板上竖立的一根钉子上。

我和刘美华从园子里赶到窗台下时，见有血正从弟弟头上被扎的钉眼处，向外渗出着。

我紧张慌乱，竟无了主意，不知该怎么办，是刘美华找来了邻居。邻居到后，没敢把扎在弟弟头上的木板上的钉子拔出，说是怕有血蹿出来。

来不及去村东大排地找父亲和母亲，弟弟铁蛋连同那块木板和那枚钉子，就被邻居们抱上四轮车载往县城了。

站在村口，望着四轮车在灰尘中远去，我心神不安。

我流着泪，转身跑去找父亲和母亲。

到了大排地里，我把铁蛋的情况说了。父亲和母亲赶紧放下手里的活，慌手忙脚向村里跑。

等父亲和母亲赶到县城医院时，弟弟铁蛋已经停止了呼吸。因为我的疏忽，弟弟铁蛋的生命，瞬间便像风一样消失了。

母亲抱着铁蛋，哭得肝肠欲断，昏了过去。我哭得死去活来。

我知道，我永远不可能再喂铁蛋吃鸡蛋羹了，再也不能和他一起玩耍了。

处理完铁蛋的后事，父亲问起我铁蛋出事那天的前后经过，并说，不是让你在家照顾好弟弟吗？

我就把刘美华那天想吃樱桃的想法告诉了父亲。

父亲听后说，然后你离开弟弟，去园子陪刘美华吃樱桃，你弟弟就出事了，对吧？

我点点头。

我发现父亲眼里立即闪出一道光，那道光当时我不能理解是什么含意，现在回忆起来，应该理解为是一道仇恨和凶狠的光。

可惜，我把这道光理解得太迟了。

几天后，刘美华被人掐死的尸体，出现在村东大排地里。父亲是凶手，他不隐藏躲避，主动投案自首。

民警问他作案动机时，父亲回答得很简单：我儿子铁蛋的死，与刘美华有关，所以她要偿命。自古杀人偿命，欠债还钱嘛！

当时，我舅舅是我们那个乡的乡长，也不知他用了什么样的办法，竟然让刘美华家的父母不追究我父亲的刑事责任。

父亲被释放后，像变了个人，整天待在家里，沉默寡言。

不久的一天夜里，父亲用鼠药结束了自己的生命。识字不多的父亲，留下了只有一行字的遗书：自古杀人偿命，欠债还钱！

我舅舅捶胸顿足说，早知这样，我何必卖了房子救你呀！

母亲是雪上添霜，忧伤过度，患了精神病。一家人就这样四分五裂。

几年后，我也因为母亲的病，放弃了高考，把母亲带到县城，和亲属借了钱，租了门市房。我做着小生意，攒些钱就给母亲治病。

时光荏苒，一晃四十余载过去了，我也快成60岁的老人了，一直单身未嫁，陪着母亲。然而，尽管如此，我心里的结仍在。我从未给父亲上过坟，内心怎么也不能原谅他。

清明或七月十五，无论怎么忙，我总要到刘美华的坟前，陪她聊聊天。

（原载《小说林》2017 年第 4 期）

六十六个饺子

李广生

那天，姥姥过生日。妈一大早便起来忙活了，宰杀了家里最肥的那只老母鸡，剔下来一大块鸡胸脯肉，用秤称了称，六两；又称了六两白面。然后剁馅，擀皮，包饺子。

妈包饺子的时候，站在一旁的我一直猫一样瞪着眼睛，咽着唾沫。我在想，想那些圆滚滚紧撑撑的饺子，从我的嘴里落进肚子里的美丽过程。进而又想，啥时候我能像姥姥一样过上六十六岁的生日，也美美地吃上一顿饺子呢。

那时村子里的人家都清汤寡水的，一年到头儿也见不到几个油腥。尤其是青黄不接的时候，土豆白菜能吃上流儿就算不错的了。只有到了年节，才能吃上一顿两顿饺子。

饺子很快就包好了，灶里的水奋力翻着花，"南边来了一群鹅，扑通扑通跳下河"，妈一边叨咕着，一边麻利地将饺子下进了锅里。

人都说"好受不如倒着，好吃不如饺子"，的确，这世上没有什么比饺子更好吃的了，有面有肉，有皮有馅，咬上一口，香喷喷，油汪汪，既解馋又顶饱，给个神仙也不换呀。

饺子煮好了，妈一个个小心翼翼地数着，一个，两个，三个……最后的数字是六十六个。六十六个热气腾腾的饺子被装在一个大海碗里，上面罩着一层雪白的屉布，饺子的香气透过屉布，在屋子里肆无忌惮地弥漫着。

快把饺子送去吧，告诉你姥姥要趁热吃，妈将大海碗放进我的怀里，又叮咛了一句，路上可不准偷吃哟。

以前我听人说过，谁家的老人过六十六岁生日了，谁家的闺女就得给老人包六十六个饺子，多一个不行，少一个也不中，六六大顺嘛。

姥姥家和我家住在同一个村子，离得不远，这一路却走得十分艰难。饺子的香气顺着风，丝丝缕缕迎面扑来，我一边幸福地走着，一边使劲儿地咽着唾沫。恍惚中，一个，两个，我竟然不知不觉地将两个饺子、两个圆滚滚紧撑撑的饺子塞进了自己的嘴里。

见了我，姥姥很高兴，问我吃了吗，我说吃了，还夸张地拍了拍自己的肚皮。

姥姥，我妈说了，饺子要趁热吃。扔下这句话，我转身就跑，眨眼便没了踪影。

第二天，姥姥来我家串门，妈说起昨天饺子的事。姥姥说，饺子真香，六十六个饺子我一口气都吃下去了，现在肚子还撑得慌呢。

站在一旁的我，脸红红的、热热的，有点儿晕。我不知道，是妈多煮了两个饺子，还是姥姥多数了两个饺子，还是我压根儿就没有吃那两个饺子。

（原载《天池小小说》2017 年第 8 期）

守　　望

高振霞

因为台里开设一档节目，叫"爱的天空"，我和栏目组采访到了大山深处的小明。

见到小明时，他与我想象的有差异。同样是留守静立的大山，留守无际的田野，留守简陋的屋舍，留守羸弱的爷爷，留守对父母日日夜夜的思念……但小明多了一张灿烂的笑脸。

我问他："日子这么苦，你为什么总是笑？"

九岁的小明笑着说："心里苦，脸上也要笑出来，哄爷爷开心，爷爷身体不好。"

我又问他："多久没见到妈妈了？想她吗？"

小明听到问话，脸上的笑容，戛然而止。他茫然无措地埋下头，小声说："三年没有见到妈妈了，想妈妈。"说罢，眼泪如断线的珠子，扑簌簌落下来。

一旁的爷爷见状，和蔼地告诉我们，贫困的生活，迫使小明父母背井离乡，长年在外奔波劳碌。工作不稳定，把年幼的小明托付给年迈多病的爷爷照看，为了多挣点钱养家，春节加班不回来，小明好几年没和妈妈爸爸见面了。

爷爷还告诉我们，小明是个苦孩子，懂事早。知道我一个孤老头子，身子骨不硬实，放学回来，煮饭，炒菜，喂猪，啥活都会干。冬天天冷，手冻坏了，流脓淌水的，从不吭一声。我看着揪心，问他疼不，他就冲我一笑说：不疼。我心疼碎了，没法子，他奶奶走得早，他爸妈不在家，我赖了吧唧的，有时候还要靠孙子伺候。

我下意识地拉过小明的手，爱惜地抚摸着，这双小手，粗糙，黝黑，伤痕累累。也许，十几里的崎岖山路，他不怕；繁重的农活，他也不怕；最怕的是不能见到爸爸妈妈。

小明突然抬起头，从我的怀里抽回小手，胡乱擦了一把泪花，冲我微微一笑，说："记者阿姨，我给你讲个故事，好吗？"

"好呀。"

"其实吧，小时候，妈妈很疼我的。那时候天总是亮得很早，妈妈拉着我，去一个很远的地方做工。我们要经过一条长长的，我永远记不清的山路。妈妈拉着我的手往前走，而我总是抬着头，看着高处的天空。黎明的空气很潮湿，远处的叶子、山丘，还有我和妈妈呼出的空气，都隐藏在白色的雾里，像妈妈的笑容一样，若隐若现的。妈妈见我的脚步沉了，就弯下腰，背我走。趴在妈妈热乎乎的脊背上，幸福极了。"

说到这里，小明的脸上洋溢着幸福的微笑。

他接着说："可是，这样的日子，没过多久，就变了。妈妈要跟爸爸一起去更遥远的地方打工去了，我一个人被留下来，跟爷爷生活。爷爷常和我说：杀年猪的时候，爸爸妈妈就该回家来了。于是，我和爷爷盼着杀年猪的日子快点儿来到，杀年猪了，就能见到爸爸妈妈了。三年了，每到进入腊月杀年猪的那些日子，我躺在床上，不敢闭眼睛，生怕睡着了，妈妈回来听不见。等到天亮了，妈妈还是没回来。记者阿姨，今年又到了杀年猪的时候，你说，我妈妈会回来吗？"

"会的。小明，我们会见到妈妈回来的。"

我不知道是安慰小明，还是安慰自己，随口答道。

其实，小明的爷爷早已偷偷告诉我们，小明的爸爸妈妈，三年前打工的煤窑违规操作，引起瓦斯爆炸，双双离世，窑主至今潜逃，下落不明。

小明成了名副其实的留守儿童。

（原载《海燕》2017 年第 4 期）

英　雄

李　季

妈的，妈了个——巴子的。男人的骂声从对门传过来，笨笨卡卡的。

嫁给你，这辈子倒了邪霉！女人尖着嗓子喊叫。

啪！碗，还是杯子？摔碎了，脆生生的。

男人揪着酒骂呢？女人坐地上哭，还是掐腰站着？

隔着一道门，听新搬来的对门打仗，成了我这段时间的习惯。没见过人，声音熟透了。听这声儿，就能画出男人的样子，邋遢、窝囊，嘴里淌着哈喇子，乜呆呆的眼睛，空洞地摆在被酒泡肿的眼窝里，没光、没神。这样的男人，我不屑正眼看一下。

我怕黑，夜来时，那个身影就来，心就乱。好在这塌陷区的动迁房，墙薄得跟纸片似的，放个屁都听得见，别人家的热闹，打发了我的孤单，但也多了烦心。原先对门那两口子一到晚上，就折腾，每个细节都透过墙荡漾过来，奔放的节奏伴着喘息，落水般的尖叫，翻船一样的扑腾，我仿佛被拴在船尾，心，揪成了一团。直到呼噜声响起，才有回到岸上的踏实。我，一个"黄花老姑娘"，心干净得跟白瓷似的，怎容得这样被踩躏？于是，往对门贴字条，"对门住着活人，晚上节制点！"他们没当回事。我生气了。一到他们"开船"时，就敲墙，理直气壮的，把那个薄得跟纸片似的墙敲得叮咚三响，节奏和音量都盖过了他们。

没过多久，他们搬走了。没过多久，搬来了现在的住户。以为有了出头之日，没想到照旧被折磨，换了方式而已。

我快疯了！

妈的，妈了个——巴子的。男人的骂声又来了，懒懒的，酒熏得迷糊了？女人的调门高了，大雨点子似的，噼里啪啦地落下来。

你个窝囊废，就会在厂子里死靠？人家出来的，哪个不挣三千五千，谁像你，一个月拿五百块钱，还把班儿上得有来道去的。劳模，顶吃还是顶喝，屁用没有！啥年代了，脑袋还一根筋？捏着大酒杯，喝着没出息的小酒。呸！哪辈子杀大牛了啊，嫁给你！啊——呜，女人扯着破了的嗓子号起来。

咣！男人把女人踹靠墙了？女人拿着盆砸了男人的脑袋？

想象让我的心又揪成一团！于是，我拿起电话报了警。

小区里住的几乎都是矿工，说话高门大嗓，直来直去。我这样的，在厂子里做过几天宣传工作，能读书断字，说话慢条斯理，在这堆人里算得上体面的。我也高看自己一眼，周围人的野蛮、粗鲁，让我脸上总挂着不屑。

其实我活得心虚，白天不愿见光，晚上又怕黑。夜来了，那个身影就来，在眼前晃悠，躲也躲不开。那次车祸死里逃生后，这个身影就一直跟着我，甩不掉。对门搬来以后，这种怕更深了。晚上睡觉前，除了反锁门，还要把阳台的窗子关好，系个带铃铛的绳扯到卧室，怕对门的醉鬼跳进来。醉鬼比身影更可怕吧。

妈的，妈了个——巴子的。男人的骂声再一次响起时，听到了敲门声。

我把耳朵扯得老长，眼睛也透过门镜钩子一样搭到对面屋里，想看一下战场。

两个穿制服的民警，站在门口，开门的是一个小女孩，十二三岁吧。

有人报警，说你们家在打仗？小女孩愣了一下，转身跑到里屋取出一个小录音机，啪的一声关掉，吵骂声没了。

一片静，裹着空空荡荡的屋子。

以后不能这样玩了，影响别人休息。民警严肃地说。

嗯。小女孩害怕了，点头应着，瞪大的眼睛里有了眼泪。

我愤怒了，撞开门，冲出去。你家大人呢，这太不像话了！我想好好说道说道，给这家人一个下马威。

那儿——小女孩打开小屋的门，指着床上的人说，我爸。那人安静地躺着，一动不动。我爸被车撞了，不知什么车把我爸撞睡着了，一直没醒来。妈走了，没人陪爸唠嗑……我就放这个，以前他们吵架时偷录的……

我因愤怒而扭曲的表情僵住了，那个雨天的夜里，奋力推开我的身影，天天跟着我的身影，就在眼前！一动不动，在床上躺着。对，就是他！

我傻在那儿！一瞬，又好像几世。一道光把我击成碎片，在黑暗里融化，慢慢地蒸腾成一团气，带着亮亮的颜色，一点点幻化成人形，站起来。

我缓过神，民警和小女孩愣愣地看着我。

你爸是英雄，为了救人，才被撞的。

啊？小女孩惊讶地瞪大了眼睛。

真的！我，我，我就是那个被救后，起来跑掉的人。

我爸是英雄！小女孩语气里全是自豪，没带出对我的责备。

从那以后，我不怕黑了，经常到对门陪英雄唠嗑到深夜。

（原载《海燕》2017 年第 6 期）

萨尔图之恋

朱　羊

五十年前，他只身一人来到萨尔图时，还是一个二十刚出头的山东小伙子，他是个汽车兵，随着他的连队一起来萨尔图参加石油大会战。

空旷辽阔的萨尔图，头上青天一顶，脚下荒原一片。年轻人觉得寂寞，别人都有家可想，他没有，他学着别人的样子，也抽着烟，对着眼前一团蓝色，发呆。呆什么呢？他也不知道。

但是，他的到来，让卖烟老人的生意有了起色。

每隔几天，他都会扔几块钱在烟摊上。那可是几块钱啊，就那么随意一扔。

"不用往家寄钱么？"老人终于忍不住问他。

"家里没人了。"

"今儿个，这烟有点儿潮，跟我上家去吧，不远。"

他跟着老人，左拐右拐的，进了一间破草房。

老人没给他拿烟，指着地当央的一个女子告诉他："春妮，俺闺女。"

他在车站旁边的电影院见过春妮，每天傍晚，她挎个柳条篮子，在电影院门口卖瓜子。总是在电影没开演时，他走过来，嘴里斜叼着烟，眼神笼住她通红的瓜子脸："嘿，来包瓜子。"

她扑噜着喷至脸前的烟雾，紧忙抓包瓜子给他。然后，一甩辫子，转到别的地方去了。

"瓜子脸，大眼睛，看得人心里直扑腾。"他在心里无数次地念叨。

"嘿，你叫春妮？"他龇出一个笑来。

春妮点点头，问："开车的，你叫啥？"

"王大伦，我爹就喜欢梁山上那个白衣秀才……同志们都喊我大车轮。"

"是骨碌转的大车轮吗？"

父女俩都乐了，春妮捂着笑疼的肚子："往后，你少抽烟，多吃瓜子好吧？"

"是！"王大伦打了个标准的立正。

父女俩留他在家吃饭，他没推辞。

春妮做的香喷喷的手擀面，他吃了两大碗，还想吃，嘴上却说："吃饱了，撑不下嘿。"

"我的面条可不能白吃，赶明儿你开车拉上我，围着萨尔图兜上一大圈儿。"

"那还叫个事儿……春妮，要不再给盛一碗吧。"

"别撑坏你了。"

"嘿嘿，吃面条儿，我有两个肚子呢。"

"嘻嘻，这么能吃，快赶上我家后院那头猪了……"

后来，他们顺理成章地成家。在萨尔图，一住五十年，再有了儿子和孙子。

他们都老了。

萨尔图的大街上，一天一变，车水马龙的，那楼高的，顶着云彩呢，他们的家住在第九层，一按电梯，嗖一下就上去了，搁以前，做梦都不敢想的事啊。

一次井场搬迁，井架倒了……

从此，再也开不了车的王大伦，天天坐在轮椅里，由老伴儿推着他。

几十年来，他们的对话，千篇一律，几乎没怎么变过。

"当初，你怎么就相中我呢？"

"呸，你有啥好？抽烟看电影，败祸钱的二流子。"

"废话，我不照顾你爸生意，他能同意咱俩好啊？看电影更是瞎扯，还不是为了看你。"

"鬼才信。"

"爱信不信！"

"倔老头子。"

"饿了，回去弄碗手擀面吃吧。"

"吃惯嘴了？想吃自己做，我可是擀不动。"

"以前咋能擀得动呢？"

"没有面条儿，能拴住你吗？"

"现在不用拴了，你一撒手，我就得趴地下。"

"这辈子，你只拉我转过一次萨尔图，我呢，天天推着你逛萨尔图。"

王大伦很得意地笑了，脸上的皱纹网一样散开，一张打捞了多少日子的网，他也记不清了……

（原载《天池小小说》2017 年第 4 期）

樱　桃

顾长虹

　　樱桃出落得水葱似的，粉嫩娇羞的瓜子脸，乌溜溜的黑眼仁儿，再被那对双眼皮忽闪忽闪地遮来盖去，谁见了都说这孩子没缺彩儿的地方，将来一准儿能嫁个好人家。

　　最喜欢樱桃那性子，温柔如水。

　　樱桃娘舍不得孩子受苦，硬是靠着几亩薄田供她读到高三。

　　与樱桃一起读到高三的还有村长家的月亮，这月亮大方开朗不说，还略带那么一丝泼辣，遇事眼珠子一骨碌就是一个主意。她自称是樱桃的护花使者，从小学一直护到高中。

　　跟她俩一起上高中的还有村会计家的大鹏，这小伙子浓眉大眼，鼻梁上卡个眼镜，嘴角的胡须在他十七岁那年，跟他的个子一样噌噌地蹿了起来。跟樱桃说话的时候，一动一动的，看得樱桃的脸噌地就红了，映得大鹏的眼睛像蒙了朝霞，绯红一片。

　　还有一个月，高三就毕业了，大鹏的心里像揣个兔子，他只想跟樱桃单独说会儿话，可他一喊，出来的准是月亮，还风风火火地喊："有啥不能说的，非得单独喊她，跟我说还不是一样。"

　　直到毕业前一天，大鹏总算想办法塞给樱桃一个纸条：考不上大学，你就回家等着我，我去省城投奔哥哥，会回来接你。

　　樱桃的脸唰地红了，赶紧把纸条夹在课本里。

　　黑暗的高三总算熬过去了，樱桃跟理想的美术学院只差三分。大鹏想去的科技大学也落了空。只有月亮爸出资 5 万赞助学校，她去了省城的美术学院。

　　月亮走的那天，大鹏爸带着他搭村长的车一起到了省城。

　　樱桃悄悄看着车拐过五里外的山洼，她才默默地回了家，她永远都记着大鹏的眼神里分明写着纸条上留下的那句话。

村里人都知道，大鹏的哥哥大飞在省城有了自己的建筑公司，大鹏去他那里，早晚也是个大老板。

月亮爸早就嘱咐月亮，如果能嫁给大鹏，后半辈子就等着荣华富贵好了。

月亮何曾不想这样。

可是，自从不小心看到夹在樱桃书里的那张纸条，心里总是莫名地疼。

樱桃决定去省城是三年后，她听说大鹏爸要让月亮当她家二儿媳了。

樱桃是去表姐的美术班当生活老师，兼职当那种只摆造型，不脱衣服的模特。

樱桃告诉妈，自己的电话号码不要告诉任何人。

樱桃做模特，有时侧卧树下草丛，有时静立斜风雨中，学生们爱极了她那回眸一笑。樱桃也爱极了学生们那大大小小的画笔，有时她看着看着就会情不自禁地拿笔画起，画里的大树走出来了，树下还站着一个翩翩少年，戴着和大鹏一样的眼镜，正朝一个打伞的女孩儿走来……

樱桃画得太入迷了，好像那个女孩儿就是自己，嘴角还露着甜甜的微笑，以至于美院的老师站在她身后好久她都不知道。后来，美院老师上课的时候，让樱桃在班级的角落里也支起一个画架。

樱桃高兴极了，拿了一个月的工资，准备去买水彩和画笔。

她还想给自己买些感冒药，便走进一家不起眼的小药店。买完药就要离开的瞬间，倏地瞥到了大鹏妈一直在用的膏药。记得大鹏妈曾说过，两个儿子在很多大药店都找不到这个膏药。

樱桃毫不犹豫地把这里的膏药全买了下来，转了几路公交车来到邮局邮给了大鹏妈，只是邮寄地址写了"省城美院"。

大鹏妈收到膏药脸上乐开了花儿，赶紧给大鹏打电话，"地址是'省城美院'，肯定是月亮给买的，你要好好谢谢月亮"。

进城就跟着哥哥扎在工地的大鹏，忙得不可开交，他一门心思要跟哥哥拿下一个楼盘工程，就可以回家接樱桃了。

大鹏接完妈这个电话，心里不禁一动：月亮竟然悄悄关心着我妈，是该给她打个电话。

月亮接到大鹏的电话，大脑飞速旋转一万圈：膏药？省城美院？大鹏妈？一定是樱桃，对！就是樱桃，爸说她也来省城了！

"大鹏，这是我应该做的，等你忙完了一定来找我，我在学校等着你！"月亮那一万圈转得比光速都快。

大鹏遵守对樱桃的承诺，果真有了自己的一片天地。买了车，买了房，回家接樱桃，樱桃却消失了。

大鹏的臂弯被月亮跨上了。一场盛大的婚礼之后，月亮住进了大鹏精心打造的爱巢。看着月亮日渐隆起的肚子，大鹏一脸的幸福，早把樱桃忘到了后脑勺。

月亮要不是肚子里装着几个月大的孩子，恨不得每天张跟头打把式地庆祝自己的幸福生活。

忽然，月亮的手机里传来老公大鹏的指示："咱妈的膏药没有了，你再去买点回来。小心点儿，别摔着我儿子。"

下班回到家的大鹏，拿起月亮买来的一兜子膏药，吃惊地喊："怎么不是上次买的？"

"喊那么大声干吗？这玩意儿还不都一样嘛！"月亮回答得一脸柔情。

大鹏看着月亮的肚子，一脸茫然。

（原载《短小说》2017 年第 2 期）

子 孙 大 事

警 喻

秋天的雨下起来就没完没了。

工地上活计干不了，待在工棚子里的民工闲得牙干口臭，不是甩几把扑克就是喝酒，再就是串联胡大肚子唱段子。

其实，胡大肚子唱二人转不用串联，只要一杯酒下肚，必唱。

胡大肚子干别的稀松平常，唱二人转却板板正正。虽不是科班出身，倒也在乡里文艺宣传队干过几年。胡大肚子其实肚子不大，只因为他把和他唱一副架的师妹搞成了大肚子，这才有了这么个绰号。

那时候，乱搞男女关系可不是小事，胡大肚子和师妹双双被开除出了文艺宣传队。师妹的母亲找到胡大肚子让他把姑娘娶了，才知道胡大肚子都有老婆孩子了。母亲觉着没脸见人，便领着师妹悄无声息地搬走了，从此音信全无。

那时候不像现在，没有手机，摇把子电话，大队才有。胡大肚子也曾到师妹的屯子打听过，可没人知道她搬到了哪里。

胡大肚子坐在板铺上，一手端着一盔子豆腐汤，一手端着一茶缸子散白，喝口汤，嗞口酒，喝喝咧咧地唱起来：

> 张三姐我正在昏迷之处啊，
> 忽听得有人管我叫娘。
> 睁开了二目昏花的眼，
> 看见了有一个小孩跪在身旁……

胡大肚子唱着唱着就落下泪来，工友们知道他又想起了小师妹，想起了他那没见过面的孩子。

齐瓦匠凑过去拍了拍胡大肚子的肩头问，那孩子今年有二十多岁了吧？

胡大肚子居然像孩子似的哇的一下哭出声来。

齐瓦匠说，咋还整出声来了，我也没说啥呀？

李木匠白了他一眼，你还没说啥？这都赶上拿瓦刀捅他心窝子了！

赵老鸢说，也是，儿女连心啊！

胡大肚子尿尿叽叽地说，也不知那孩子来没来世上。

李木匠说，世上没有狠心的爹娘，孩子扑奔来了，她不会把孩子打掉的。

胡大肚子抓住李木匠的胳膊，你说我那孩子在哪？这些年他咋没来找我？他过得咋样啊？

正在摆弄手机的三小子说，胡叔，这还不简单，把你师妹的名字告诉我，我刷个朋友圈，让朋友圈转朋友圈，朋友圈再转朋友圈，兴许能找着。

胡大肚子急忙说，别，千万别。师妹没让孩子找我，肯定有她的道理，不能再伤她了。再说，我现在家里的小孙子都十多岁了，他要知道他的爷爷当年有这风流事儿，在同学面前咋抬头？

李木匠说，是啊，儿孙是大事儿。

齐瓦匠说，要不是为孙子，我才不出来打工呢，还不是为了挣俩钱儿，供孙子上个好学校，将来有点出息！

三小子撂下手机说，等我儿子长大了，我想让他当城管，想打谁打谁！

齐瓦匠说，你可拉倒吧，嘚瑟几天，还不让人家把他的皮扒了！等我儿子长大了就让他当医生，天天收红包，我天天在家数钱。

三小子喊了声，大夫现在也不收红包了，是信封。

齐瓦匠说，信封咋的，装钱多！

李木匠说，我想让我姑娘当老师，在课堂上不讲重点，完事补课，挣孩子钱容易。

赵老鸢喝了口酒，说，你们说得不贴补衬，我最大愿望，就是让我儿子当村长，现在村长多肥呀！

李木匠说，是啊，我们村上有三百多亩机动地，所有承包费都揣他腰包里了。

赵老鸢骂道，妈的，就连直补款都打在他的折子上。

三小子叹了口气，好端端的土地，他说占就占，想在哪盖房就在哪盖。

胡大肚子愤愤不平，狗日的，想睡谁老婆就睡谁老婆……

工棚子里一下子静下来，谁都不再说话，各自倒在板铺上，眼望棚顶，淅淅沥沥的落雨敲打着棚板，砸在心上……

（原载《小小说选刊》2017 年第 1 期）

米 汤 的 梦

田洪波

米汤自懂事起就与垃圾为伍。

他不知道自己叫什么名字，他的名字来自偶然。童年时，有个小区少妇见他可怜，多帮衬他一些东西，同时问他叫什么名字。米汤答不出，恰巧少妇带的狗冲陌生人乱叫，少妇呵斥狗，米汤，有点儿礼貌！狗立时变得很乖。米汤龇牙一乐，呀，我也要叫米汤，这名字听着好玩儿，把个少妇说得立时泪水盈眶。自此，米汤的名字在圈子里叫开了。

所谓圈子，其实就是能和米汤搭伴儿的人，同是乞丐，或者是残疾人。有时他们睡在桥洞下，有时睡在工地上，有时睡在胡同犄角旮旯里，反正不管在哪儿吧，米汤把这些人划在自己认可的圈子里。

米汤愿意向他们倾诉，比如从生下来他就不知道自己的父母是谁，自己还有什么亲人，不知道自己的生日，有时他难过，有时也无所谓。他和他们讲得最多的就是他的梦。

米汤的梦很奇怪，就是总是一个内容，从没梦见过其他什么事。

梦中的米汤，骁勇无比。他手里有枪，长枪或者短枪都有，而且很先进的那种，面对仇人，他隐蔽在一处，瞄准射击，弹无虚发。梦的起因常常是他与那个人有刻骨仇恨，在一个特殊的场合不期而遇，他抓住机会，举枪瞄准，"砰"，仇人应声倒下。或者扫射，仇人遭到应得的报应。

每次讲到这里，米汤会自然而然发出一些象声词，"砰"，或者"嗒嗒嗒"，那音效逼真得常让人目瞪口呆。

朋友们议论他的梦，有识字的会给他分析说只做单一的梦，可能说明米汤太压抑了，建议米汤面对不公和不平时，可以奋起反抗，他们命运这样低贱的人还怕个什么呢？

米汤脸上现出笑，不否认也不赞同的样子，其实米汤笑起来挺好看的，只是平时他根本笑不出来。他只有跟朋友们在一起，他才能笑起来。他颧骨很高的四方脸才会绽出一抹红晕。

其实，反抗不反抗也就那么回事儿。让米汤精神抖擞的是，他居然真的捡到了一把枪，一把私人磨制的钢珠枪。米汤兴奋不已。米汤无事时每天都把玩那把以假乱真的枪，随着时间的流逝，竟然练出绝门口技，水平达到出神入化的程度。有一次同伴受到欺负，他拔枪向对方瞄准，同时警告般朝天"嘣"枪，把对方吓得不轻，一溜儿跑远。

一个夏天傍晚，那时的米汤已经是中年人了，在桥洞下睡觉时，被三个喝醉酒的人发现了。三个酒鬼拿他寻开心，百般刁难于他，把他打得鼻口蹿血，告饶都不肯放过，情急之中的米汤就掏出了那把枪，同时"砰砰"枪响，把三个人吓得"妈呀"一声四处逃窜。

这件事让米汤兴奋了好久，逢人就说，多数人是信的，当然也有不信的。米汤自然没法证明自己。

米汤没想到，他很快就等来了机会。

也是在夏天的傍晚，米汤老老实实撅着屁股在垃圾桶里捡垃圾，却被两个城管的人盯上了。上级检查团马上要来检查，城管要做的就是把有碍观瞻的人或物消灭干净。

他们当然不是想消灭米汤，米汤还构不成那样的威胁，但米汤这样的人给他们带来了苦恼，就是撵不彻底。他们对米汤讲过道理，要求他这几天消停点儿。等检查团走了，他再出来该干吗干吗。偏偏那几天米汤没什么吃的，饿得前胸贴后背，根本听不进劝，那时米汤的眼里只有可以保命的食物。

城管也是急火攻心，如果因为米汤给检查添堵，他们的饭碗可能就保不住了。两边就这样顶起了牛，谁也不甘示弱，就在某个节骨眼上，话不投机撕打起来。城管是两打一，自然很快占了上风，可能是气恨太久了，他们打趴了米汤，还是没能收手。

夜色中的米汤眼睛被打肿了，他半支起身，瞅准一个机会，从怀里掏出枪，夜幕中，随着"砰"的一声枪响，其中一名城管立时应声倒地，心脏脱落，另一个人则撒腿疯跑。

米汤半天也没醒过神来。良久，才浑身打了个激灵。

第二天，网上曝出新闻《城管打乞丐反被枪杀，法医验尸竟然无伤》。此后米汤就消失了，谁也不知道他去了哪里。

（原载《海燕》2017年1期）

宝 子 二 舅

安石榴

宝子二舅挺逗的，他呢一度生不出来儿子，没辙哟，就是生不出儿子。不过，也没见他多生气、多想不开，他也不打老婆，不骂老婆，他就是一劲儿地生。宝子二舅母可能挺感激他这一点的，乖乖地配合，一个接一个地生。但是村里不行呀，村里扛不住这个，就一次一次地罚。宝子二舅的四丫头满月的那天，村里实在受不了了，气炸了，雇了一辆推土机把宝子二舅家的房子拱了，拱平了，一片瓦砾。两口子拖着一群流鼻涕的丫头在旁边看热闹，就像没他们什么事儿似的。

第二天宝子叫来一伙人，都是朋友，干啥的都有，多远地方都有——开轿车的、手扶拖拉机的、三驴子的、骑着自行车的都来了，宝子二舅把推倒的房子又重新盖起来了。接着生，嗨，小五出生了，带把的！

宝子二舅好喝酒，不好自己喝，一个人喝酒没意思，好和朋友一起喝。慢慢地，宝子二舅家的房山头上起了一个小山包，空酒瓶子啊。宝子二舅好喝酒，酒量大，一斤白酒下肚，没事儿，他不耍酒疯，他好唱歌，啥都唱，嚎唠一嗓子"咱——当兵的人"，他没当过兵呀！勒着细嗓子唱"小妹妹送情郎呀，送到那大门外"。宝子二舅母听他唱《当兵的人》不说啥，听他唱《送情郎》，就骂他贱。宝子二舅说：你个老娘们懂啥？女愁哭，男愁唱。话是这么说，可是、可是，宝子二舅唱起了《一壶老酒》，当着老婆和朋友的面，唱着唱着唱出眼泪来了，哗哗的。宝子二舅母顶着一头鸟窝一样的乱发，撇撇嘴：儿子给你生出来了，你愁个屁呀！

宝子二舅除了自己的责任田，他还租了村民的地一大片，五百亩，就种两样，玉米和黄豆。一到秋天，金灿灿的一地黄金似的。宝子二舅才怪呢，总是风调雨顺，年年丰收。说起来这不科学呀，哪能年年风调雨顺呢，一点不假，可是，宝子二舅就是怪，灾害不沾他的边儿，他真的年年丰收。就举一个极端例子吧，很说明问题的。话说有一年牤牛河涨水，百年不遇的，谁也想不到哇，上了年岁的人也没遇见过这么大的洪水，都上了央视了。洪水出槽之后，猛兽一样，见路毁路，见桥淹桥，遇到庄稼地"哗"的一下毫不留情地卷走了事，可是怪呀，冲到宝子二舅家的田边时，猛地一转身，走开了，宝子二舅家的庄稼好好的留下了。大水过去之后就像气人似的，晴空万里，艳阳高照，宝子二舅家的庄稼长得好极了，一片苍绿，好家伙，那玉米秆子壮实的，黑黢黢的！那黄豆荚鼓鼓的，土豪钱包似的！到得秋天，金灿灿的好似一地黄金呐。可是，收割、打场、卖粮，把化肥钱、农药钱、种子钱、人工费、机械费、田地租金、一部分陈年旧账、新欠的酒菜钱……结算清，不剩啥了，等于白忙活。这不可能呀？真真儿的。宝子二舅朋友多，好热闹，干点啥喜欢大排场，不计代价，大家乐得捧他的场，一帮子人一帮子人的都来了，可热闹了，一派大生产的样子。宝子二舅高兴，管吃管喝，简直就是大吃大喝呀，高兴嘛。每年一开春，就来这一套。年年如是，年年到秋白忙活。房山头的空酒瓶子越堆越多，从一个小山包，长成一座大山了。

宝子二舅六十岁就死了。宝子二舅母头上还顶着那只鸟窝呢，她说，还不是让马尿泡死啦！说完嘎嘎干笑了两声。这有什么可笑的呢？没什么可笑的吧？宝子二舅母好像也知道这个，干笑两声就收场了。

七月十五给亡人上坟，全家都去了。儿子儿媳妇姑娘姑爷跪一地。起来扑啦扑啦膝盖上的灰尘，儿子说，老爸呀，儿子来看你了，你过得怎么样呀？有没有酒喝呢？今儿个我们给你带酒来了，我特意去陆家烧锅打的小烧，给你供上了。爸呀，你等着，等你儿子发了，有钱了，我给你带茅台来哦。听了他这一套嗑，大家伙儿都呵呵笑了。宝子二舅母摇了摇她头上的鸟窝，撇撇嘴，哼了一声，说，你爹就等着吧，非等得骨头碎成渣不可喽。

嗯呢呗，宝子二舅的儿子真是亲儿子，和老子一模一样，也是那番喝酒，也是那番种地。

（原载《百花园》2017 年 2 期）

贡　礼

吕啸天

北宋景德元年，辽国圣宗皇帝隆绪在都城五京举行 50 岁生日庆典。五京城车水马龙，云集了各路前来祝寿的人流。

辽国幽云十八州的节度使依照惯例带着地方特产奇珍按约定的日子进京朝贺。隆绪在大殿上接受封疆大吏的朝拜。

云州节度使完颜和是最后一个上殿的。他两手空空步入大殿，身后也没有跟着抬拿贡礼的随从，群臣面面相觑，不知他献上的是何贡礼。隆绪也有几分惊异，因为几乎所有进殿的外臣都带着几名抬拿贡礼的随从。

完颜和向圣宗行了一礼说："臣所辖云州是边远地域，地偏民稀，没有出产特产奇珍。臣赴任之后，为报圣恩，积心处虑思政，百姓能获得衣食，但离富裕日子尚远。此次赴京祝寿，臣能献上的唯一贺礼就是臣的幕僚张俭！他现正在殿上听候圣上宣旨进殿！"

此言一出，群臣哗然，献上一名随从做贡礼，这成何体统？

隆绪却有些惊奇地问："完颜卿把幕僚张俭献与朕，张俭有何过人之处？"

"张俭外号云州一宝！"完颜和侃侃而谈。完颜和初到云州赴任，云州问题多，积案如山，他需要有一个得力的助手来帮他处理政务。云州城百姓闻知后，纷纷登门前来推荐：云州登县秀才张俭饱读诗书，足智多谋略，完颜大人应重用此人！百姓初时来了三五个，后来陆陆续续来了数百人，计有 30 批次。

完颜和见这么多人前来做说客，心中不高兴，认为这定是张俭指使或用钱物支使这些人前来走动的。就在完颜和对张俭产生反感之时，登县发生了一起命案，佃农杨大山的女儿遭人奸杀于家中，登县县令查了多日，亦未能将凶手缉拿归案。家中有妙龄女子的庄户人家心生恐惧，夜里早早关紧大门睡觉。更有甚者，晚上由年迈父母轮流看守女儿睡觉。登县被采花贼搞得人心惶惶，百姓无心农事，县令心中焦灼万分。张俭毛遂自荐来到县衙求见知县，称给他十天时间，定将采花贼缉拿归案。

完颜和得知此事，竟对张俭产生好感。他派了两名随从去登县，看看张俭是如何破此案的。第五日，两名随从回报完颜和："奸杀命案已告破，采花大盗被缉拿归案。"

完颜和大奇，急急问："张俭用了哪些办法？"

随从说："采花贼得知是张俭插手查此案，知道难逃法网，于是经过一番自我挣扎后，惶惶不可终日的他到县衙自首！"

竟有此事？完颜和视张俭为奇才。再过月余，县衙判令将采花大盗枭首，呈批的同时，奖赏张俭百两黄金。张俭把黄金分成两份。把九十两黄金给了失去女儿的田农杨大山。把十两黄金给即将失去儿子的采花盗的父母养老。

完颜和惊叹张俭的才智和胸怀，他夜赴登县登门拜访张俭。张俭的家出奇得简朴，但房子里面堆满了书籍。身穿粗布衣裳，人却显得非常精神。完颜和连夜把张俭带回云州，协助他处理公务。

张俭经常伏案工作，有时日批公文百份。他用年余时光把云州前任节度使遗留下来的数千份积案全部处理完了。

完颜和从堆积如山的案件中脱开身来，指导百姓拓荒引水，重视农事，衣不遮体的百姓逐渐过上了温饱的日子。完颜和常把这政通人和的局面出现的功劳归到张俭身上，张俭却从不敢居功。

张俭入幕的第三年秋天，云州城发生了一起盗贼劫家大案，城中富户卢员外的家中被盗贼劫走了千两黄金。一名家仆被杀，完颜和亲自侦查此案，把八名盗贼缉拿归案。把两人处死，六人流放。此事处理没有多久，登县县令来报：抓到两名盗贼，审讯供出曾在云州城卢员外家劫走千两黄金，杀死家仆之事！

"处死、流放八名盗贼"一案是冤案。遭受冤狱的八名涉案者家属来到云州地城告状，上诉鸣冤，完颜和左右为难，暗示府衙不接受家属的上诉。

张俭很生气对对完颜和说："此案已真相大白，完颜和大人应还那八名无辜者的清白。"

完颜和恼怒地说："你难道想让我为这八人偿命吗？"

张俭说："这八家的老老少少孤苦无人奉养。他们所求是要得到补偿。完颜大人应将六名流放无辜者召回，补给一些抚慰金。那两名冤死者，则应加重补偿金。"

完颜和和张俭一起带上两百两黄金到死者家中慰问，并登门道歉。死者家属原谅了完颜和。张俭却又对完颜和说："此事须上报朝廷，完颜大人应思过，并自己下令罚俸一年！"

完颜和长叹一声对隆绪说："臣与张俭共事三年，觉得其才、其智、其度、其胸怀都在臣之上。故臣把他举荐给皇上，望其能为皇上处理政务之事分忧。"

隆绪大喜说："传张俭进殿！"隆绪在殿上向张俭问了三十余条关于治国安邦的策略，张俭对答如流。

隆绪认为张俭为治国奇才，当即封他为同知枢密院事。并以完颜和举荐有功，赏黄金五百两。

张俭当即奏道："完颜大人前番审案不慎，错杀两人。上报朝廷，朝廷念其有功于云州未加追究。臣认为朝廷的处罚轻了。此番因举荐有功而赏黄金五百两，臣认为朝廷的赏赐高了。赏罚不明，法度就会无序。臣认为审案之错和举荐之功相抵平，完颜大人不该得到五百两黄金！"

隆绪惊愕地说："若非完颜大人举荐，你怎有机会进殿面见联？你不感念其恩，怎反道其不足？"

"为臣者不敢有私念！"张俭正色道，"下臣这样做，正是对完颜大人举荐的最好回报。"

（原载 2017 年 7 月号《小说月刊》）